THE RISE OF WOLF 8

〔美〕瑞克·麦金提尔 著

徐蕴芸 译

狼王四部曲

8号狼的崛起

人民文学出版社

PEOPLE'S LITERATURE PUBLISHING HOUSE

著作权合同登记号　图字 01-2022-4503

The Rise of Wolf 8 © 2019 Rick McIntyre

First Published by Greystone Books Ltd.

Simplified Chinese language copyright © 2023 Shanghai 99 Readers' Culture Co., Ltd.

All rights reserved.

图书在版编目(CIP)数据

8 号狼的崛起/(美)瑞克·麦金提尔著;徐蕴芸译
. —北京:人民文学出版社,2023
(狼王四部曲)
ISBN 978-7-02-018059-2

Ⅰ.①8… Ⅱ.①瑞… ②徐… Ⅲ.①纪实文学-美国
-现代 Ⅳ.①I712.55

中国国家版本馆 CIP 数据核字(2023)第 110932 号

责任编辑　卜艳冰　胡晓明
装帧设计　李苗苗

出版发行　人民文学出版社
社　　址　北京市朝内大街 166 号
邮政编码　100705

印　　制　山东临沂新华印刷物流集团有限责任公司
经　　销　全国新华书店等

字　　数　180 千字
开　　本　890 毫米×1240 毫米　1/32
印　　张　7
插　　页　4
版　　次　2023 年 8 月北京第 1 版
印　　次　2023 年 8 月第 1 次印刷

书　　号　978-7-02-018059-2
定　　价　45.00 元

如有印装质量问题,请与本社图书销售中心调换。电话:010-65233595

1995 年初，黄石国家公园再引入项目的第一年，9 号（右）和它的女儿 7 号（左）在玫瑰溪围栏里。拍摄 / 吉姆·皮科（国家公园管理局）

孤狼 10 号加入组建了一个完整的狼群。狼群被放养后，9 号被 10 号受孕生下了八只幼崽。拍摄 / 吉姆·皮科（国家公园管理局）

兽医马克·约翰逊和从 9 号的狼窝里救出的最后一只幼崽，应该是 21 号，这是在 10 号被射杀之后。这个家庭被暂时送回了它们的围栏。拍摄/道格拉斯·W.史密斯（国家公园管理局）

六个月大的 21 号被放养出围栏。它长大后成为像父亲一样强大的公狼，并在世界各地享有盛誉。拍摄/巴里·奥尼尔（国家公园管理局）

8号（最左边），跟着的是水晶溪狼群的头狼4号和5号。最右边的是8号的三个哥哥之一，它们在圈栏里都欺负它。拍摄/吉姆·皮科（国家公园管理局）

1995年晚些时候，一岁狼8号加入了玫瑰溪狼群，成为它们的公头狼。这张1999年的狼群照片显示8号和9号的尾巴已经翘起。拍摄/道格拉斯·W.史密斯（国家公园管理局）

我在 1996 年带领公园管理局的人徒步前往水晶溪的适应性围栏。在这些徒步旅行中，最多时曾有 165 名公园游客与我同行。拍摄 / 大卫·格雷（国家公园管理局）

斯鲁溪的狼群观察者。在这里，8 号为了保护它的家人，与杀死它父亲的一匹更大更强壮的公狼进行了战斗。拍摄 / 凯西·林奇

灰熊经常偷吃狼的猎物。为了引诱熊离开，狼可能会咬熊的屁股。当熊追赶时，狼群的其他成员就可以进食了。拍摄/吉姆·皮科（国家公园管理局）

郊狼和野牛如果遭遇狼群攻击，野牛会冲进去帮助牛群成员。一头大公牛可能比狼大二十倍。拍摄/吉姆·皮科（国家公园管理局）

21号在接近德鲁伊峰狼群时嗥叫。它们的公头狼被枪杀了，21号试图作为它们的新头狼加入狼群。视频截图 / 鲍勃·兰迪斯

德鲁伊峰母头狼40号谨慎地接近21号，以评估它是否能成为一个好的公头狼。视频截图 / 鲍勃·兰迪斯

德鲁伊峰狼群欢迎新成员的加入。当 42 号遇到 21 号（上）时，它们开启了一段长期的亲密关系。视频截图 / 鲍勃·兰迪斯

德鲁伊峰幼崽佩戴无线电项圈后的身份照片。它正在从镇静药物中恢复过来。拍摄／道格拉斯·W.史密斯（国家公园管理局）

马鹿是黄石国家公园狼群的主要猎物。大多数猎杀马鹿的行动都以狼群的失败告终。拍摄／吉姆·皮科（国家公园管理局）

目　录

人类与其他高等哺乳动物在智力上没有根本区别……
动物，和人类一样，能明显地感受到快乐和痛苦、幸福和悲伤。
越是幼小的动物越能表现出幸福感，比如小狗……
它们一起玩耍时，就像我们自己的孩子一样。

——查尔斯·达尔文，《人类的后裔》(1871 年)

你对黑猩猩的研究，使我们视它们为独特的，
并对它们有了同理心。

——斯蒂芬·科尔伯特致简·古道尔（2014 年）

序　言

　　美国的荒野一直滋养着我们的灵魂，激励着我们的梦想。对许多人来说，狼是自然、独立和自由的象征，这一点无可争议。对另一些人而言，狼却被认为是对牲畜、对他们的家庭和未来的威胁。

　　瑞克·麦金提尔，本书作家和生物学家，有一个扣人心弦的故事要讲。故事开始于1926年，当时黄石国家公园的管理员把公园里这些顶级捕食者的最后一匹给射杀了，但那时很少有人为这一损失感到痛心。

　　然而，随着狼的数量在美国各地持续急剧下降（最终被列入受威胁和濒危物种的名单），一场运动开始了，最终，三十一匹狼在20世纪90年代中期被重新引入公园。几十年后，这一大胆的野生动物恢复行动被认为是有史以来最成功的一次。

　　麦金提尔的故事从这里开始讲述，他分享自己观察这些狼群返回故土时的激情和付出、冒险和坚持。他在那些年里徒步进入后山，写满了数千页详细的笔记，并在路边为来自世界各地的旅行者设置了望远镜，让他们看到并了解这些动物的情况。

　　特别是8号，一匹最早自由流浪的狼，吸引了他的注意力和他的心，并逐渐成了这个故事的主角。

　　通过麦金提尔的眼睛，我们见证并了解了狼作为独特个体的生活，其生存能力令人惊叹——它们彼此之间的忠诚、敏锐的头脑和活下去的意志，无不令人敬畏。

　　鉴于这种近距离的描述以及围绕狼的争议，我们不禁好奇，如何来平衡它们在生态系统中的重要作用和它们越过公园保护区后人类的利益？

没有简单的答案，但我相信，如果我们要真正寻求解决的方案，人类的智慧是无限的。信息和数据至关重要，但帮助我们与狼产生共鸣的故事也同样重要。两者都可以启发和指导未来的决策。这本了不起的书籍将并列其中，让我们有机会为自己做决定……这本身就是体现美国自由精神的神圣行为。

罗伯特·雷福德
犹他州，圣丹

前　言

　　本书将讲述一个史诗般的故事，男女主角挣扎求生，护卫家族。这个故事包含了所有伟大传奇的元素：战争、背叛、谋杀、勇敢、同情、共鸣、忠诚——以及一位意想不到的英雄。这个故事值得文学巨匠如莎士比亚、荷马或狄更斯来讲述，可惜他们已世间难寻。

　　如果莎士比亚曾写过关于这些主角和它们生活的剧本，可能会设计这样一个序幕，剧情就在森林深处的狼窝里展开。这个场景可能是这样的：三只乌黑发亮的小公崽从窝里跑了出来，开始在草地上玩耍。每只小黑崽看起来都强壮有力。然后老四翻滚而出，是最小的那只。它看起来和哥哥们完全不同，因为它的颜色是暗灰色的，不像狼而更像郊狼 ①。

　　接着，一匹巨大的黑狼大步走入这一幕。这是狼群的头狼，三只小崽子的父亲。三位哥哥的黑色皮毛表明，它们未来会长成父亲的样子，它们的强壮意味着它们终有一天会在体形和力量上追上父亲，甚至超越它。而小灰崽，很显然，永远不会长成父亲那样，也永远不会引人瞩目。

　　莎士比亚此时可能会让一个旁白说出预言：

　　　　年轻的儿子中有三位将成为强大的头狼，
　　　　控制广阔的领地，拥有众多的儿女。

---

① 郊狼，又称为丛林狼、草原狼等，近亲是灰狼。

　　看着这三只强壮的黑色幼崽，我们不难想象出四个崽中谁会成为成功的头狼。旁白补充道：

　　　　但有一个儿子会英年早逝，而且籍籍无名。

　　这时，那只身材矮小的灰崽被自己的腿绊倒了，朝下跌倒扑了一脸灰。

　　最后，旁白做了个隐晦的预示：

　　　　这些儿子中的一个
　　　　注定要比有史以来最强大的狼还要强大。

　　本书要讲的就是两匹狼的故事：有史以来最强大的一匹狼，以及另一匹比它更强大的狼。

狼群主要成员

　　这些谱系图涵盖了本书最主要的狼群中有编号的狼：水晶溪狼群、玫瑰溪狼群和德鲁伊峰狼群。三角形中的数字为公狼编号，圆形中的数字为母狼编号。

水晶溪狼群

　　头狼夫妇4号和5号，和它们的四只雄性幼崽于1994年1月一起来到黄石国家公园。这一家来自阿尔伯塔省。

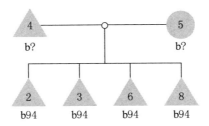

玫瑰溪狼群

1995 年 1 月，一对母女 9 号和 7 号，来到黄石国家公园，被撮合给孤独的公狼 10 号。这三匹狼都来自阿尔伯塔省。9 号和 10 号成了一对。7 号离群后，成了黄石国家公园第一个新形成的狼群利奥波德狼群的母头狼。来自水晶溪狼群的 2 号和 7 号组队，成了利奥波德狼群的第一匹公头狼。

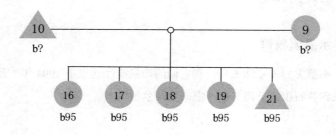

除了上述谱系中按编号确定的五只幼崽外，1995 年的一窝幼崽中还有三只公狼崽。

德鲁伊峰狼群

1996 年 1 月, 母狼 39 号和它的三个女儿 40 号、41 号和 42 号来到黄石国家公园, 被撮合给孤独的公狼 38 号。这五匹狼都来自不列颠哥伦比亚省。同年晚些时候, 这五匹德鲁伊峰狼又纳入了一匹年轻的公狼 31 号, 它被认为和公头狼 38 号来自不列颠哥伦比亚省的同一个狼群。虽然 38 号和 39 号是头狼夫妇, 但它们并没有孕育任何幼崽。38 号反而与 39 号的两个女儿 41 号和 42 号孕育了幼崽。

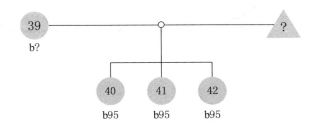

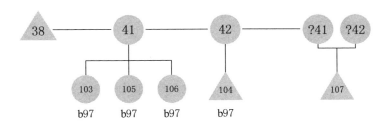

163 号于 1998 年出生在这个狼群中。它的母亲可能是 40 号。想知道它的父亲是谁, 需要继续阅读。

黄石国家公园
东北部地图

蒙大拿州

阴影部分放大

爱达荷州

怀俄明州

其他主要角色
2000—2004年

302

113

伽德纳

黄石国家公园边界

猛犸温泉区

黄石河

裂隙溪

地狱咆哮溪

地狱
咆哮：

地狱咆哮
之战

公园公路

马鹿溪

塔楼路口

妈

黑尾高原

羚羊溪

距麦迪逊路口
21英里①
距老忠实泉37英里

0   5英里   10英里

距海登谷地
10英里

① 英制长度单位，1英里约为1.6千米。

德鲁伊峰狼群主角
2000—2004年

21　42

U Black　106　103　105　Half Black　253

库克市
银门镇

斯鲁溪

卵石溪露营地　环形草原
2000年106号的巢穴
鳟鱼湖
德鲁伊峰　苏达布特溪
黄石研究中心
拉玛尔谷　2000年40号的巢穴
剪斯柏台　搭车岗停车场
国　2000年42号的巢穴　苏达布特角　诺里斯山
脚桥停车场
拉玛尔谷之战　亡幼丘　卡什溪
栎本岭　玉筒溪聚集地

N

欧泊溪聚集地　①拉玛尔河

镜像高原　距鹈鹕谷12英里

第一章　狼群解说员

　　序言中描述的这四只雄性幼崽，于1994年春天出生在加拿大阿尔伯塔省贾斯珀国家公园东部。它们的家族在当地被称为佩蒂特湖狼群。当时，我在美国的最南部，作为国家公园管理局的季节性自然学家，在得克萨斯州西部的大本德国家公园工作，那里是美国本土四十八州中最偏远的一个国家公园。我开车前往格兰德河附近一个废弃的大萧条时期的牧场，在那里带领公园游客参观当地的历史，同时试图想办法摆脱生活中的一个重大挫折。

　　前一天，我接到了黄石国家公园助理首席自然学家汤姆·坦克斯利的电话。原本我们约好，那年春天我去黄石国家公园工作，担任公园的狼群解说员，专门就将狼群再引入公园的可能性进行演讲。我将成为世界上唯一一个官方狼群解说员。但汤姆打电话告诉我，政府给的资金没有到位，这个职位不得不取消。他很抱歉，但也没办法。

　　我继续开车穿过沙漠地带，试着想出一个能保留这个职位的计划。我积极支持将狼群再次引入黄石国家公园，而且我觉得，自己以前在阿拉斯加州国家公园管理局工作时与狼打交道的经验，应该对这个提议有正面作用。除此之外，我有一种直觉，必须去那里。一扇门关上了，我得找到另一条路通过。

　　灵光一闪，我径直赶回家，给汤姆打了个电话。我说了一个提议：如果这个职位由私人出资呢？沉默片刻后，汤姆说他去确认一下。第二天他打来电话说，似乎没有任何法规禁止私人出资，所以我的想法可能行得通。他给了我一个估算，四个月的职位需要多少钱，再就是把钱打到黄石国家公园协会管理的账户上的截止时间，黄石国家公园协会是为公园处理捐款的非营利性组织。

跟汤姆道过谢并结束通话后，现实问题来了：怎么才能筹到那么多钱？按照我当时的收入水平，这是一个很大的数目。幸运的是，我即将开启一次巡回演讲，宣传我的新书《狼的社会》，会在加州的几个大型团体中演讲。这个时间点很理想。

事实证明，我非常不擅长解释这一情况。我很难清楚地说明为什么需要给黄石国家公园的狼群解说员这个职位提供资金。第一个演讲是在南加州的一个社区，我喃喃低语了几句人们如何支持黄石国家公园再引入狼群的提案。如果有人想提供资助，可以在我演讲结束后跟我说。但没人找我。然后我开车北上旧金山，去加州科学院演讲。离汤姆给我的最后时间只有几天了。加州科学院的这次演讲是观众人数最多的一次，也是我最后的机会，我的计划一定要成功，否则只能放弃去黄石国家公园的念头了。

当天有四百五十人来到了现场。我做了个稍微有条理些的解释，向观众讲解了黄石狼的故事，以及人们可以如何资助。活动结束后，一群人围着我，有几个人问起资助这个职位的事。一小部分人做了小额认捐。我很感激他们的捐款，但心里算了下，知道离我需要达到的目标还差得远。

一对年轻夫妇静静地站在那里听我说话。在我感觉他们要离开的时候，那位先生走上前，把他的名片递给了我，说他们愿意帮忙。他让我看看名片背面。我看了，他认捐了 12.5 美元。我感谢了他，并说当我达到目标时，会告诉他的。然后其他人又围住我问起了狼的问题。这对夫妇走后，我又看了看名片背面，发现之前看错了，认捐的金额不是 12.5 美元，而是 1250 美元。加上之前的捐款，现在的总额已经接近汤姆所需要的数字了。

那一刻我知道，黄石国家公园的工作触手可及了。我从簇拥的人群中脱身，跑去找那对夫妇，他们还在附近。带着一丝尴尬，我问名片背面的数字我看对了没有。那位先生，加里，谦虚地告诉我，是对的。他把我介绍给他的妻子崔西。我们聊起了狼和黄石国家公园，我感谢他们的慷慨解囊。第二天，我打电话给汤姆，告诉他我们有足够的资金来资助这项工作了。我们确定了一个开始的日期，并计划了如何来安排这个新的职位。

我收拾好行李，在 5 月的第一周离开了大本德国家公园，开车北上，前往黄石国家公园。这将是一次约 1500 英里的旅行，我计划在三天之内完成。当我穿越数百英里的得克萨斯州西部荒芜的乡村，向新墨西哥州进发时，有足够的时间思考生命中发生的事是怎么把我带向这个新任务的。

我出生在马萨诸塞州的洛厄尔，在附近的乡村小镇比勒里卡度过了我的头十年。我们住在康科德路一所翻新的校舍里。对面是一个农场，周围的土地上全是树林、池塘、小溪和田野。那就是一片荒野，对我这样的孩子来说，是个完美的地方。回想起来，我觉得自己在那里度过了田园诗般的童年。

那是 20 世纪 50 年代，用一个时髦的词来说，我们就是"放养的"孩子。上学期间的暑假或周末，我可以去任何地方，要么独自一人，要么和附近的其他朋友一起。有时候我在当地的一个池塘里钓鱼，有时候只是在树林里散步，有时候是在镇上一望无际的小路上骑自行车。唯一的共同点就是都在户外。随着在户外活动的时间越来越长，我对野生动物越来越着迷。我被房子背后小溪里的小鱼吸引住了，偶尔会抓一些放在一个小水族箱里养着。我发现乌龟更有趣，又花了很多心思和试验，想办法捕捉它们。检查完每只乌龟后，我再把它们放生。

最近，我听天体物理学家尼尔·德格拉斯·泰森 [1] 说："所有的孩子都是科学家。"这触发了我的一个童年回忆。街对面的农场有两条狗，名字叫雷克斯和夏皮。像所有农场的狗一样，它们也是放养的，从来不拴，为所欲为。我注意到，大多数早晨夏皮会走进树林里，很晚才回来，和我经常做的差不多。我想知道它在外面做什么。所以有一天早上，当我看到它出发的时候，就跟着它，看它在树林和田野里游荡，搜寻各种气味的踪迹。它在探索这个村子，像我一直在做的一样。我们志同道合。那一天就是我几十年后在阿拉斯加州和黄石国家公园研究狼的一个缩影。

从马萨诸塞大学的林业学专业毕业后，我在阿拉斯加州的麦金利山国家公园找到了一份工作，被派驻到离公园公路66英里的艾尔森游客中心。麦金利山后来被改名为德纳里山，麦金利山是最早印第安人对它的称呼，公园的名字随之也改了，不过当我到达那里时，它们都还叫麦金利。艾尔森游客中心建在一个北极苔原 [2] 上，位置优越，可以从绝佳的视野看到高达20320英尺 [3] 的北美最高峰麦金利山。游客中心内有关于登山、地质、野生动物和苔原植被的展示，但最吸引人的还是那个视野。我的职责包括规划苔原上的自然步道、带领为期半天的徒步旅行，以及在奇妙湖露营地做晚上的篝火讲座。那个营地能看见麦金利山的近景，是整个国家公园中最壮观的视角之一。

来麦金利山的游客总会被公园里大量的灰熊迷住，我也是。第一年夏天，我看到每一头熊，都会观察它，直到它走出我的视野。公园里的其他动物也让我着迷：驯鹿、驼鹿、多尔羊，还有大量在

---

① 尼尔·德格拉斯·泰森（Neil de Grasse Tyson，1958— ），美国天文学家，以从事科学传播闻名。现任美国自然博物馆海登天文馆馆长，著有作品《给忙碌者的天体物理学》。
② 苔原也叫冻原，是一种生长在寒冷的永久冻土上的生物群落。
③ 英制长度单位，1英尺约为0.3米。

苔原上筑巢的候鸟。但从我到阿拉斯加州的第一天起，我的目标就是要看到一匹狼。当时在麦金利山，很难看到它们。

有一天，在艾尔森游客中心，我听人说看到两匹狼在跟踪一头母驼鹿和它的两只幼崽。于是，我下班后就开车出去，发现了那头驼鹿和它的两只幼崽。然后我在附近的柳树林中，又发现了两匹灰狼，这是我第一次看到野狼。它们在灌木丛中来回走动，试图在驼鹿和幼崽之间穿行。后来这两匹狼放弃了小鹿，离开了我的视线，我也就回到了艾尔森游客中心，为看到这两匹狼而兴高采烈。

第二年夏天，我又回到了阿拉斯加州，如此反复总共有十五个夏天。1975 年，阿拉斯加州议会提请联邦政府正式将公园的名字改为"德纳里"，虽然这一改名直到 1980 年才得以实现，但当时在阿拉斯加州，"德纳里"已经被普遍使用了，下文我也将用这个名字。

狼渐渐多了起来，我花了很多时间去观察和了解它们。我读了阿道夫·穆里 1944 年的开创性著作《麦金利山的狼》，最终找到了一个高处的观察点，我可以在那里观察到远处东福克狼群的狼窝所在地，也就是穆里在 20 世纪 30 年代末、40 年代初研究过的狼群。我认识了狼群的母头狼和它的配偶，一匹跛脚的公头狼。我看到狼群中的头狼夫妇和下属的成年狼在狼窝所在地照顾幼崽。我还看到它们猎杀驯鹿，对峙过于接近狼窝的灰熊。我曾目睹幼崽们偷偷地接近睡觉中的父亲，像攻击猎物一样扑向它。父亲却好脾气地甩开它们，走开，继续打盹。

在那些年，我基本上像一个农民工似的。那十五个夏天，我都在德纳里，冬天的时候，我就在加州的死亡谷和约书亚树等沙漠国家公园工作。1991 年，我转到冰川国家公园，在那里度过了三个夏天。第三年，我在公园的波尔布里奇区工作，那里是观察狼的黄金区域。狼在蒙大拿州和其他西部各州早已被杀光，但在 20 世纪 70 年代末，有几只狼从阿尔伯塔省越过边界，在冰川国家公园西北部定居，这是美国西部第一次有狼群重新定居。由于森林茂密，这些狼很难被发现，但那年夏天我看到了不少，还看到过狼一家在草地上玩耍。

差不多在那个时候，有人请我写一本关于狼的书。我在德纳里和冰川国家公园积累了很多狼的观察记录，我读过所有关于狼的书，也读过大部分关于狼的科学论文。我知道目前最大的事情就是狼可能会被再次引入黄石国家公园。1872 年黄石国家公园被划为世界上第一个国家公园时，狼还是本土动物，但早期的公园管理员和当时全国几乎所有人一样，觉得狼不是好东西。1926 年，他们杀死了公园里的最后几匹狼。

为了写那本书，我去了几次黄石国家公园，采访了公园管理处的生物学家和管理人员，他们正在计划再引入狼的可能性。这些人包括黄石国家公园资源中心主任约翰·瓦利和诺姆·毕晓普，后者是长期在公园附近社区做公众宣传的黄石国家公园的解说员。从那之后，我与许多主张再引入狼的人进行了交谈，比如野生动物保护者协会的汉克·菲舍尔和狼保护基金会的雷尼·阿斯金斯。我还去了蒙大拿州的海伦娜市，采访了美国鱼类及野生动物管理局[①]的生物学家埃德·班斯，他是北落基山脉狼群恢复的协调人。在那儿，我参加了一个关于再引入狼的论证会，并表示赞成。

等我的书《狼的社会》1993 年秋天出版的时候，我已经对黄石国家公园再引入狼的计划很熟悉了。此外，我在阿拉斯加州和蒙大拿州与野狼相处了十六年。这一切都促使我在 1994 年春天前往黄石国家公园，开始我作为公园的狼群解说员的工作。

---

① 美国鱼类及野生动物管理局（United States Fish and Wildlife Service，简称 FWS），隶属于美国内政部的联邦政府机构，主要负责管理鱼类和野生动物的自然栖息地。

等我 5 月初到达黄石国家公园的时候，我去见了下汤姆·坦克斯利，一起过了一遍他为这个新岗位所做的工作计划表。我将住在塔楼路口的政府拖车活动屋里，并在两百万英亩①的公园里展开工作。我已经制作了一个关于狼的幻灯片以及将它们带回黄石国家公园的可能性。我每周都会在麦迪逊和桥湾露营地进行这项工作，偶尔还会选择猛犸温泉区和钓鱼桥露营地。这项工作将持续到 9 月初旅游季结束。

我还会在几个公园的游客中心举办日间讲座。在这些工作中，我会播放我的朋友鲍勃·兰斯迪拍摄的德纳里狼群的录像，那是我在那儿工作时他拍下来的。鲍勃后来为国家地理电视频道和 PBS②的《自然》节目拍摄了大量野生动物纪录片，包括许多关于黄石国家公园狼的纪录片。那年夏天的计划是，我在显示器上放映鲍勃拍摄的片段，在旁边描述狼的行为，然后说一下把狼再引入黄石国家公园的提议。

我的大部分时间用来做公园管理处所说的"巡回解说"，包括去人群聚集最多的地方，与尽可能多的人进行非正式的交谈。只有一小部分公园的游客会去参加管理员安排好的项目，所以我需要去接触其他大多数不参加我们任何讲座的人。我就像一个街头布道者，一个不是仅仅在教堂里布道的牧师。

那个夏天我借来了一块狼皮，想方设法去吸引游客的注意力，以便给他们讲再引入狼的故事。我还记得第一次我是把车停在了塔楼瀑布的停车场。我戴上公园管理员的帽子，检查了自己的制服，拿出狼皮，开始向人群走去时，立刻有几十名游客围上来问我关于这块狼皮的事。

---

① 英制面积单位，1 英亩约为 0.004 平方千米。
② 美国公共广播公司（Public Broadcasting Service，简称 PBS）。

接下来的几分钟里我开始了演讲，我解释说狼其实是黄石国家公园的本土动物，但已经被早期的管理员杀死了，后来公园管理处意识到我们犯了一个多大的错误，现在希望通过从加拿大引进，将狼再度引入公园。我和一群人聊完，再转向下一群人。这样一小时内我就可以把信息传递给大约三百人。他们中的大多数人永远不会参加公园里的任何正式项目。为了增加工作的多样性，我会带着狼皮走进礼品店，在过道里溜达。就像在停车场一样，人们纷纷围过来看我带的是什么。然后，我做完这个简短的演讲，再换到下一个过道。

仲夏时节，我们得到消息说，将狼再引入公园的提案已经得到克林顿总统内政部长布鲁斯·巴比特的批准。从那时起，我调整了我的演讲内容，说我们将在这个冬天把狼带回来。到这个季节结束时，我估计已经向25000多名公园游客介绍了狼和将狼再引入黄石国家公园的计划。

那年夏天，我完成了我第二本跟狼有关的书《抗狼战争：美国的灭狼运动》。这是一本可以追溯到殖民时代的历史文献集，它追溯了美国反狼偏见的起源，以及我们国家决心杀死所有狼的原因，甚至包括国家公园里的狼。这本书还收录了一些早期的作品，它们已经开始用更积极的角度来描绘狼的形象了，比如欧内斯特·汤普森·西顿的《灰狼罗伯，科伦坡之王》。这本书以目前把狼带回落基山脉北部和西南部的计划结束。我还委托狼生物学家和狼的拥护者为这本书写了一些新的文章，自己也写了几篇关于狼的恢复和黄石国家公园计划的新文章。这本书于1995年春天出版。

我作为狼群解说员的工作9月就结束了，那会儿正好是每年公园访客减少的时候。那年秋天，我应邀去爱尔兰和英国巡回演讲。离开公园，我在贝尔法斯特、伦敦和其他几个城市宣讲了狼和黄石国家公园的再引入计划，其中有一次演讲还是面向皇家动物学会。

我也多次接受了BBC①电台的采访。狼的再引入计划引起了国际社会的关注。

那个秋天，我经常怀念在黄石国家公园度过的夏天。我想起亨利·戴维·梭罗曾发表过的一篇评论，他长大的地方距离我所在的马萨诸塞州只有几英里。出生于1817年的他，走过新英格兰的森林时已经看不到狼了。在1856年的一篇日记中，他对他所在地区的狼和其他本土动物的灭绝表示悲伤。他觉得自己生活在一个被驯服和阉割的国家。梭罗谈道，自然界的声音和音符已经不在他的树林里了，并为他不得不生活在一个不完整的土地上而感到悲哀。他还说："我聆听着一场缺失了许多音符的音乐会。"在这些缺失的声音中，最突出的就是狼的嗥叫。1994年的黄石国家公园与梭罗的故乡马萨诸塞州处于同一状态。公园里有一种不自然的寂静，一种不会被狼的叫声干扰的寂静。但这份寂静即将被打破，狼群要回来了。

---

① 英国广播公司（British Broadcasting Corporation，简称BBC）。

第二章　狼群回到黄石国家公园

海外之行结束后，我又回到了大本德，开始我的第二个冬季。那年秋天，黄石国家公园聘请了两位研究狼的生物学家迈克·菲利普和道格·史密斯，来规划狼的再引入计划，并在狼放归后对它们进行监测和研究。迈克是全国唯一一位有狼群再引入经验的生物学家，被指定为项目负责人。他曾在美国鱼类和野生动物管理局担任红狼①恢复计划的协调员，并监督这一物种在北卡罗来纳州的再引入。

道格在苏必利尔湖畔的罗亚尔岛国家公园花了很多年时间研究狼群，这个项目由密歇根理工学院的罗尔夫·彼得森负责。随后他还在明尼苏达州北部，在明尼苏达大学教授戴夫·梅奇的带领下，为美国鱼类和野生动物管理局进行狼群研究。戴夫曾在1958年帮助普渡大学的达沃德·艾伦启动了罗亚尔岛狼的研究。这是有史以来持续时间最长的狼研究项目。罗尔夫于1974年接管了这项研究。道格与戴夫和罗尔夫合作的经历，意味着他是由两位世界顶级的狼生物学家培训出来的。迈克曾和道格一起在罗亚尔岛工作过，所以他们彼此也很熟悉。

1995年1月，我又进行了一次巡回演讲，这一次是在俄亥俄州。恰好是狼群回到黄石国家公园的同一时间。十四匹野狼，分为三个狼群和一匹独行的公狼，在距离黄石国家公园以北约550英里的阿尔伯塔省被捕获。它们是通过马拖车被带到公园里的，1月12

---

① 红狼，生存在北美洲的犬科动物，分布于美国东南部，其祖先是灰狼和郊狼的杂交种，由于现存数量较少，已成为濒危物种。

日，我在 CNN[①] 上看到了整个事件的报道。

回到大本德时，我从黄石国家公园的朋友那里得到了更多详细的信息。三个狼群已经被安置在了公园北区分隔的适应性围栏中，距离我在塔楼路口的据点不远。那一区域分布着密度较高的马鹿，是原来黄石国家公园狼的主要猎物，对新从阿尔伯塔省运来的狼也是一样。每个围栏的面积大约为 1 英亩。

最初捕获的两匹狼是一匹母狼和它的雌性幼崽，来自麦克劳德狼群。这一家的另一只雌性幼崽刚刚被枪杀，所有其他成员，包括公头狼，很可能都已经死在猎人和捕猎者的手下了。母狼（标记为 9 号）和雌性幼崽（7 号）是唯一已知的幸存者。它们被安置在黄石国家公园研究中心背后拉玛尔谷中的一个围栏中。由于狼群中没有可用于繁殖的公狼，所以把那匹单独捕获的公狼也放进了围栏。它被标记为 10 号。这群狼被命名为玫瑰溪狼群。

序言中描述的那个狼群，最终被安置在了塔楼路口以东 6 英里处的一个围栏中，被命名为水晶溪狼群。当管理员和其他公园工作人员从卡车上卸下它们的金属笼子，用骡子拉着雪橇送它们去围栏时，电视摄制组拍摄到的就是这对头狼夫妇（母狼是 5 号，公狼是 4 号）和它们的四只幼崽。被称为 8 号的幼崽就是序言中的小灰狼。它只有 72 磅[②]，是四兄弟中最小的，也是从加拿大带来的所有十四匹狼中最小的。它是狼群中最后被捕获的，差点儿就被遗漏了。

苏达布特狼群的五名成员，在加拿大被称为贝兰狼群，最后被安置在了黄石国家公园研究中心东边的拉玛尔谷的一个围栏中。

由于狼群可能受到死亡的威胁，在它们被送进围栏时，携带武

---

① 美国有线电视新闻网（Cable News Network，简称 CNN）。
② 英制质量单位，1 磅约为 0.45 千克。

器的管理员要一天二十四小时守护着它们。这些管理员在怀俄明州漫长的冬夜里，在零度以下的温度中艰难地在深雪中穿行，是故事中的无名英雄。感谢他们兢兢业业的工作，没有让狼在围栏中受到伤害。

在狼群被隔离的十周里，公园管理处的员工每周两次为狼群送去马鹿、鹿和野牛的尸体，用于投喂。大部分都是当地高速公路上被撞死的动物。野狼在冬季平均每天需要 10 磅肉才能满足能量需求。对于水晶溪围栏中的六匹狼来说，那就是平均每周需要超过 350 磅的肉量。

3 月 21 日下午四点十五分，美国鱼类和野生动物管理局的迈克·菲利普和史蒂夫·弗里茨打开了水晶溪围栏的大门，然后迅速走回公路。大家都以为狼群会注意到打开的大门，并立即跑出去。但它们还是待在围栏里。大门只有一个，而且由于人进出总是通过那扇门，狼群可能害怕接近它。

3 月 23 日，生物学家在远离大门的围栏上凿了一个口，并在外面放置了一具鹿的尸体。第二天监控显示，狼群从开口处走到尸体旁，但在进食后又返回了围栏。狼群还没有意识到，它们已经自由了。到 3 月 30 日，六匹狼中有五匹永久性地离开了围栏，最后一匹也在次日加入了离开的行列。这是一个为期十天的过程，到了 3 月 31 日，水晶溪所有的狼都已经在黄石国家公园里自由游荡了。

公园管理处的员工、公园游客和当地居民，经常看到水晶溪狼在它们的围栏周围探索。它们还被看到在一起玩耍，这是狼群对新家越来越适应的迹象。这可是黄石国家公园六十九年来首次出现自由活动的狼群。在接下来的四周里，这个狼群一直待在围栏附近，以冬季杀死的马鹿为食，并独自狩猎马鹿。

玫瑰溪围栏里的三匹狼则有不同的故事。大公狼 10 号，体重

122 磅，体形超过了成年公狼的平均水平。它在 3 月 22 日大门打开后不久就离开了那个围栏，是来自加拿大的这些狼中第一个离开围栏的。两匹母狼则和水晶溪的狼一样，对离开比较犹豫。母狼似乎害怕那扇敞开的大门，拒绝靠近它。当时我们并不知道，它已经怀孕了。它和公狼在围栏里的时候，已经形成了伴侣关系。

公狼待在围栏外。从它的角度看，母狼是非常危险的，因为它知道这一带是人最可能出现的地方。但它忠诚地等待着它的新伴侣和它的女儿出来。这就好比一个越狱的人不顾守卫巡逻，无视很大可能被重新抓回去的危险，留在附近等待朋友们突破。

3 月 23 日，生物学家们徒步向玫瑰溪围栏走去，打算像之前对另一个围栏的操作那样，在围栏的后侧凿开一个口子。当他们接近那里时，一场暴风雪袭来，极大地降低了能见度。在围栏附近，他们听到一声嗥叫，然后看到 10 号就在 50 码 ① 之外，正盯着他们。队员们不想打扰它，转身迅速沿着小路往回走。公狼跟着他们下山，一路不停地嗥叫，监视着他们离开它的新家。等人们走后，它又回到了围栏区。在接下来一两天里的某一刻，母狼带着幼崽离开了围栏，三匹玫瑰溪狼都开始在周边地区行走了。

3 月 27 日，第三座围栏也被凿开了一个口子，当天晚些时候，五匹苏达布特狼通过这个口子走向了附近的一具鹿的尸体。和水晶溪的狼一样，它们一开始也回到了围栏，但两天后就永久性地离开了这里。

从阿尔伯塔省带来的十四匹狼现在都在探索这片新的土地，这里将成为它们的家。再引入团队成功地实施了将狼群带回黄石国家公园的计划。现在要靠这些狼自己来完成剩下的任务：把公园恢复到原始的状态，包括狼的嗥叫。

---

① 英制长度单位，1 码约为 0.9 米。

第三章　我第一次看到狼

　　1995 年 5 月初，我在大本德完成了工作，开始一路向北驶向黄石国家公园。我的目标是，在即将到来的夏天，至少要看到一匹新放养的狼。我知道这些被带到公园的狼都是在狼群密集狩猎和诱捕的地区被捕获的，在那里，每年由人类造成的死亡率高达 40%。也就是说，它们有充分的理由害怕和避开人类。我希望，如果进行足够多的越野徒步，我可能会足够幸运，能看一眼狼。我又要住在塔楼路口，距离水晶溪狼群放归的地方只有几英里远，这将让我有更好的机会看到它们。

　　我在 5 月 12 日的傍晚时分到达了公园的东北入口，并向西开往拉玛尔谷。我在那儿看到了鲍勃，他正在路边停车。他告诉我刚才他一直在拍摄六匹水晶溪狼，但就在我抵达前，它们溜进了树林。只差几分钟，我错过了它们。我还是去找了找，然后气馁了。我驱车前往塔楼路口，住进了我的拖车里，想着已经错失了今年看到狼群的一次机会。

　　第二天一大早我就起来了，开了 10 英里路的车，向东到了拉玛尔谷。我差不多早上六点就到那儿了，所有的水晶狼都一目了然地出现在南边半英里的路上。我看到了黑色的公头狼、白色的母头狼和它们四个大约一岁的小儿子。狼群中最小的狼，那匹灰色的小狼站了出来，它黯淡的毛发与三位兄长黑色的光滑毛发形成鲜明的对比。我的目标是在那个夏天看到一匹狼。不料就在我回到公园的第一天，我就看到六匹狼在拉玛尔谷中游荡。

当我观察狼群时，好几个人把车停在路边，问我在看什么。我有个望远镜，是我在德纳里看东福克狼群的时候用过的，我就让游客用它来看看远处的狼群。当他们看到狼群时，脸上都闪烁着喜悦和兴奋的光芒。更多的人停了下来，在我的帮助下看到了那些狼。他们中的大多数人都在赞叹母头狼的美、巨大的公头狼的威严外表以及三匹黑色一岁狼的华丽毛皮，但没人提及 8 号小灰狼。

母头狼 5 号，在原来是马鹿尸体的位置上蹲着小便，还用后腿挠了挠地面，做了记号。它走开后，公头狼 4 号，走过来在它留下气味的地方抬腿小便，用两条后腿一起挠了挠地。狼的脚趾垫之间有气味腺体，所以抓挠会让它们领地的标记更明显。其他狼过来的时候，会明白有对头狼夫妇已经标记了这一区域。水晶溪狼已经把拉玛尔谷当成了自己的地盘。

母狼继续在前面领路，另外五匹狼跟在后面。我很快了解到，是母头狼为狼群做出大部分决定，比如选择前进的方向；而其他狼，包括公头狼，只是跟随。狼群走近了一个大野牛群。几头野牛瞥了瞥走近的狼群，似乎毫不在意。成年的公野牛体重可达 2000 磅，母牛也有 1000 磅。而成年狼的平均体重只有 100 磅左右，野牛是它们的十到二十倍。大多数野牛甚至懒得停下咀嚼来费心。头狼夫妇对野牛也没兴趣，继续前进。

后来我才知道，这些狼群原来生活的地方没有野牛。在阿尔伯塔省，水晶溪狼专注于捕猎加拿大马鹿和鹿。当幼崽开始跟随成年狼狩猎时，它们通过观察狼群中的年长成员来判断哪些动物是猎物。在头狼的家乡，晚餐看起来像是鹿和加拿大马鹿。生物学家称之为捕食者的猎物搜寻印象 ①。随着狼群的行进，它们搜寻符合它们认知

---

① 搜寻印象（Search Image），捕食者对某一猎物的大小、形状和颜色会留下深刻记忆，此后依靠这种记忆就能大大提高对这种猎物的搜寻效率。

的合适猎物。对于水晶溪头狼来说，黄石野牛不符合这个印象。

与父母不同的是，这四匹一岁的幼狼对新物种充满了好奇，它们开始跟随一头向野牛群走去的大野牛。很快，领头的一岁黑狼距它不到15码。巨大的野牛停了下来，回头看了看走近的狼群。四匹一岁狼也都停了下来，然后其中三匹，包括小灰狼，继续向前走。落单的公野牛继续前行，很快就和其他野牛会合了。当三匹一岁狼向牛群小跑时，好几头野牛抬起头来。小兄弟们停下脚步，被众多野牛盯得犹豫了，不敢靠近。头狼专注地看着一岁小狼和野牛群。就在这时，野牛发起了进攻。四匹小狼显然被吓到了，转身向父母跑去。

狼群重整旗鼓，再次上路。头狼很快就发现了一群马鹿，大约有一百五十头，完美符合它们的猎物搜寻印象。母马鹿一般有500磅重，公马鹿则高达700磅。虽然比狼大得多，但捕猎起来比野牛理想多了。马鹿跑掉后，狼群也没有追赶。相反，它们缓慢地前进。马鹿停了下来，回头看了看狼群，然后向狼群走去。因为狼群来公园才六周，这些马鹿可能还在试图了解它们有多危险以及如何应对。

马鹿群走到了离狼群不到50码的地方。这时马鹿应该是想明白了，狼群是个威胁，于是它们又开始奔跑。这吸引了两匹一岁的黑狼。它们开始追逐鹿群，但速度只有人家的三分之一。其余的狼则留在原地观望。鹿群一分为二，现在只有一匹一岁的狼还在追了。当马鹿停下来的时候，它也停了下来。它盯着自己决定追逐的这一小群马鹿，它们也盯着它。我回头看了看头狼。它们还只是在观察。我感觉它们是在评估鹿群的状况，并没发现谁跑得慢或者谁比较虚弱，能让狼群抓住并杀死。

随着我目睹了更多狼群与马鹿的互动，我发现健康的马鹿一般可以轻易地跑赢追它的狼，马鹿的最高冲刺速度可达每小时45英里左右，而狼最快也只有每小时35英里左右。直观一点，奥运冠军乌塞恩·博尔特百米跑的平均速度是每小时 23 英里，如果和狼以及马鹿一起冲刺，他将是最后一名。有经验的老狼不会浪费精力来追逐一头状态良好的马鹿，因为成功捕杀的概率太低了。头狼继续前进，一岁小狼们重新混入狼群，很快进入森林，消失在了我的视野中。

那天早上我得到一个教训。日出大约是在五点四十五分，但五点十五分开始光线就足够看到狼了。我六点才到停车场，错失了整整四十五分钟可能看到狼的时间。此后，我发誓要更早起床，早到四点左右，那样我才有时间吃饭，做好准备，从塔楼路口开车十五分钟到拉玛尔谷，在第一束阳光前到达。我不想因为睡懒觉而错过任何东西。

接下来的三个早晨，我都没有看到狼，但在 5 月 16 日傍晚，我在观察狼群时发现了一头灰熊和一只秃鹰。一群马鹿正关切地盯着草地上的某一处。我把望远镜转向那个方向，注视着那个地点。一匹黑色的一岁狼，之前藏起来的，最终在那儿现身了。这一幕教会我，被捕食者都往一个方向看的时候，你就得注意了。

那天晚上，我看到了三种列在《濒危物种名录》上的物种：灰熊、秃鹰和狼。灰熊和鹰都没有注意狼，但我后来发现这两个物种都因为狼重返公园而大大受益。二者都是食腐动物。我们最终意识到，黄石国家公园的灰熊能在未来几年增加，部分原因是它们从狼的捕食中获得了免费的肉。

早先的几周，我经常在猛犸温泉区的公园总部停留，那儿有迈克·菲利普和道格·史密斯的办公室。我和他们熟络起来，并向他们汇报了我在拉玛尔谷目击狼群的事情。当时，再引入计划的正式名称是"狼恢复项目"，但很快，每个人都简称它为"狼项目"，并沿用至今。

当我最早观察水晶溪狼群的时候，玫瑰溪狼群正上演着一个重要的故事。玫瑰溪"三人组"的第一周都用来对释放点附近的区域进行自由探索，也就是水晶溪围栏以东约 5 英里的地方。然后，那匹一岁小母狼 7 号，从成年狼群中脱离了。它自学成才成了狩猎高手，单枪匹马杀死了一头马鹿。来年，它将与来自水晶溪狼群的小黑 2 号组成利奥波德狼群。我将会花更多时间来观察这对新人。

年轻的母狼离开之后，玫瑰溪夫妇先是向东，然后向东北前进，最后在蒙大拿州的雷德洛奇镇附近出了公园，这里距离玫瑰溪围栏 55 英里。母头狼 9 号，已经是孕晚期，它的活动被限制在了这一区域。1995 年 4 月 24 日，迈克·菲利普做了一次追踪飞行，在卡斯特国家森林公园里看到了这一对。当天晚些时候，公头狼离开狼窝，出去打猎了。

两天后，道格·史密斯又进行了一次飞行，并在同一地区找到了母狼的信号。公狼的信号不在那里，所以道格在周围的区域转了一圈。当他最终收到信号时，公狼已经是死亡模式了，表明 10 号可能已经死了。狼的无线电项圈有一个运动传感器，如果四小时内没有发现动静，每分钟发出的蜂鸣就会加倍。它的尸体后来被发现了。雷德洛奇镇的查德·麦基特里克最终由于杀害受《濒危物种法》保护的动物被判刑入狱，他在 4 月 24 日射杀了 10 号。

在伴侣死亡的当天，9 号在距离公头狼死亡地点 5 英里的一处私人土地上生下了一窝幼崽。鱼类和野生动物管理局的乔·方丹十天后发现了这个窝点，并确认了幼崽的存在。他数了数，有七只。这个窝点只是树下一个浅浅的凹坑。为了帮助新手妈妈活下来，人们在这里放了一些动物尸体。刚出生的狼崽无法调节自己的体温，必须依偎在母狼身上取暖。如果母狼因为食物耗尽而外出捕猎，幼崽可能会在它回到狼窝前失温而死。

由于狼窝所在地距离雷德洛奇镇中心仅仅 4 英里，迈克和道格决定重新抓捕母狼和幼崽，并将它们放回玫瑰溪的围栏中。5 月 18

日，鱼类和野生动物管理局的卡特·尼迈尔在狼窝附近放了个带有保护垫的抓腿诱捕器，周围还摆放了他从玫瑰溪围栏里收集到的9号配偶的一些粪便，就这样抓住了它。队员们随后去抓幼崽。

从追踪飞行中，道格知道9号已经把幼崽转移到了一个新的地点。乔上山走到那个新地点，然后发出低呼，希望幼崽们能认出是母亲在走近。他听到了回应的呜咽声。顺着发出声音的方向望去，他发现了一窝幼崽。它们跑开了，只有一只站在原地盯着他看了一会儿，然后才跟随其他小幼崽跑进一处乱石中的洞穴。

道格用他瘦弱的身躯和长长的手臂，伸手进去，把这几只三周大的幼崽一只只拉了出来。共七只。一开始数的就是七只，但他总感觉还有一只。道格拿起一根棍子，四处摸索，碰到了什么柔软的东西。他拔出棍子，看到棍尖上夹着一撮毛，表明最后一只幼崽可能在洞穴的深处。太远了，用手抓不到，他找来一把皮革钳，尽可能往里探。钳子好像紧紧地夹住了什么。当道格把它拉出来时，它在不断挣扎。第八只幼崽，一只黑色的小公狼。

马克·约翰逊是本项目的兽医，他检查了前七只幼崽（四只母的和三只公的），确定它们都很健康。第八只，也就是抗拒道格的那只幼崽，状态也很好。马克有着多年的兽医工作经历，与野狼也打过交道，在辨别成年狗和狼方面很有经验。他后来告诉我，他觉得第八只幼崽成年后就是21号，即那匹黄石国家公园历史上最著名的公狼。成年后，21号的体重估计达到了130磅，但那天，它才出生24天，只有5磅重。

母狼和它的八只幼崽被装上直升机，带回玫瑰溪围栏。在飞行途中，幼崽们可以在直升机内自由活动，但9号被关在笼子里。那天我在外面，看到直升机飞往据点。狼群被安排在围栏里待上六个月，一直到10月中旬，那时幼崽长大了一些，放养时生存的机会也就更大些。每周管理员会丢两次动物尸体进围栏里。

第一年春天九只幼崽的出生令人意外（八只来自玫瑰溪狼群，一只来自苏达布特狼群），项目中没有人想到这些狼会在圈养期间生育。但是，玫瑰溪的公头狼在放养之后那么快就死了，也抵消了大部分幼崽出生时大家的兴奋。不过，10 号在死之前对黄石国家公园的基因库做出了重大贡献，它将通过它所生的幼崽以及它们的后裔来延续生命。它是一个王朝的奠基者，这个王朝至今仍在黄石国家公园里延续着。

第四章　小灰狼和大灰熊

1995 年 5 月 18 日，也就是直升机把玫瑰溪狼群送回它们围栏的那一天，我看到水晶溪狼群中的一匹小黑狼正趴在新鲜的马鹿尸体上。然后又看到另外五个家庭成员在对付另一具新鲜的尸体。一岁的灰狼向哥哥走去，哥哥叼着一块肉走开，它俩打闹着玩了会摔跤。8号从哥哥那儿把肉抢走了。它还停下来，放下肉，玩了一会儿，黑哥哥就这么看着。这些狼在那天都吃得够饱了，所以谁吃掉那块肉无关紧要，反正尸体上的肉还多得是，够所有狼吃还绰绰有余。

一名上一年冬季也在水晶溪围栏巡逻的执法管理员告诉我，三只黑狼崽极尽所能地无情挑衅它们的小弟弟。根据她的描述，它们会一直追赶 8 号，对它进行擒拿和夹击，然后咬它。由于禁闭期间这些一岁的小狼没什么可做的，欺负它们的灰弟弟就成了黑狼们最喜爱的消磨时间的方式。通常被欺负的这个会躲得远远的，但哥哥们会在它睡觉的时候慢慢接近并扑到它身上。8 号可能会不打不闹不反击就跑走，或者面对它们站一会儿再跑走。

由于它是围栏中最小的狼，这一片的巡逻管理员们称它为"小家伙"。管理员还告诉我，每次围栏里来了新肉，小灰通常是最后一个吃上的，这是它身份低微的一个标志。听她讲述 8 号作为幼崽在围栏里的艰难时光时，我想起了哲学家弗里德里希·尼采的名言："那些无法杀死我的，必将使我更强大。"[1] 被欺负、挨打，是否会让

---

① 引用自弗里德里希·尼采《偶像的黄昏》(1977 年)。——原注

它更好地应对逆境和挑战，让它成长呢？

因为知道 8 号在全家被囚禁在围栏的十周里，度过了一段艰难的日子，我很高兴看到它的生活变得稍微正常了。它的三个哥哥现在可以自由活动，于是有很多事情要做，挑衅它的时间就少了。

当天晚些时候，当一匹小黑狼在对付一具新的尸体时，一头灰熊妈妈和它的两只一岁幼崽走了过来。一头熊崽四次冲向黑狼。每一次，黑狼都会跑开几步，准确地猜测到熊崽只是在虚张声势。过了一会儿，狼崽走向尸体，最后站在了灰熊一家的中间。另一头熊崽向狼崽冲过去几英尺，然后回到尸体旁开始进食。这一次，黑狼甚至没有费神逃跑。我让一群怀俄明州的小学生通过我的望远镜观察了这次互动。一个男孩对他的朋友大叫道："这可是我这辈子见过最激动人心的事情！"他们来自一个出名的反狼小镇。我很高兴地看到，观察这些狼会改变他们看待世界的方式。

在接下来的几周里，大多数早晨和晚上我都能看到六匹水晶溪狼。我现在不用再去老忠实泉这样的偏远地方做巡回解说了，只要从塔楼路口开车几英里到拉玛尔谷，找到狼群，向游客展示它们，然后说说再引入狼的故事。能看到狼的消息通过口口相传和报纸报道传播开来，越来越多的人到山谷来寻找它们。很快，路边聚集两百来人都是常见的现象。当水晶溪狼出现在人们视野中时，大家的反应就像流行摇滚乐队的歌迷一样。有些人通过我的望远镜看到狼的时候都哭了；有个女人跑到我面前拥抱了我，因为我是离她最近的政府官员，她很高兴狼被带回了公园。

我在德纳里的十五个夏天和在黄石国家公园的头几年，都进行了大量野生动物的摄影。在狼群被重新引入公园后，我也尝试拍摄远距离照片，但我发现摄影妨碍我研究狼的行为或帮助人们看到狼。我也越来越反感常见的靠近野生动物只为拍摄的做法。最终，我选择把摄影器材留在家里，全神贯注地投入到工作中去，观察狼群，并邀请游客通过我的望远镜去看它们。

在拉玛尔谷的普通观狼者中，形成了一种非官方的行为准则。人们在路边寻找狼群，但不会走近它们。游客不得对狼群喊叫，否则在公园里是违法的。相反，他们静静地用望远镜或观察镜看它们。感谢这种尊重的态度，这让狼群能继续保持日常的行为，并经常在人们的视线中一次停留数小时。带着望远镜的观狼者会邀请其他人用他的设备来观察狼群。这种尊重和分享的意识为每个人创造了一种非常正面的体验。我当时已经为美国国家公园管理局工作了二十一年，在其他公园里从未见过这样的事情。

观看狼群的经历也吸引了不同社会阶层的人：工人阶级、中产阶级、亿万富翁和电影明星。在一个可以观察到狼群的早上，一辆面包车驶入我的停车场。我走过去，告诉大家可以和我一起用望远镜看狼。一个高大的、看着像领导的男性快步走了过来，他看到狼后，就问他的妻子能不能也看一下。她看过狼群后，那人向我道谢并做了自我介绍。他是特德·特纳 [1]，而那位女性是简·方达 [2]。后来，她还给我写了一封非常亲切的感谢信。

随着看到狼群的次数增多，我开始专注于了解每一匹狼的个性。我对四匹一岁的小狼特别感兴趣，很快就知道它们喜欢玩耍。一天晚上，当我在一具新鲜的尸体旁观察三匹小黑狼时，看到其中一匹走到它兄弟面前，做了一个点头邀请的动作。这似乎是在邀请它玩一个"来追我吧"的游戏。这招奏效了，因为后者开始追赶它。稍后，一匹小狼捡到了一根加拿大马鹿的鹿角。另一匹过来把它偷走了，但它很快又跑了回来，两匹小狼玩起了拔河比赛。当头狼走开

---

[1] 特德·特纳（Ted Turner, 1938—　），美国媒体大亨，CNN 创立者。
[2] 简·方达（Jane Fonda, 1937—　），美国著名电影演员。

后，三匹小狼也跟着走了，还边走边玩。一匹转过身来，在后面那匹小狼面前蹦蹦跳跳，这又会掀起一场嬉戏追逐。两匹小狼轮流扮演领先和追赶的角色。

几天后，我在另一具尸体旁发现了两匹一岁的黑狼。其中一匹抓起一块肉，甩向空中，然后跃起，咬住。它又把肉扔到地上，扑过去，假装它是个活物，要逃走似的。之后，它带着肉跑了，又把肉扔上天，边跑边接住它。后来我整理了一系列小狼们的游戏，称这个为"折腾游戏"。

另一匹黑色的小狼跑来，追赶着先前那匹。带头大哥把肉丢了，后面的兄弟便抢了过来。它带着肉跑开，第一匹在后面追。它们已调换了追赶的角色，第二匹在追第一匹。领头的突然停下来，躲进了高高的草丛里。当另一匹小狼跑进来时，躲在草丛里的那匹跳了起来，把它扑倒在地。我称这个为"伏击游戏"。

后来，两匹小狼肩并肩站着的时候，一匹突然跑了。那样子像看兄弟敢不敢去追它。黑兄弟接受了挑战，用最快的速度去追它。两匹小狼轮流用直线和曲线互相追逐，这是一个"来追我啊"的游戏。它们轮流在对方面前奔跑、腾挪、旋转。谁追谁并不重要，所有这些玩耍的重点不是为了赢，而是为了开心。用一个最好的词来形容这群小狼的行为，只能说是亢奋。当我看着它们的时候，我的想法是：它们喜欢当狼。

所有的玩耍都是有目的的。后来我看到一头母马鹿在追逐一匹小狼。虽然它能在直线狂奔中赢过狼，但狼能灵活地来回曲折穿梭，不过它很快就沮丧地放弃了。是那些激烈的追逐玩耍的游戏把狼培养到能跑过母马鹿。有时，小狼还会主动邀请马鹿来追它们。我看到它们在马鹿面前点头邀请，让马鹿开始追逐，然后用它们在游戏中完善的技巧轻松逃脱。这更像在炫耀。

那年春天，当我看着小狼们玩耍时，我在想黄石国家公园是如何成为水晶溪狼应许之地的。在它们的新领地里，没有人类试图射杀、诱捕或给它们挖陷阱。它们要做的就是过着野狼的生活。

一天早上，我发现8号独自在拉玛尔谷散步。五头母马鹿发现了它，开始追赶它。当它跑开时，紧张地扭头看了看，发现它们正在逼近，于是想跑得再快些，但它们也加快了速度。母马鹿到了离它几码远的地方，失去了兴趣，就转移了方向。过了一会儿，8号看到一头大公野牛在草地上卧着，于是蹲下身子，从后面悄悄接近公野牛。很快，它就到了公野牛尾部几英尺的范围内，但似乎不确定下一步该怎么做。这头2000磅重的公野牛随意地转了转头，看了一眼身后那匹不起眼的小狼，不以为然地回过头去，继续反刍。这下，灰色的小狼更加不知道自己该怎么办了。公野牛轻轻一甩尾巴，赶走了一些蚊子。小狼转身跑了。如果说它是想弄清楚这头公野牛是不是猎物，那么显然觉得对方个头太大了，自己无法挑战。

虽然那天早上它没有给我留下什么印象，但那天晚上我看到了小灰狼的另一面。它和两个黑哥哥正在玩耍，互相追逐，突然停了下来，向西看了看，然后朝那个方向跑进了针叶林。我瞥见小家伙们在林中来回奔跑，后来它们的踪影就消失了。忽然，一匹小黑狼从林子里跑了出来，嘴里叼着一具马鹿幼崽的尸体。然后是另一匹小黑狼，最后是小灰狼，它们朝同一个方向跑去。接着我看到了灰熊，它紧跟着8号，不断逼近。与狼相比，熊体形巨大，看起来就像电影《侏罗纪公园》里的恐龙在追小孩。

很显然，灰熊在林子里捕杀了马鹿幼崽。第一匹小狼一定是趁其他小狼让熊注意力分散时抢到了它的战利品。这头灰熊正向小灰狼逼近。以我对8号的了解，以及它被哥哥们欺负的历史，我仿佛看到灰熊用前爪拍打小灰狼，将它击倒，并杀了它。预料到这些，我紧张了起来。但接下来发生的事情完全出乎我的意料。我看到小狼停下脚步，转过身来，与灰熊开始对峙。那头灰熊被这一举动吓了一跳，突然立起身。这两只动物站在那里，相距几英尺，就像大卫站在巨人歌利亚面前。灰熊看起来不知道下一步该怎么办，小灰狼不服气地瞪着它。

当这个不太像英雄的家伙与灰熊对峙的时候，叼着马鹿幼崽尸体的小黑狼正与另一匹小黑狼在它身后拼命逃窜，它俩消失在了茂密的森林中。我的视线又回到了小灰狼和灰熊身上。它们还在近距离地瞪着对方。然后小灰狼转过身来，不以为意地小跑着离开了。它似乎有充分的信心，灰熊不会再次追赶它。

灰熊嗅了嗅地面和空气。它不知道小灰狼带着猎物去了哪里，就向相反的方向走了。后来，我看到三匹小狼从林子里回来了。带着马鹿幼崽尸体的那匹小狼正在进食，另一匹小黑狼和8号则趴在附近，尊重兄弟的占有权。

这段插曲让我对8号多了一些了解。它是最小的幼崽，是大哥哥们找碴的对象；但它也敢于和大灰熊对峙，并能逃过一劫。我意识到，其他的水晶溪狼，无论是它的兄弟还是它的父母，都没看到它转身与那头灰熊对峙的过程。我是唯一见证了它勇敢行为的人。多年以后，我听到"巨石"强森说的一句话，适用于那天的小狼："作为一个英雄，意味着做正确的事情，即使没有人看着你。"[1]

几天后，我看到8号带队去追赶一头母驼鹿。这是它迅速发育成熟的另一个标志。

7月5日，我早早地去了拉玛尔谷，发现8号和它的两个哥哥在一起。它们以不同的组合相互搏斗，小灰狼撑住了。后来，一匹小黑狼在追赶小弟弟时，被绊倒，翻滚了好几下。8号看到小黑狼倒在地上，又跑回来，嬉皮笑脸地扑向它。两匹小狼用牙齿练习了

---

[1] 引自道恩·强森在真人秀节目《凡人英雄》（2013年）的话。——原注

一番搏斗，直到小黑狼从它身下成功挣脱出来。小灰狼追了一会儿，就带着两个哥哥离开了，很快消失在森林里，我看不到了。

在接下来的几个月里，我都没有再看到水晶溪狼群。马鹿离开山谷到海拔较高的地方觅食，狼群也跟着迁移。迈克和道格在那几周的追踪飞行中，发现狼群在很远很广阔的地方游荡。它们经常被发现出现在黄石湖以北、向南 20 英里的鹈鹕谷。我想知道 8 号会变成什么样子。它是家族中地位最低的雄性，但表现出的素质，可能让它成为狼群的头狼，只要它能找到配偶和空白的领域。我还想了想它的三个哥哥。即将到来的一年对这四匹小狼来说至关重要，很可能会决定它们的长远命运。

第五章　玫瑰溪和水晶溪围栏

　　原本打算让玫瑰溪母头狼 9 号和它的幼崽们在适应围栏里待到 1995 年秋天，但这一计划受到了威胁，7 月下旬的一场暴风雪吹倒了紧贴着围栏外的几棵大树，其中两棵树倒在了围栏上，砸出了一对豁口。直到几天后，道格骑着马带着马鹿肉来喂狼时才发现这处损坏。那个时候，八只幼崽都已经从豁口处钻出去了。幸运的是，它们的母亲一直待在围栏里，由于幼崽一般不会离妈妈太远，它们应该都还在这个区域里。迈克和其他人员加入了道格的行动，试图找回幼崽。

　　起初，他们一只也没找到。迈克决定通过嗥叫引诱它们回来。他的计划成功了，幼崽们从附近的树后跑了出来，以为是母亲在嗥叫。其中三只幼崽从围栏的豁口钻了回来。工作人员把豁口封上后，试图捕捉其他五只幼崽。他们抓住了两只，并把它们塞回了围栏。最后三只跑掉了，不过它们也一直待在围栏附近。公园管理处的工作人员每次带着肉回到修好的围栏处时，都会在围栏外面留些肉给这三只幼崽。

　　10 月 9 日，迈克和道格去给围栏里的五只幼崽装无线电项圈。他们到那儿时，看到里面现在有六只幼崽了。第六只进来的唯一方式是爬上围栏边上 10 英尺高的篱笆，然后再跳下来。他们用大渔网捉住六只小崽，然后给它们戴上了无线电项圈。五个半月的狼崽平均体重是 65 磅。

　　在"狼项目"早期的那些年，所有的幼崽和没戴项圈的成年狼都被分配了号码。其中一些后来戴了无线电项圈，但大多数没戴。随着它们的死亡或离群，我们失去了对许多无项圈狼的跟踪，这一系统变得不切实际。最终，我们改变了系统，只有戴项圈的动物才分配号码。狼群在公园毗邻的怀俄明州和蒙大拿州的部分地区定居，我们与怀俄明州渔猎部，以及蒙大拿州鱼类、野生动物和公园部共享我们的编号系统。如果他们启动了新一轮的给狼群戴项圈的计划，他们也会联系到我们，确定我们使用的最后一个号码，让他们捉到的狼使用下一组连续数字。项圈让我们能够从狼身上获得信号，如果是在较高的山脊上，信号最远可达 10 英里。如果狼待在山脊背后，信号就会被阻断，那可能即使只有半英里也收不到信号。

9 月，我有两次去给马克·约翰逊帮忙，他是这一项目的兽医，要进围栏喂狼。我们把肉搬到围栏里，打开门，把肉块丢在地上，然后尽快离开，尽量不让狼习惯我们的存在，或者从人联想到突然出现的食物。当我们走进围栏的时候，母狼和幼崽会跑到围栏的另一端，然后来回奔跑，试图离我们更远些。我们离开后，它们很快就会平静下来。它们绕着围栏走的时候，发现了肉并开始进食，就像它们在野外发现可以食用的动物尸体一样。

我在围栏里的时候，短暂地瞥到了母狼和幼崽，然后小心翼翼地离开。一开始我在围栏里看到一匹大黑狼，以为是成年母狼。然后，我又看到了一匹更大的黑狼，显然那匹才是母狼，我意识到了自己的错误。另一匹大黑狼其实是一只大幼崽。马克和我离开围栏后，我们又四处找了找那两只在逃的幼崽，但没找到。一周后，当我们回去喂狼的时候，我在围栏外面发现了几大块已经有些日子的狼粪，可能是公头狼 10 号留下的。它在耐心等着两匹母狼离开围栏，和它在一起。

马克喂狼的次数远比我多。几年后，他给我讲了一个故事，深深地影响了我。他去围栏里给狼群放肉，放下肉后，发现其中一只黑色幼崽的行为与其他狼有点儿不同。其他狼都在围栏的远端跑动。那只幼崽却挡在马克和其他狼之间，不停地围着他转。在马克看来，这只幼崽的行为就像头狼一样，在威胁面前保护着它的母亲和兄弟们。幼崽并没有接近它，马克也没有感觉到威胁，但信息是明确的：别再靠近。

马克想起，他以前见过这种行为。上个冬天，最初的三匹狼在围栏里的时候，公狼会在马克和两匹母狼之间徘徊，然后从容又自信地围着他转。黑幼崽对它的父亲一无所知，却表现出与头狼同样的方式来保护它的家人。幼崽真的是沿着父亲的脚步在走着，做着父亲在世的时候会做的事情。正如我前面提到的，马克在辨别狗和狼的成长模式方面是一位专家。他在故事的最后告诉我，他相信那只勇敢的狼崽21号，已经担负起了保卫狼群的责任，会成长为公园里的重量级头狼。然后我意识到，我在围栏里看到的大黑崽也是21号。

通过媒体多次报道，玫瑰溪狼的故事已为公众所熟知，10号被杀，母狼和八只狼崽归栏。8月下旬，克林顿总统和他的家人正在怀俄明州的杰克逊度假。正是他执掌的政府批准了黄石国家公园再引入狼的提案。白宫工作人员曾询问公园管理员，克林顿夫妇是否可以来拉玛尔谷看看玫瑰溪狼群。8月25日，我开车路过黄石国家公园研究中心，看到总统的直升机停在附近。迈克和道格带着"第一家庭"去了围栏，克林顿一家帮忙把肉带给了另一个著名的家庭：9号和它的八只幼崽。

所有的媒体报道，让公众对狼群适应围栏产生了巨大的兴趣。我除了在拉玛尔谷帮助游客观察狼群，在那里做巡回解说，晚上在公园露营地进行我的幻灯片放映，每周还会带两次水晶溪适应围栏的徒步旅行。通常情况下，公园管理员带领的徒步旅行会有10到30人参加。我的围栏徒步曾有多达165名游客参加。我在公园服务的生涯中，进行了那么多次自然徒步，颇有信心管理好跟着我的大批人群。在前往围栏的途中，我会时而停顿，分段讲述狼的再引入故事。我总是在一片老杨树丛那儿停一下，让人们看看从根部冒出来的几百个芽。杨树通常会从现有树木的根部再生，而不是种子；我会指出每一个芽都会在冬季那几个月里被饥饿的马鹿啃食掉。

我们现在知道，1926年黄石国家公园的最后一匹狼被杀死后，马鹿的数量急剧上升，因为它们的主要控制因素之一已经被消灭了。（美洲狮 ① 也能捕食马鹿，管理员在那段时间也把它们杀了）。20世纪60年代初，公园管理处请来了牧场管理专家，对公园北部的植被进行分析，这个地区被称为北部山脉。他们在1963年做出报告，估计该地区满足马鹿过冬的承载能力约为五千头，但当时生活在这里的马鹿数量已经远远超过了这个数字。

早在20世纪20年代，公园管理处就对马鹿进行了活捉，并将黄石国家公园的马鹿运到任何一个想要它们的州或加拿大的动物园。管理员也会射杀马鹿，以控制它们过多的数量。由于对射杀马鹿存在争议，这一计划于1968年结束，捕捉项目也关闭了。当时，公园已经运走了26400头马鹿，包括活的和死的。从那时起，马鹿的数量迅速增加。1995年，就在加拿大的狼群到来之前，在北部山脉越冬的马鹿有19000头，几乎是该地区预计承载能力的四倍。马鹿过多导致杨树嫩枝被过度啃食，沿溪流和河流生长的柳树遭到了大面积破坏，失去植被，也造成了水流沿线的水土流失。

当我们走近围栏区时，我已经讲完了狼是如何被安置在适应围栏里以及后来放生到野外的故事。然后我说，我们去附近的一块岩石上，大家能看到围栏。我补充了一句，到那个观察点我就不说话了，因为我想让每个人都有一个安静的时段看看围栏，想想它的意

① 美洲狮，又称山狮，大型猫科动物，主要分布于美洲。

义。我们默默地走向那块岩石，徒步者们终于看到了那个围栏。在
听过那么多的传说之后，眼见为实，看到围栏让游客们感到激动，
尤其是当他们注意到那块切出一个出口的木板。就是在那个地方，
第一批狼从围栏里走出来，成为黄石国家公园的永久居民。这里是
狼群的"普利茅斯岩"①。

因为狼群的回归，再加上其他因素，比如美洲狮和熊的数量上
升、临近公园北部边界人类狩猎的增加、更多野牛的竞争以及气候
的变化，公园北部冬季的马鹿数量在未来几年有所下降，最终稳定
在 6000 头到 7000 头的范围内，这是一个更可持续的生态系统的
水平。

随着狼群在公园里的定居日趋安稳，我不断带领大家徒步前往
围栏，我自己也经常徒步去。几年内，围栏附近的杨树每年春天都
会产生数以万计的存活嫩芽，很快就形成了一片几乎和竹林一样茂
密的树丛。水晶溪边的柳树也开始繁茂起来，需要杨树和柳树作为
食物和建筑材料的海狸也搬来这里定居。当纪录片制作人来到黄石
国家公园制作狼的再引入故事时，道格·史密斯就会带领他们去那
条小溪，指出生态系统正在惊人地恢复。

我在公园管理局的工作在 9 月初就结束了，但我还是继续留在
公园里寻找狼群。那年秋天，我召集了一群志愿者，我们帮助道格
把围栏板搬到了黑尾高原地区的一个新的适应性围栏，距离塔楼路
口大约 10 英里。迈克和道格计划从加拿大再带来四个狼群，还需要
建设两个新的围栏。玫瑰溪和水晶溪围栏会再度投入使用。

---

① 普利茅斯岩（Plymouth Rock），又称为移民石，据传是新移民涉过浅滩，踏上美洲大陆的
第一块石头。

第六章　玫瑰溪狼群有了新公头狼

　　我在离开公园过冬之前，最后一次看到了水晶溪狼群。1995年10月5日，我看到六匹水晶狼中有五匹在拉玛尔谷漫步。这是我那一年中第四十五次看到这群狼。漏掉的那位家庭成员是小灰狼8号。最近的追踪飞行经常发现它和家人分开，去探索新的领域。2月，它就会长大成熟，足以与母狼交配并抚育幼崽。我有点儿好奇，它是不是在寻找配偶呢？

　　那次目击后又过了几天，我开始为去日本进行的一个关于狼的巡回演讲做准备。灰狼曾经是日本的本土动物，但在19世纪末已经全部被杀光了。野生生物专家丸山直树博士发起了一场狼的再引入运动，他请我帮忙，就美国狼再引入计划的成功经验进行演讲。

　　离开前，我最后一次来到"狼项目"办公室，道格告诉我一个关于8号的非凡故事。雷·保诺维奇正在拍摄一部关于狼再引入的纪录片。10月11日早上，他一直在玫瑰溪围栏旁，看到两只幼崽正在围栏外向8号乞讨食物，并在它身边嬉戏打闹。8号是幼崽们见到的第一匹成年公狼，它们似乎对它很着迷。当我为这本书采访雷时，他告诉我："8号对幼崽表现得非常友好，在我的印象中，它已经和它们交上了朋友。它们在一起玩耍，彼此都很放松。"

　　就在那次相遇之后，道格、迈克和其他几个人曾去过围栏，打开大门，让里面的母狼和六只幼崽可以自由出入。上午晚些时候，9号和它的八只幼崽都在一起了，而且这群狼中出现了第十个成员8号。从那之后，8号就经常带着玫瑰溪母头狼和它的幼崽一起出行。

它现在的角色像狼群的公头狼，这多亏了它一开始特别友好地对待那两只幼崽，否则它可能一辈子都不会在狼群里取得这样的地位。

多年来，我一直在试图想象它们之间发生了什么。我想象着8号在离开家人后，前往玫瑰溪，去对它之前听到的狼嗥声一探究竟。到了那儿，它看到了两只自由活动的幼崽。在它从前生活的世界里，它一直是最小的狼，但现在，它第一次看到比它还小的狼。那一幕可能触发了它的父性本能，它和那两只幼崽成了朋友。而幼崽的母亲当时还在围栏里，当8号与这两只幼崽互动时，它在一旁看着。然后，当母狼和其他六只幼崽从围栏里被放出来之后，它对8号的到来表示了欢迎。鉴于年龄和体形都小，8号其实并不是新头狼最理想的人选，但它对它的幼崽们一直很友好，能陪它们玩，所以母狼接受它加入它的家庭。它正在寻找一匹有一颗金子般心的狼，在8号身上找到了。

那天起，8号和9号开始形成长期的伴侣关系，这在世界上大约5000种哺乳动物中，只有3%到5%能拥有，这是人类和狼的共同之处。它加入这个狼群的时候，还只是一岁的小狼，换算成人类大约只有十六岁。这些年来，我在狼窝里观察了许多小狼，记录了它们与幼崽玩耍的无尽时光。很明显，小狼喜欢与幼崽们互动。根据我的观察，我确信8号对9号的幼崽也有同样的表现，而且比起年长的公狼，更喜欢和它们玩耍。可能正是这一点给9号留下了深刻的印象。

后来，我读到人类和动物的哺乳行为是如何在母亲和后代身上释放催产素的。当母亲拥抱或抚摩婴儿时，会释放出这种激素。有时这种激素被称为爱的荷尔蒙，它加强了母亲和婴儿之间的联系。一项研究甚至描述了催产素是如何使母亲产生与婴儿互动的不可抗拒的欲望。父亲和子女们一起玩耍时，也都会释放催产素，特别是当父子俩打闹玩耍时。对于两性来说，较高的催产素水平与增加的同理心、依恋和利他主义相关。每次 8 号与玫瑰溪狼群的幼崽玩耍时，催产素都会使它们之间的情感连接增强，特别是当它与四个养子打闹时。

当 9 号邀请 8 号进入它的狼群成为新的公头狼时，它的主要职责之一就是成为它的个人拥趸，就像中世纪的宫廷夫人要求骑士时刻准备保护她一样。作为玫瑰溪的公头狼，它必须在面对任何威胁时，保护它的新家庭，并打败威胁。当时大多数认识 8 号的人可能会说，这位女首领的选择值得质疑，9 号的某个兄长会是好得多的头狼人选。但我见过它站在灰熊面前的样子，我的感受就不一样。

当我想到 8 号的时候，总能想起 J.R.R. 托尔金的《魔戒》中有人对霍比特人弗罗多说过的话："再渺小的人也有改变未来的能力。"[1] 8 号的体形不是它的典型特征。重要的是它心灵的强大。它有运动员一般强大的内心，可能技不如人，但从不放弃。

这是我们首次记录到这种案例，一匹没有血缘关系的公狼在原狼群的公头狼死亡后加入，并承担起抚养幼崽的责任，视如己出。对于大多数食肉动物来说，新加入的雄性动物通常行为是杀死前一个雄性动物留下的幼崽，让雌性动物再次受孕，然后帮助抚养它亲生的幼崽，例如，非洲狮群就是这样的习惯。但公狼不同，在我后来目睹的所有案例中，新的公头狼都会帮助抚养前一匹公狼所生的幼崽。

这种行为很可能是早期人类能成功驯化狼的一个关键原因。几乎每个人都认识一个养了大公狗的家庭，狗会对幼儿和孩子们很温柔，即使被拽着耳朵和尾巴。这种宽容，以及狗想和孩子们一起玩耍、保护他们的本能，直接来自它们的狼祖先。

在写这一章的时候，我被 8 号第一次遇到玫瑰溪狼群之后的一

---

[1] 引自 J.R.R. 托尔金《魔戒》三部曲中的第二部《护戒使者》(1954 年)。——原注

系列行为所震撼。它最初在围栏外与两只幼崽相遇并结识，后来才见到它们的母亲，再后来又成为它的配偶。这意味着，它与这个新家庭的联系是从那两只幼崽开始的，而不是成年母狼，这是一个重要的区别。当9号和其他六只幼崽出栏时，8号也和它们经历了同样的情感连接过程。对于所有这些幼崽，8号是它们认知中唯一的父亲形象。当我后来看到这一家人在一起互动时，我就会想，幼崽们对8号的情感依恋和投入，与10号活着时的父子关系没什么不同。

在8号加入玫瑰溪狼群成为公头狼一周后，迈克·菲利普和鲍勃·兰迪斯目睹了一件事，那件事迫使8号做出了一个关键的决定。迈克在拉玛尔谷的东边看到了剩下的五匹水晶溪狼（一对头狼和8号的三个黑哥哥）。它们正在公头狼的带领下，快步向西一路小跑。迈克从玫瑰溪狼群那里得到的信号是，它们正向西边的贾斯珀台走去。道格·史密斯前一天飞行时，曾在那一带的野牛尸体上看到过玫瑰溪狼群。水晶溪狼群继续向西小跑。然后，三匹黑色的一岁狼闯进了玫瑰溪狼群的领地，可能是被野牛尸体的气味吸引来的。然而，那对头狼却立即转身向东逃走。它们一定是意识到自己正在接近更强大的玫瑰溪狼群。

与此同时，当黑色的一岁狼发现它们的灰弟弟时，它们跑到它身边，进行了一次友好的重逢。随后，八只玫瑰溪狼群的幼崽也加入了水晶溪四兄弟的行列，十二匹狼热情地互相打招呼，摇着尾巴，互相舔着脸。一行狼开始向水晶溪母头狼走去。迈克注意到9号从领地走出来，看到了面前三匹陌生的狼。当它看着这些不认识的狼与它的孩子们混在一起时，它发出了警戒的叫声。听到它的叫声，这群狼停了下来，其中一匹黑色的一岁狼开始试图接近它。8号跟在哥哥们后面。玫瑰溪狼群的幼崽们则留在后面，可能是对母亲的警告有所反应。

这时，9 号跑到那匹黑色一岁狼面前，攻击了它。8 号没有犹豫，它跳进去和哥哥打斗，以实际行动支持它的新伴侣。玫瑰溪头狼夫妇立即包围在水晶溪黑狼的两边，都在咬它。幼崽们离开一小段距离，没有参与进来。黑狼跑开后，8 号和 9 号追了上去。三者都以最快的速度跑着。大约 400 码后，母头狼放弃了追逐，但 8 号继续追赶它的兄弟。它先追上了那匹黑狼，然后才让它离开，回到新伴侣身边。此后，这对头狼小跑着去找幼崽，一家人开心地大团圆。

鲍勃拍下了那次互动。他的镜头显示，幼崽们舔着 8 号的脸，9 号则坐立在它面前，亲热地用爪子绕着它的头。它的行为看起来和幼崽一样，在迎接战胜敌人的狼群公头狼。我在想，8 号在与哥哥友好重逢后仅几分钟，就看到 9 号向哥哥冲去，那一刻它是什么反应。8 号现在是 9 号的伴侣，不得不站在它这边。它向哥哥发难，帮它把哥哥从它的孩子们身边赶走。毫无疑问，8 号现在属于玫瑰溪狼群。

我很想继续留在黄石国家公园，关注 8 号和它的新家庭的情况，但公园里一到冬季就没有可做的工作了，而且我已经答应了日本的巡回演讲。10 月 15 日，我离开了公园。在东京落脚后，我花了一周的时间，就黄石国家公园狼再引入的议题进行演讲，然后，又在日本各地旅行了一周，包括北海道，并在这些地区进行了更多的演讲。

在日本期间，一位东道主带我去了一座狼庙。幕府时代，农民不允许拥有任何可能用来反抗统治者的武器。本土的鹿会来到他们的农场，啃食农作物。没有武器，农民很难把鹿赶走。作为一个绝佳的解决方案，农村各地建立起了寺庙供奉狼。农民会走到最近的寺庙里，给狼留下食物祭品，然后祈祷它们会来他们的农场，把鹿杀死。

在回美国的路上，我在夏威夷停留了一下，在大岛的夏威夷火山国家公园和茂宜岛的哈雷阿卡拉国家公园举办了关于狼的讲座。当我回到大本德时，我翻阅了夏天的野外笔记，发现我已经138次看到了狼。我把看到一匹狼算作一次目击，所以如果六匹水晶溪狼我全都看到了，那就是六次狼的目击。在黄石国家公园漫长的夏日里，我会在凌晨五点之前出去寻找狼群，当它们不在视野范围内或中午不出来活动时，我会工作、休息或做其他的事情，然后晚上再出去。如果我又找到了狼群，那就算看到了另外六匹狼。

我记录了每次目击狼群出现的时间，加起来有三十九个半小时。道格·史密斯在苏必利尔湖的罗亚尔岛国家公园度过了九个夏天和两个冬天，一直在做狼群研究。在一个典型的夏季，道格会徒步约500英里穿越公园的森林和沼泽地。他说，每年夏天能看到一匹狼都算是一件不得了的事情，而且平均每次目击的时间不到一分钟。道格在那里花了那么久的时间，只从地面上看到过三次狼。

那年夏天，我在公园管理局的项目中做巡回解说时，向四万名公园游客讲了狼的故事，我还帮助他们中的许多人看到了狼。媒体对狼再引入的计划产生了极大的兴趣，我通过三十多次的电视和报纸采访，把狼的故事传达给了更多的观众。我还在拉玛尔谷发现了二百五十五头灰熊。1995年真是特别棒的一年。

第七章　德鲁伊峰狼的到来

　　我想在冬季回黄石国家公园看看，看看那个时候的公园是什么样子，并且希望还能看到狼。我报名参加了 1 月下旬黄石国家公园在拉玛尔谷举办的名为《动物如何过冬》的课程，由当地肉食动物生态学家和野生动物专家吉姆·哈夫彭尼博士授课。上课日期恰好与第二批狼群从加拿大抵达的时间重合。为了确保足够的遗传多样性，这次的狼将在不列颠哥伦比亚省的威利斯顿湖地区捕捉，这里位于黄石国家公园以北 750 英里。在那片地区，生物学家约翰·韦弗曾在一个狼窝里发现过野牛残骸，所以第二批狼很可能有猎杀野牛的经验。

　　在我回到拉玛尔谷之前，还发生了另一件大事。12 月，8 号的黑哥哥之一 3 号，离开了水晶溪狼群，前往距公园北部边界约 25 英里的天堂谷。几天后，它被目击到出现在该地区的一群圈养狼附近，其中还有几匹即将发情的母狼。1 月 11 日，一个当地牧场主报告说有一只羊失踪。第二天，一名动物定损人员发现了一只被吃了一半的小羊。8 号的哥哥就在这附近，很可能就是它咬死了小羊。两天后，它被抓获，随后在公园中央被放生，希望它能留在那里。

　　2 月 2 日，这匹孤狼又回到了牧场。当天晚上，有一只羊受到了攻击，这匹黑狼被定位发现在牧场谷仓的 200 码距离以内。接下来的几天，它一直待在牧场附近。公园的狼群管理计划中最初制定的协议要求，如果狼惹祸杀死了牲畜，会给它第二次机会。如果这匹狼归来后继续制造事端，就会被消灭。由于没有抓住第二次机会，2 月 5 日，8 号的哥哥被动物定损人员开枪打死。预言的第二部分已经发生了。强大头狼的四个儿子中，有一个确实英年早逝，而且死得并不光彩。

那年冬天，我们还失去了另一匹黄石狼。12 月 19 日，一匹玫瑰溪狼群公狼崽在拉玛尔谷被一辆运货车撞死了。这窝幼崽的其他七名成员艰难活过了它们狼生的第一年。

1996 年 1 月，我从得克萨斯州飞到蒙大拿州的波兹曼，然后开车来到公园，在研究所南边短暂地看到了水晶溪头狼夫妇和其中一匹黑色的一岁狼。狼群停下来观看山谷中的马鹿群，然后转身消失在森林中。

我加入了吉姆的课程，一起研究野生动物如何应对公园里严酷的冬季环境。1 月 28 日，我们在教室里听到外面传来一阵骚动，于是走到外面去看发生了什么。一辆拉着马拖车的大卡车刚到停车场。卡车里装着新来的德鲁伊峰狼群的五名成员，狼群的名字来自研究所东北方向那座 9583 英尺高的山峰。每匹狼都被关在一个坚固的金属笼子里，笼子长 4 英尺，宽 2 英尺，高 3 英尺。

我们已经听说过卡车里其中一匹狼的故事：38 号。它是一匹大公狼，重达 115 磅。在运输的早期阶段，它不知怎么把自己的笼子撕开了。一名工作人员在检查狼群的时候发现它在拖车里随意走动。它不得不被打了镇定针，关进另一个笼子里完成运输。每个参与狼群运输的人都对这匹大狼印象深刻，也有点儿害怕。它的故事让我想起了金刚撕掉锁链逃进纽约的故事。我断定，这家伙不是一匹好惹的狼。如果它能撕开一只笼子，那一旦它和另一匹公狼打起来，会怎样？

拖车里的另外四匹狼来自贝萨狼群：一匹白色的母头狼（39

号）带着三只母狼崽，一只是灰色的（40 号），另外两只是黑色的（41 号和 42 号）。这群狼中的公头狼没有被逮到，可能已经被捕猎者杀死了。这个狼群中令人生畏的新公头狼来自另一个狼群。它也将被放在玫瑰溪狼群里，与四匹母狼一起，希望它能与母头狼结合，就像前一年玫瑰溪狼群中的孤狼与 9 号一样。我们回到课上，为我们刚刚见证了新狼群的到来而感到高兴。

从不列颠哥伦比亚省还运来了另外三个狼群。约瑟夫酋长狼群被安排在水晶溪围栏里。那群狼有四匹：一匹成年公狼，一匹成年母狼，还有两只幼崽。去年秋天，我们在黑尾高原地区帮忙准备的围栏将容纳两匹成年狼，一公一母。它们最终被命名为孤星狼群。第四个狼群，被称为内兹珀斯狼群，被安置在了麦迪逊路口附近的一个新围栏里，大约在老忠实泉以北 12 英里。那群狼有六匹：两匹成年狼和四只幼崽。

不列颠哥伦比亚省来了十七匹狼，加上 1995 年从阿尔伯塔省运来的十四匹，总共有三十一匹。公园授权可以引进更多的狼，但原来的那些狼表现不错，不需要再从加拿大引进更多的狼了。我检查了两批狼中七只公狼崽的体重，8 号依然是最小的。八只母狼崽中，也只有一只比它还小。另一只比它重 28 磅。

2 月下旬，8 号和它的新配偶被看到在交配，9 号在 4 月生下了三只幼崽。这些幼崽出生的时候，8 号才两岁，相当于一个二十岁的男人。它现在负责保护和喂养它的伴侣、9 号原来生的七匹一岁狼和它作为父亲所生的三只新幼崽。这样加起来就有十一匹狼了。对于一匹小狼来说，这可是个重任。

我结束了在大本德的第三个冬天，开始在黄石国家公园一路向北长途跋涉，于 1996 年 5 月 12 日到达公园，比工作日提前了几天。我做的第一件事就是开车去拉玛尔谷寻找水晶溪狼群，人们说它们在黄石国家公园研究中心以东几英里的地方安了家。我和那群狼中的头狼夫妇很熟,急着想看看它们一家的情况。我没有看到它们或新放出的德鲁伊峰狼。

第二天一早,我回到拉玛尔谷,爬上拉玛尔河和苏达布特溪交汇处上方的陡峭山丘,眺望山谷。我很快就在约半英里外发现了8号的母亲5号。它抬起头,嗥叫了数次,然后慢慢地走开了,左前爪一瘸一拐。我发现8号的一个黑哥哥就在它前面。现在它已经两岁了,是原来四兄弟中唯一还留在狼群中的一个。

母狼经常停下来嗥叫,四处张望。我猜想它是在寻找狼群的公头狼。年轻的公狼6号以正常的速度行进,瘸脚的母狼难以跟上。它趴下了,我感觉它不只是脚掌疼,应该有更大的问题。6号转身回来,闻了闻它,然后小跑着走了,5号起身跟着它。

公狼走到拉玛尔河岸边,看到水里有两只加拿大雁,就跳了进去,用狗刨式游向它们。它们轻松地以更快的游速逃之夭夭。狼从河边摇摇摆摆地离开,向一小群母马鹿走去。公狼选出一只,追赶着它,很容易就追上了,尽管它只是以半速在奔跑。这头母马鹿有问题,6号发现了它的弱点,与它并肩跑了一会儿,然后跳起来咬住了它的脖子。母马鹿停了下来,站在原地不动,狼用后腿平衡站着,保持着对它喉咙的控制。狼有四颗锋利的犬齿,下巴有1500磅的咬力。当狼咬住马鹿的喉咙,几分钟就能要了它的命。

狼看起来很轻巧,扭动着下巴和上身,把马鹿按到地上。马鹿没有反抗。当狼一直控制着马鹿时,我可以通过望远镜看到它还在呼吸,但狼的咬力正在使它慢慢窒息。当狼松开时,距离开始追赶母马鹿不过四分钟,它已经死了。

年轻的狼开始撕咬马鹿的下半身,但很快就走回去探视那匹母头狼,它正看着一头带着新生牛犊的母野牛。当母野牛向它走来时,它只好退避三舍。6号回到它的猎物处,母狼也跟了上去。它们都在进食，但 5 号只吃了一分钟就走开了，这再次说明它不是受伤就是生病了。

6 号从尸体上撕下一块精心挑选的部位，送往母狼那儿，它兴奋地小跑着去找它。它俩的踪影消失在了一条沟壑中，然后我看到母狼正在吃那一小块甄选的肉。公狼站在几码之外看它吃东西。看样子，它给母狼送食物是因为它受伤了。公狼回到尸体旁，啃食了起来。后来两匹狼都向南边走去。母狼在一棵树旁蹲尿了，公狼又抬腿尿了一个。这种双重气味标记通常由狼群的头狼夫妇来做。

那匹水晶溪公头狼 4 号不见了踪影，我开始怀疑它是不是出了什么事。我还注意到母狼身上的另一件事。它的乳头胀大了，这是它在哺育幼崽的明显标志。也许它的配偶在巢穴中休息，而它趁机放个风与小公狼一起出来打猎。但它为什么一瘸一拐？

当天晚些时候，我去了"狼项目"办公室，把我看到的情况告诉了工作人员。道格告诉我，一个来访者找他聊过，因为几天前他看到一个狼群在水晶溪巢穴附近追逐一匹黑狼。黑色正是那匹公头狼的毛色。然后，道格发现 4 号的无线电项圈发出了死亡信号。道格和一队人马走到那片区域，发现了它的尸体。他们确定它是被其他狼杀死的，可能是在 5 月 7 日，而德鲁伊峰狼是主要嫌疑犯。很显然，德鲁伊峰狼想把拉玛尔谷占为它们的领地，尽管水晶溪狼群一年前就已经占领了这里。德鲁伊峰狼一定是发现了水晶溪狼的巢穴，然后袭击并杀死了公头狼。母头狼的伤很可能就是在那个时候由德鲁伊峰狼造成的。

但幼崽们怎么样了呢？道格和其他"狼项目"的工作人员搜索了可能的巢穴区域，但没能发现巢穴或任何幼崽留下，也没看到两匹幸存的成年狼身边有什么幼崽。但母狼的乳头胀大，以及它曾在该地区停留的事实表明，它在那里有巢穴和幼崽。在冰川国家公园的野外工作中，长期从事狼研究的黛安·博伊德曾两次看到一匹母狼埋葬一只死去的幼崽。如果母狼的幼崽是被德鲁伊峰狼杀死的，它会不会这么做呢？

狼一般不会与近亲繁殖，据了解，5号是小公狼的母亲。在下一个繁殖季，狼群会发生什么？母子俩可能会分头寻找没有血缘关系的配偶。

所有这些事态的发展，对我们这些在过去一年里已经非常了解水晶溪狼群的人来说，在感情上很难接受。这是我们的主队。而现在这个狼群面临着灭绝的危险，因为最后的两个成员是母子关系。而这一切都要归咎于新来的德鲁伊峰狼。人们开始称它们为拉玛尔谷的恶狼。对我们来说，这就好像一伙亡命之徒奔进了镇子，并占领了这里。

当后来看到德鲁伊峰狼群的五匹狼时，我集中精力观察它们的大公头狼，就是那个撕开金属笼子的。它很可能杀了水晶溪狼群的公头狼。作为一名公园管理员，我努力克制自己不喜欢38号的自然倾向，但很难做到客观。水晶溪狼群本来有一个高质量的领地，有大量可猎食的动物。德鲁伊峰狼以多欺少，后来居上，杀了水晶溪狼群的公头狼，夺取了它们的领地。没有任何生物学上的理由可以提出反对。就像国家为争夺领土而互相开战一样，这些狼群做的是几千年来它们一直在做的事情。正如"狼项目"后来所记录的那样，咄咄逼人的领地行为往往会将某一地区的狼群数量限制在该地区的承载能力范围之内。

水晶溪狼群很快就向南走了20英里，来到鹈鹕谷，并把这一地区占为新领地。它们在1995年夏天发现了那片郁郁葱葱的山谷，并在秋冬两季经常回到那里。现在，狼群仅剩的两名成员把这里当成了它们长年的家。在接下来的几年里，我还记录了水晶溪狼的一些戏剧性故事：它们返回拉玛尔谷祖屋的旅行，以及它们遇到敌人德鲁伊峰狼时发生了什么。

第八章　一个新狼群的形成

　　我去公园总部报到，发现计划有变。1996 年夏天，我会住在麦迪逊路口，在猛犸温泉区以南 37 英里处。那儿离拉玛尔谷很远。自然学家部门希望我在老忠实泉举办狼的讲座，这样我们能触及更多的游客；每周五晚上在麦迪逊露营地也举办一场幻灯片放映，那里位于老忠实泉以北 16 英里处。他们还安排我每周在麦迪逊地区的哈勒金湖进行两次以狼为主题的徒步旅行。其余时间则安排我带着狼皮在间歇泉进行巡回解说。

　　我争辩说，如果我常驻塔楼路口会更好，这样我可以继续帮助人们在拉玛尔谷看到狼。但我的项目安排已经在公园的报纸上公布了，现在太晚了，无法变更。那是 5 月 13 日。我需要在 5 月 29 日暂时搬到老忠实泉的一辆旧拖车上，然后等麦迪逊地区的另一辆拖车翻修后转过去。接下来我有十五天的时间在拉玛尔谷寻找狼群。

　　5 月 16 日，迈克·菲利普带着我们一群人去了南布特，在黑尾高原的南侧、塔楼西侧 10 英里处。1995 年春天，一岁母狼 7 号就是在这一带定居的，它在走出玫瑰溪适应围栏后曾单独行动。秋季和初冬时，追踪飞机曾偶尔发现它回到拉玛尔谷。当它出现在那里时，8 号的一个黑大哥，水晶溪一岁狼 2 号，经常在附近出现。1 月，它跟着这匹单身母狼回到黑尾高原，它们成了一对，成为再引入狼群中建立起来的第一个新狼群。为了纪念野生动物学家奥尔多·利奥波德，这一对狼被命名为利奥波德狼群。利奥波德曾在 1944 年首先建议在黄石国家公园再引入狼。它们现在在南布特附近的一片森林里养育着三只幼崽。

迈克指出我们所在位置的南面有一个新的狼用适应围栏。那是我们去年秋天搬运围栏板的地方。两匹互不相干的狼，一公一母，1月份曾被安置在那里。后来，利奥波德狼选择的巢穴地点就在1英里外。原计划是将围栏里的这两匹狼在该地区放养，但利奥波德狼在这里安下了巢穴，意味着必须找另一个放养地点了。一个临时的围栏被安放在老忠实泉的南边，靠近孤星间歇泉。这一对狼被转移到了那个围栏里，然后很快就放了出来，命名为"孤星狼群"。母狼离开围栏不久，一脚踩进了温泉，之后因伤势过重死亡。公狼离开了这个区域，在公园里游荡，两年后也死了，就在东边的黄石湖。

我报名成为"狼项目"的志愿者，这让我可以在常规的自然学家工作之外的其他时间，使用遥测设备寻找和监测利奥波德狼群。作为一名志愿者，我必须在表格上详细填写我所观察到的狼群的所有行为以及发生时间。整个夏天，我在南布特花了很多天时间，这让我有机会研究父母对幼崽的照顾、幼崽的行为以及狼的捕猎方法。此外，我还观察了一对新狼，它们在一起只有几个月，观察它们在关系的早期阶段是如何互动的，见证了它们是如何结合的。

在和迈克一起徒步的两天后，我又回到了南布特，看到利奥波德母头狼趴在小森林的北面，它在那里有自己的巢穴。这是我第一次看到它，因为我整个1995年都没看到它。后来它起身，走向附近的一具马鹿尸体。雾气渐浓，我看不到它了。雾散后，7号不见了，可能是在森林中的巢穴照顾它的三只幼崽。

我待了一整天，傍晚时分发现了黑色的公头狼。它从西边接近作为巢穴的森林，然后消失在树影间。紧接着，母狼也从西边走了进来。它向森林移动，然后停了下来，盯着森林边缘的一条沟壑，然后跑了进去，应该是看到了自己的伴侣，很是兴奋。

后来这对父母来到了空地。母狼趴下。公狼向它走来，它翻身躺下。公狼跨站在它身上，它抬起前爪，轻轻地摸了摸公狼的脸，看起来在爱抚公狼。公狼闻了闻它的肚皮，可能是闻到了它上次哺乳时的奶香。它摇了摇尾巴，继续轻轻地抚摸着公狼。然后它跳起来，舔了舔公狼的脸。当它们并排走的时候，母狼把脸贴在公狼的脸上，一副亲热的样子，然后，它在地上打滚，想让公狼陪它玩，但这次公狼走开并趴下了，它可能是狩猎了一天，累了。

母狼还没完，它跳起来，跑了10码到公狼身边，在公狼身边趴下。母狼在公狼的嘴上蹭了蹭它的下巴。公狼舔了它的脸作为回应。母狼翻了个身，用两只前爪抱住公狼的头，就像捧着爱人的脸。后来它又在公狼身边蹭了蹭，舔了舔它的脸。我带着惊奇和感激的心情观察着这段亲热的互动。我还从未见过一对狼之间如此亲密的时刻，并意识到这样的感情会加强这对伴侣的联系，并激励公狼忠实地出去单独狩猎、捕杀，并为它的配偶和幼崽带回食物。

一日终了，这对伴侣走到尸体旁啃食。当天我没有看到，但当狼父母吃完食回到窝里时，幼崽会跑来迎接，跳起来舔舐它们的下巴两侧。这会激发成年狼反刍它们胃里的肉。狼会低下头，吐出一块块刚吞下的肉。每只幼崽抓起一块，带着肉跑开，然后大口大口地吃下去。如果母狼留在窝里照顾幼崽，而公狼出去打猎，它也会用同样的方法喂母狼。狼崽的这种舔脸行为，就是为什么宠物狗会在人类朋友回家后舔他们的脸。对于狗来说，这是一种问候，这种行为起源于它们的狼祖先，不过出于不同的目的：乞食。

次日，我看到狼父母一起把附近那具尸体上的肉搬到了巢穴里。成年狼尽可能多地吃肉，然后用肚子把肉带给幼崽，比它们把大块的肉含在嘴里更有效率，尤其是当尸体离巢穴有段距离的时候。大公狼如果胃里空空如也，可以迅速吞下多达20磅的肉，然后直接去找母狼和幼崽分享就行了。不过现在尸体离巢穴很近，父母既可以吞下很多肉，还能在嘴里多带一份。

5月21日，这对头狼外出狩猎。它们遇到了很多马鹿，追赶了几头，但一头也没抓住。这种不成功似乎并没有给它们带来太大的困扰，因为后来7号转过身来，面向伴侣，用前爪上下跳动，像在跳舞一样。然后，它就漫不经心地跑到附近的雪堆里去了，像一条想玩耍的小狗。公狼也加入了它的行列，它们都在雪地上打滚，7000英尺的高原上有许多像这样尚未融化的雪地。

它们走了，2号起先落后，然后又跑着追上了母狼。母狼见公狼走近，又在它面前摇着尾巴蹦来蹦去。然后我看到它向前冲，往后退，在公狼胸膛弹开。之后7号做了一个游戏鞠躬邀请的动作，传达的信息是："追我！"它跑开了，但回头确认一下，看公狼是否在追它。当它看到公狼没追上来，它又跑回来，撞了一下公狼的胸膛。公狼的反应是用前爪搂住2号的脖子。然后，它们并肩跑开了，步态漫不经心地像在嬉戏。又追赶了一会儿马鹿后，它们回到巢穴森林中查看幼崽的情况。

几天后，我又走上了南布特山顶，看到这对头狼夫妇离开了巢穴森林。两匹狼先是追赶一群成年美洲羚羊。它们每小时能跑65英里，几乎是狼最快速度的两倍，所以狼基本没什么机会抓住它们。然后，公狼发现了一个由七十头马鹿组成的马鹿群，就去追它们。它把马鹿赶向它的伴侣，我不知道这是不是一种有意的策略。马鹿进了峡谷消失了，然后再次出现。这时，这对伴侣联手一起追赶马鹿。这一大群马鹿一分为二，然后狼群追的那一小群再次分开。

这对狼集中追逐其中八头母马鹿。很快，7号在追赶一组，公狼则去追赶另一组。两组都轻易地跑过了狼，两匹狼不得不放弃。我怀疑狼分头行动是不是犯了个错误，如果它们联手去追同一头马鹿会更好些。但是，也许所有的追逐都只是为了看看不同马鹿，找出哪只比较慢，可以抓住并杀掉。如果是这样，两匹狼分头测试是更有效率的策略。

有一天，我发现一头灰熊在巢穴森林边上嗅来嗅去。之前有一头黑熊经过，灰熊可能是跟着它来的。当灰熊进入巢穴森林时，我跟丢了，我很担心幼崽。后来发现，没什么好担心的。秋天，当这个家庭离开此地几个月后，我和迈克与一个关于狼再引入计划的纪录片摄制组一起徒步来到了这个巢穴。我们看到，母狼选择的位置，有许多倒下的大树，形成了一个迷宫一样的灌木丛。它在倒下的树下挖了自己的洞穴，灰熊想抓到幼崽是非常困难的。我想到7号是第一次当妈妈，以前从来没有选择过洞穴的位置。它确实了解灰熊，可能已经想到灰熊会挖它的洞穴并杀死它的幼崽。一旦它脑海里有了这个画面，它显然就想出了一个保护幼崽不受熊伤害的计划：在原木夹缝下挖出一条隧道。这一切都暗示着狼可以想到未来，并评估潜在的敌人，据此制定计划。

在我看不到灰熊之后，我看到母狼正回到洞穴。一头母马鹿直接站在它的路线上，并且在它走近时也没有后退。它们面对面对峙着，我注意到这头母马鹿与母狼相比，体形大了许多，至少大了四倍。母马鹿向狼冲去，停了下来，踏了踏前蹄。7号跑开了，但马上又回来对峙。这时，母马鹿跑开了。狼并没有追赶它，而是继续向巢穴森林走去，很可能是去查看幼崽，给它们哺乳。

当天晚上，我在巢穴森林附近发现2号趴在地上。不过它很快就起来了，出去打猎。它把鼻子贴在地面上，追踪着气味。附近的五头母马鹿注视着它，但似乎意识到它们不是它所关注的对象。然后，我又发现了一头带着新生马鹿犊的母马鹿。母马鹿看到狼之后就跑开了，马鹿犊凭着本能知道要跟着母亲跑。但2号现在已经看到了它们，立刻追了上去，无视途经的其他许多马鹿。

马鹿犊现在落后于它的母亲。我估计它正好在母亲和狼中间。

母马鹿回过头来，看到孩子有危险，转身就冲了回来。2号在它赶到前一两秒到了马鹿犊身边，咬住它的后颈，想把它拖走。如果它能再有几秒钟时间，这一口就能咬死马鹿犊。但母马鹿在这时赶到了它身边，用前蹄攻击它。它躲过这一击，丢下马鹿犊，跑了。

母马鹿追着狼，不断地用前蹄向前踢。它疯狂地曲折逃跑，勉强躲过母马鹿的致命一脚。然后，它绕到母马鹿身后，又去追马鹿犊。母马鹿转身追赶它，把它从马鹿犊身边赶走。它们绕着马鹿犊来回走了几圈。另外两头母马鹿跑了过来，帮这位母亲赶走了2号。它现在是以一敌三，每头母马鹿至少比它重300磅。

过了一会儿，狼又回来了，再次与马鹿母亲对峙。这次，马鹿犊已经趴下了，另外两头母马鹿站在它身边。狼转身离开马鹿母亲，向马鹿犊的两个保护者跑去，从它们身边溜过时，在马鹿犊身上快速咬了一口，然后那对母马鹿把它赶走了。这是它与马鹿犊的第二次接触。

在与那位母亲再次冲突后，2号从它身边跑过，第三次咬住了马鹿犊。现在三头母马鹿都在追它，它只来得及快速咬一下。又有四头母马鹿跑来，挡在狼和马鹿犊之间。在七头母马鹿联手保护马鹿犊的情况下，狼几乎没什么机会。

这时，马鹿犊起身飞奔。狼看准机会，追了上去，熟练地在马鹿群中飞奔。我想起了前一个夏天看到它和它的兄弟们玩你追我赶游戏的时候，它们是如何互相躲闪的。那个游戏是一种完美的训练，让它能在这种危险的情况下生存下来。它追上了马鹿犊，咬住了后背，但又不得不放开，因为马鹿群向它跑来了。这是它的第四次接触。

筋疲力尽的马鹿犊又趴下了，狼飞快地冲进去，抓住它，想把它拖走。马鹿犊的体重让狼慢了下来，马鹿群很容易就追上了它。它把马鹿犊扔掉，勉强躲过了领头马鹿的踩踏。它的第五次接触还是没有完成任务，但马鹿犊看起来已经受伤了。2号在马鹿群中冲锋陷阵，就像 NFL①的后卫试图穿过防线到达终点，它第六次咬住了马鹿犊。

在马鹿群冲过来之前，它成功地把马鹿犊拖了 3 码远，但它又不得不丢掉。然后情况对它来说就更糟糕了。更多的母马鹿冲了过来。现在有三十头马鹿，决心保护那头马鹿犊。三十头马鹿都在追赶这匹孤狼。

然而马鹿犊犯了个错误，起身追着马鹿群跑。狼立刻绕到马鹿犊的身后。一头马鹿跑来阻挡。筋疲力尽又受了伤的马鹿犊趴在地上，2 号向它冲去。母马鹿把它赶走了。马鹿犊抬着头，平静地看着周遭的行动。

狼休息了一会儿，在一条小溪里平静了一下，喝了点儿水。在三十头马鹿看来，它似乎要放弃了。它们转身向马鹿犊走去。2 号在水里站了一会儿，似乎被打败了，哪知道它又向马鹿群冲去。这可把它们吓坏了，它们跑开，错过了卧倒的马鹿犊。狼看到了机会。它全力奔跑，跑到马鹿犊身边，对着后颈就是致命一口。

我看了看表，看看 2 号花了多长时间反复努力才得到那头马鹿犊，我猜应该有三十分钟。其实只有五分钟，却是非常紧张的五分钟。它第七次才咬死马鹿犊。

有很多次，这位新头狼可能会被一头或多头母马鹿踢死或踩死。它必须冒着极大的风险来养活自己的家人，而今天它取得了惊人的成功。但这只是其中一天而已。那些快速成长的幼崽每天都需要大量食物，要持续未来的好几个月。在那一年的春天和夏天，它还将多次冒着生命危险去捕食。傍晚时分，我看到这位忠心耿耿的父亲带着一大块猎物的肉走进了巢穴森林，在那里，它的配偶和三只幼崽正在急切地等待它的归来。

① 美国国家橄榄球联盟（National Football League，简称 NFL）。

第九章　认识8号一家

1996年5月17日，我第一次注意到8号的新家庭，当时我陪同琳达·瑟斯顿和凯莉·谢弗徒步去查看狼窝，这两位都是"狼项目"的工作人员。玫瑰溪狼群的母头狼9号已经选好了一个位置，就在塔楼路口东北方向约3英里处。我们沿着拉玛尔河往上走，到了与黄石河的交汇处，坐着一辆摇摇晃晃的缆车过了河，然后徒步走到一处很高的观察点，后来那里被称为"妈妈岭"，从那儿能很清楚地看到狼窝。琳达当时正在得克萨斯农工大学做关于狼窝的硕士论文，导师是专门研究狼行为的著名野生动物学家简·帕卡德。琳达和其他"狼项目"的工作人员轮流监测狼窝的活动情况。队员们通常会在那里扎营过夜，而我们只待几个小时。

一开始一匹狼也没看到。后来，我们看到其中一匹一岁黑狼在狼窝附近走动。很快，另一匹一岁黑狼和一匹一岁灰色母狼加入了它的行列。前一年出生的那一窝八匹小狼活下来七匹，这应该就是其中的三匹，那一天玫瑰溪狼群原来的公头狼被枪杀了。死的那匹是在冬天被一辆运货车撞死的。在幸存的兄弟姐妹里，三匹是公狼，四匹是母狼，其中一匹母狼是这一窝狼中唯一的灰狼。那是17号。我们没有发现8号所生的三只幼崽中的任何一只，也没有看到狼爸狼妈。母狼可能在窝里陪着幼崽，8号可能出去打猎了。午后，我们开始往回走。

十天后，我在狼窝和斯鲁溪中间看到了一匹玫瑰溪一岁狼。我们猜也许9号把它的三只幼崽搬到了那一带，但我没看到它或其他幼崽。第二天我回去的时候，发现了四匹一岁狼，包括那匹灰色的母狼，它们在小溪另一边的草地上嬉戏。17号向它的一个兄弟做了一个邀请鞠躬，请它去追它，它答应了。17号比它快，就绕着它跑圈。当17号从它身边跑过时，它在17号身上轻咬了一口。灰狼跑得太远时，又会跑回来，再围着它转圈，敢于让它试着追上它。它似乎对跑得比兄弟快、逗它感到乐此不疲。另一匹一岁小母狼漫不经心地跑到黑公狼身边，跳到它背上。它们互相打闹着咬对方。灰狼跑了过来，三匹一起玩。

玩闹过后，其中一匹一岁黑狼看到一对沙丘鹤，可能是鸟窝附近的一对父母，就开始追赶它们。鸟儿先是跑远一些，然后飞了一小段距离。它们落地后，狼继续逼近，这对鸟就飞过了小溪。之后，狼又追赶了一小群低飞的加拿大黑雁。它似乎玩得很开心。接下来，黑狼用最快的速度追赶一头母马鹿，有几秒钟还和它并驾齐驱，然后才跑开。小狼看起来就像狗在追车，只为寻求刺激。

灰色母狼17号在追一匹郊狼，然后又去追十二只黑雁。当它们飞走后，它继续在下面追。之后，五头母马鹿朝它走来。它趴下身子，摆出跟踪的姿态，向排在最后的马鹿冲去。当17号追上马鹿时，马鹿停了下来看着它。狼和马鹿面对面地站着，只相隔几英尺。其他马鹿过来，把一岁狼赶走了。然后，母狼在一片草地上停下来，在某处挖了一下，嘴里叼着一只小老鼠出来了，可能是田鼠。我看到它嚼了嚼，然后吞了下去。一只田鼠只有两盎司①左右重。从营养学的角度来说，这就像一个人吃了几颗葡萄或几粒爆米花，是用来垫饥的东西，不算一餐饭。因为这些啮齿类小动物长得很像老鼠，所以当狼捕猎的时候，我们说它们在捕鼠。据我观察，这些狼似乎很喜欢挑战猎杀这些难以捉摸的小动物。

---

① 重量单位，1盎司约为28克。

　　我扫视了一下这一带，又在西边发现了四匹黑色的一岁狼。加上草地上的灰狼和现在在小溪边的两只黑狼，玫瑰溪的七匹一岁狼全齐了。

　　当天晚上，我看到17号和一匹黑色的一岁狼出现在斯鲁溪西边，那是我们认为它们的母亲转移幼崽的地方。几分钟后，一只四到五周大的黑色幼崽出现在视野中，并爬上了一块巨石。那是我第一次看到8号生出的幼崽和它的新伴侣。旁边的一匹一岁狼看着这只幼崽，摇了摇尾巴。第二只幼崽，灰色的，出现了，爬上了同一块大石头。又一只黑色幼崽出现在视野中。接着，8号进入了这一场景。那匹黑色一岁狼和其中一只黑色幼崽跑来迎接它。我们似乎看到了一个新狼窝的入口，8号就在窝边睡下了。

　　后来，两匹一岁狼和三只幼崽玩了起来。一匹小狼捡起一块旧骨头给一只幼崽，像在给它玩具。另一匹小狼趴在一只趴着的幼崽旁边，然后又起身去跟踪第三只幼崽，后者正在嘴里叼着一根棍子走来走去。一岁狼找到了另一根棍子，拿着它到处乱跑，又把它送给幼崽。幼崽松开自己的那根，抓住新的棍子，但很快又扔了。一岁狼想让游戏继续下去，又把棍子送给幼崽，同时还摇着尾巴。幼崽接过棍子，趴在地上啃了起来。然后，那匹一岁狼就趴在幼崽的面前，它们用下巴互相纠缠在一起。之后，大的起身，找到了一块小骨头，带了回来，丢在了幼崽的面前。最精彩的时刻来了，一岁狼摇着尾巴，用前爪轻轻地戳了一下幼崽。当它离开幼崽时，一岁狼捡起骨头，把它抛向空中，优雅地用嘴接住。

　　随后，一匹毛发上有灰色条纹的黑狼走到幼崽身边。幼崽在大狼身下翻滚后，摇着尾巴，在空中挥舞着爪子。然后它站起来，从大狼身上吸奶。这说明，这匹成年狼一定是它们的母亲9号。另外两只幼崽跑了过来，三只一起吸奶，母亲就那么站着。幼崽们必须用后腿尽量站高，才能喝到奶。其中一只还把爪子抵在妈妈的后腿上，以保持平衡。五分钟后，哺乳环节结束。我们看到 9 号蹭了蹭一只幼崽。然后，三只幼崽四处奔跑。一匹一岁狼也加入了它们的嬉闹，并把它们带回了妈妈身边。它们一起又玩了一会儿，母狼、小狼和幼崽。

我看到了那对头狼、七匹一岁狼中的三匹，还有 8 号新生的三只幼崽，这是个观狼的好日子，也是我那一年来与黄石狼相处最好的一天。

第二天一早，5 月 29 日，我心不甘情不愿地离开了黄石国家公园北部，搬进了我在老忠实泉的一辆破旧拖车里的临时住处。然后我穿上管理员制服，在一个室内露天剧场做了一次关于狼的演讲。那座建筑是个挑战。它为了播放关于老忠实泉的短片而建，播放时间很短，这样游客就有许多时间离开室内去看下一次间歇泉的喷发。

一开始，我首先会展示我在全国和海外进行狼主题演讲时使用的幻灯片。它通常要持续四十五分钟。但那太长了，因为人们担心错过老忠实泉的喷发，那是他们真正想看的。他们会不停地看表，然后在演讲中间起身离开。如果在我演讲前期泉水喷发了，人们就会看完那个，再在演讲中途闯进来。我必须想出一种新的工作方法。我放弃了幻灯片放映，改为用五分钟时间对狼的再引入计划进行总结，然后请大家提问。公园的游客总是有很多关于狼的问题。当人们在间歇泉平息后到来时，如果有人问重复的问题，也无所谓，因为听过我刚才回答的人几乎都已经走了。

有一天，我有了一次独特的经历。我带着狼皮，把它披在我的膝盖上，坐在凳子上演讲。有个男人带着一只大德国牧羊犬进来，坐在前排。在我说话的时候，我注意到那条狗似乎对狼皮和狼毛的气味有些害怕。它在主人身边蜷缩着。过了一会儿，狗安分了下来，我也忘了这件事。再后来，我看到大家突然都在关注我。好几个人指着我的方向笑。这时，我感觉右裤腿上有点儿湿。低头一看，那条狗正在狼皮上撒尿。它在向那匹狼示威，我也被牵扯了进去。

周一和周二我休息，周三上午可以晚点开始工作，周五则是下午工作。我计划周一一早开车去拉玛尔谷，在那边待到周三上午，然后再回老忠实泉。我也会在周五早上开车过去。我必须在凌晨三点起床，这样才能在五点的第一道曙光降临之前赶到拉玛尔谷，为了看到狼群，我甘愿如此。当我的拖车修好后，我搬到了麦迪逊路口的北边。这使我的车程缩短了16英里，但我仍然需要在凌晨四点之前离开。到南布特有43英里，我在那里监测利奥波德狼群，到玫瑰溪则需要再开15英里。

6月6日傍晚，当我在斯鲁溪附近寻找玫瑰溪狼群时，看到一头母马鹿在追逐两头小灰熊。这两头熊可能是刚离开母亲。然后我又发现，其中一头熊嘴里叼着一头刚杀的新生马鹿犊。这头大马鹿一定是马鹿犊的母亲，已停止了追赶。当两头熊在啃食马鹿犊时，玫瑰溪的一对头狼和那匹灰色的一岁狼赶了过来，向灰熊冲去。狼在距离灰熊几英尺远的地方停了下来，向熊怒吼，但没有发生接触。狼群中又有两名成员，都是黑色一岁狼，加入了前三匹狼的行列。随后，狼群以团队的方式合作：两匹狼冲向熊，将它们从马鹿犊身上赶走，而另一匹狼则跑向马鹿犊的尸体。熊转身向后面的两匹狼跑去。一头熊用前爪拍狼，但没有拍到。小熊不堪骚扰，离开了这里，五匹狼接手了猎杀的战利品。

到了6月10日，玫瑰溪狼群大多数早晨都在斯鲁溪，被这里集中的马鹿，特别是带着新生马鹿犊的马鹿群所吸引。那天我看到了8号和五匹一岁狼，其中一匹嘴里还叼着一根棍子。那匹一岁狼把它抛向空中，接住了它。当它第二次把棍子抛起时，棍子在狼的背上画出一道弧线。狼向后俯身去接，摔倒了，然后立刻跳起来，在棍子落地前接住了它。这是一个堪比篮球运动员迈克尔·乔丹的优雅身姿和敏捷表现。

然后8号走过来，捡起那根棍子，传给了另一匹一岁狼。它把棍子抛向空中，和另一匹一岁狼一样，优雅地接住了棍子。我把这称为"扔棍子游戏"。我猜想狼在几千年前就发明了这个游戏，所以它们的驯养亲戚，特别是像金毛寻回犬这样的狗，也喜欢和人类同伴玩类似的游戏。

几天后，我看到8号和四匹一岁狼联手追赶一个足有五十头马鹿的母马鹿群，队伍里有一头刚出生的马鹿犊。很快，8号就紧跟在马鹿犊的后面了。一岁狼们跟在后面摇摇摆摆，不顾周围的母马鹿们，一直跟着马鹿犊。马鹿犊跑进了一个树丛，狼群就跟在它身后。我瞥见狼群和马鹿犊来回奔跑。随后，四匹一岁狼跑出了森林，好几头马鹿在追赶它们，稍后，8号叼着马鹿犊的尸体跟在后面。

8号放下马鹿犊，趴在旁边，一匹一岁狼过来了。两匹狼并排啃食了一会儿，另一匹一岁狼过来，三匹狼一起啃。最后，灰狼来了，8号也让它一起吃。它本可以把马鹿犊留着自己吃，也可以带到窝里给自己的幼崽吃，但它心甘情愿地与前一年秋天收养的一岁狼们分享。后来我才知道，并不是所有的狼都像它一样慷慨大方、乐于分享的。狼和人一样，也有不同的性格。有的自私，对家庭成员和敌对的狼群有不必要的暴力；有的则不然。

在人类行为的研究中，有一个传统的大问题是：性格是天生的还是培养的？一个婴儿出生后的性格是一生不变的，还是父母的照顾和培养决定了孩子的性格？当时我并不知道，但在未来的岁月里，我将有一部狼的个案史可以进行研究。我注定要跟踪和记录21号的整个一生故事，它是8号的养子之一。当它度过漫长的一生时，我研究了它的行为，看看它从父亲那里学到的东西是如何反映出来的。它的个性和性格会像8号，还是完全不同？

第二天，我在斯鲁溪找到了那七匹一岁狼，没有狼看管着。这让我有机会看到，它们在没有一点儿父母监督的情况下是如何生活的。它们很快就发现了一头母马鹿，并追赶它。马鹿向后踢了一脚，用蹄子打中了它们其中一匹的头。当那头马鹿到了小溪边，跑进水里时，这群一岁狼就放弃了。后来，它们又追赶了一群马鹿和马鹿犊。和第一头马鹿一样，马鹿们也都跑进了小溪里，此时小溪正处于汛期。三匹狼停在岸边，那匹灰色的母狼却跳进了水里，跟着两头马鹿犊游着。它很快就到了速度较慢的马鹿犊身边，抓住了它的后颈。抓住之后，它似乎不知道接下来该怎么办。水面早已漫过了它的头顶，它没有太多着力点可以处理这头挣扎的马鹿犊，于是松开了它。马鹿犊游过了小溪，与母亲会合。它似乎没有受伤。一岁狼在努力，但它们在捕猎方面还有很多东西要学。

第十章　斯鲁溪之战

到目前为止，1996年那个夏天，最重要的一天是6月18日。我凌晨四点从麦迪逊出发，五点二十分到了斯鲁溪。我走上位于斯鲁溪东边低矮的戴夫丘，开始寻找玫瑰溪狼群。另有一小群观狼者和我在一起。我在小溪西边发现了玫瑰溪狼群：8号和全部七匹一岁狼。

狼群看到一群母马鹿，其中有一头马鹿犊。8号立即向它们冲去。八匹狼都追赶着马鹿群。马鹿犊的位置在马鹿群的前面，所以马鹿们挡着狼群。我看到8号离马鹿犊越来越近。很快，马鹿犊累了，渐渐地落在了领头马鹿的后面。马鹿群转了方向，沿着刚才的路又跑了回去。马鹿犊也转了弯。领头的狼，包括8号，也不得不转身，于是失去了优势。马鹿和马鹿犊正好迎向最后几匹一岁狼，跑得慢的那些。其中四匹狼一拥而上，杀死了马鹿犊。其余的马鹿不一会儿都跑开了。

啃食后，八匹玫瑰溪狼在马鹿犊尸体旁卧倒。突然，8号跳了起来，向西边上坡处望去。我把望远镜转向那边，以为会看到更多带着马鹿犊的马鹿，却看到四匹德鲁伊峰狼直接向8号和它的家人们冲了下来。这是我第一次看到德鲁伊峰狼，就是它们袭击了8号的原生家庭——水晶溪狼群。大个子的公头狼38号，之前撕开了自己的金属笼子，也很可能是它杀死了8号的父亲，正在带头冲锋。38号身后是狼群里的三匹成年母狼。

我回头看了看玫瑰溪狼群，看到8号冲上坡，直奔那头体形大得多的狼。这样一来，8号就挡在敌狼和一岁狼之间了。我想起了我听过的那些故事，矮小的 8 号在适应围栏里被兄弟们不断挑衅。由于它的体形，它可能在面对哥哥们的战斗中从来没有赢过任何一场。但现在，为了保护它收养并与之结缘的一岁狼们，它自愿与看似不可战胜的对手战斗。

为了面对强大的德鲁伊峰头狼，8 号必须跑上坡。这意味着当它遇到在斜坡上往下奔跑的对手时，它将会疲惫，可能会上气不接下气。38 号在战斗中拥有全部优势：它更高大强壮，年龄更大，战斗经验更丰富，而且它之前击败和杀死了 8 号的父亲，证明了它的战斗技巧。现在它沿着山脊直奔 8 号。8 号是父亲最小的儿子，面对这样一匹狼，有什么机会呢？

我脑海中闪过几个念头：8 号会不会被认为是一个不称职的头狼，无法履行保护家庭的基本责任？ 9 号选择它做配偶，是不是犯了一个致命的错误？当我看着 8 号英勇地跑上坡与敌人对峙时，我想到了美洲原住民的勇士，在战场上面对不可能克服的困难时，会冲锋陷阵，并且大喊："今天是个去死的好日子！"① 今天大概会是 8 号的死期。两匹头狼撞在一起，紧接着就在战斗中滚到地上。两匹都是灰狼，所以我无法判断哪匹狼更胜一筹。然后，战斗结束了。

你相信奇迹吗？

我看到一匹灰狼以胜利者的地位站着，另一匹则趴在地上。处于上风的灰狼随意咬着对方。又过了一会儿，我才发现胜者是 8 号。

玫瑰溪一岁狼跑了上来，和 8 号一起攻击德鲁伊峰头狼。二十秒后，8 号退后一步，放走了对手。一岁狼们也有样学样。我们看到 38 号跳起来跑了，回到坡上，尾巴夹在双腿之间。玫瑰溪狼群追着它上了山脊。年轻的狼们很快就失去了兴趣，停了下来，但 8 号

---

① 据说是奥格拉苏族酋长 "低狗"（Low Dog）与 "坐牛"（Sitting Bull）在小巨角战斗中所喊的话。——原注

以最快的速度继续追赶38号，一直追到山脊顶端。它们越过山脊，我们就失去了它们的踪影。在那次追逐中，38号怕得要死，它扭头看了一眼8号，8号比它小得多，但在需要保护家人的时候，它化身为一个凶猛的战士。那次事件就像在看大卫打倒歌利亚，并且追着他翻山越岭。

后来我想，当那些一岁狼，尤其是那三匹公狼，看到自己的养父打败了那匹大得多的头狼时，它们一定会受触动。我想起一位运动员说过的一句话，他从事的运动是他父亲擅长的："一个男孩想成为像他父亲一样的人，这就是天性。就是那么回事。"[1] 我相信那些一岁公狼在目睹了8号那天的所作所为后，会有同样的感觉：8号是它们的英雄，它们的榜样，一头公狼应该什么样，它们也渴望像它那样。

现在，所有的狼都看不见了，我们山上这些人，互相看了看，都露出了惊讶的表情，然后谈论着我们刚刚目睹的这个不可思议的场景。身材矮小的8号战胜了巨大的对手，是我们所有人在野外看到过的最令人惊奇的事情。8号是典型的弱者，是从加拿大过来的所有公狼中最小的一匹，现在成了黄石国家公园这一地区的冠军。

8号现在是冠军，但总有一天它要面对一个后来居上的冠军，比德鲁伊峰头狼更强壮，战斗力更强，从未输过。那一天到来的时候，8号已经是一匹老狼了，已经过了它的巅峰期，而且还带着很多伤痛和残疾。

几天后，我们收到了一匹玫瑰溪一岁公狼的死亡信号。一队人马来到了所在位置，战斗地点的北边，发现了它的尸体。有迹象表明，它是被其他狼群杀死的。我们认为它是顺着德鲁伊峰狼的气味追踪，碰到了它们，然后遭到了攻击。这样一来，原来的八匹一岁

---

[1] 引自凯文·冯·埃里希 2014 年 1 月 24 日在播客《心动故事》中的采访。——原注

狼就减少到了六匹。

　　那年夏天，我花了很多时间去想 8 号是怎么赢得那场比赛的。最后我想到，8 号可能是想起了它的一个大哥和它摔跤、把它拉倒、然后把它压在地上那次。在撞上 38 号的时候，也许 8 号对它的对手也用了同样的招式，这才赢得了比赛。如果是这样的话，那次久远的失利让它吸取了教训，它用这个经验赢得了比赛。

　　我这么想是有原因的。在我们比勒里卡的社区有很多孩子，从学龄前儿童到高中生。我决定和那些最强悍的孩子混在一起，这是一个成员年龄不同的松散团伙。在我加入他们后不久的一天，我们无所事事地坐在草坪上。

　　菲尔是个高中生，也是我们的领袖，他看着其他人，指了指汤米，其中一个年小的孩子。谁都看得出来，汤米在他这个年龄段算是又大又壮的。我们所有人都盯着菲尔，想知道他要干什么。这是在电影《博击俱乐部》上映前几年。我这么说是因为菲尔接下来发话了，他说的是："汤米，我想让你打……"他停顿了一下，队伍里所有年小的男孩都希望他不会指向我们中的任何一个，去找年龄大点儿的。然后菲尔指着最小最年轻的孩子，对汤米说："跟他打。"他指的是我。我看了看汤米，知道我不可能打赢他，但我也意识到，如果我退缩了，我在队伍里的日子也就结束了。我站起身来，看看菲尔，再看看汤米，说："好吧。"

　　虽然我们称之为打架，但其实是摔跤比赛。我们所有人都在电视上看过当地的职业摔跤节目。我们看到了摔跤手之间的抱摔，知道他们比赛的规则。要想赢，你需要将对手夹住数到三，或者对他进行痛苦的压制，让他放弃。

　　我们互相攻击，正如我所见，汤米比我强壮得多。但我不知怎么还能应付他，我们互相试图夹击或抱住对方。比赛还在继续，我知道其他人都很惊讶怎么还没完。过了一段时间，汤米用一种我们都在电视节目中看到过的方法抱住我的脖子。我无法摆脱。他更用力了，但还没用上全力。我挣扎着想摆脱他，但没起任何作用。我告诉他"我放"，这是承认失败的暗语，意思是"我投降了"。

两个人都后退了一步。我们再也没有提起过那场比赛，但它对我们的影响很大，因为我们成了最好的朋友，直到多年后我不得不搬走。当我回想这件事时，我怀疑汤米尊重我愿意接受和他比赛的意愿，尽管我们的体形存在差异。他本可以在比赛的前几分钟就把我打倒，并压制住我，或者逼迫我放弃，但他给了我一些时间，让我在其他人面前表现得很好，让我看起来好像能和他抗衡。因为我站起来接受了那场比赛，我学到了一些原本可能永远不会知道的东西。我在摔跤方面有着意想不到的天赋，天生就知道如何利用平衡和杠杆作用。这给了我很大的信心，使我能够在面对欺凌的时候挺身而出。

多年以后，在大学里，我有段时间推广舞会。我是我们宿舍的社交负责人，用大家的预算来举办舞会。我觉得有更多的男生会花钱来参加，所以总是在女生宿舍举办，而不是在我们全男生的宿舍。我请了摇滚乐队，告诉他们演奏什么，还在入口处卖票。由于是我一个人操作，我还得当保镖。有一天晚上，回到舞池后，我听到有女生在痛苦地呼救，看到一个男的在打她。我大喊让他住手。他转过身来面对我，这才让她跑开。被人打断后，那个家伙愤怒地朝我走来，还有他的五个朋友跟着。他挥舞着拳头朝我的头打过来。我闪了一下，刚好躲过一击。我想都没想，上前一步，用汤米多年前对我用过的同一招数制住了他。这让他闭嘴了。我制服了他足够长的时间，让他知道他是无法摆脱的，然后才让他滚蛋。当那个家伙离开舞池时，我默默地感谢汤米教给我的这一招。这就是为什么我认为8号和它的哥哥有类似的经历，是用哥哥教它的那一招打败了比它大得多的对手。

第十一章　小狼崽的游戏

　　直到 7 月 1 日，我才再次见到德鲁伊峰狼群。它们在公头狼与8 号对战失利后，就留在了拉玛尔谷，远离玫瑰溪狼群。道格告诉我，白色的母头狼 39 号已经被 40 号赶出了狼群，40 号是它三个女儿中最大最凶的一个。到了 8 月，39 号已经在公园以北 100 英里的地方了。

　　母亲离开后，霸道的女儿担任了新的母头狼。现在狼群有四匹狼：公头狼、新任的灰色母头狼，还有它的两个黑狼妹妹。40 号无情地统治着这个狼群，就像《权力的游戏》中的瑟曦女王一样。它的两个妹妹 41 号和 42 号，对它毕恭毕敬，从不反抗。这两匹黑狼相处得很好。我曾看到它们并肩走着，一起扛着一根大马鹿角。它们互动时，42 号通常显得更有优势。偶尔，41 号会按住它的妹妹，但那些时候可能只是玩玩而已。我只看到它们之间有一次争吵，42号在争吵中按住了姐姐两次。

　　7 月的一天，我看到 38 号和 40 号一起做了六次双重气味标记，这证实了它们是一对头狼夫妇。每一次都是公狼高高抬起一条后腿，在灌木丛或树上尿尿，然后母狼过来，闻到现场的气味，略抬起一条后腿，在它的抬腿尿迹上屈腿尿尿做标记。两匹从属的母狼没有做任何气味标记。

　　我们从早上七点十六分到晚上九点四十一分一直在观察德鲁伊峰狼，将近十四个半小时。它们从上午十点十二分休息到晚上八点四十二分，然后起来杀死了一头马鹿犊。休息的时间占了我们观察时间的 73%。剩余的大部分时间用来游荡和寻找猎物。这些数字并不能反映完整的情况，因为狼在天黑后也会活动。它们有很好的夜视能力，还能通过气味发现狩猎目标。在后来的几年里，"狼项目"的工作人员通过分析装有 GPS[①] 的特殊项圈收集到的数据，发现狼在黄昏和黎明前后的微光时段最为活跃。

7月1日之后，随着马鹿迁徙到更高的海拔地区，德鲁伊峰狼也越来越难找到，于是我回到南布特，继续观察利奥波德狼。7月8日，我第一次看到了利奥波德狼群的三只幼崽。两只是灰色的，一只是黑色的。成年狼已经把它们转移到了巢穴森林西南 1 英里处的一个聚集地，我在南布特可以很清楚地看到那个地方。当狼群的其他成员外出狩猎时，聚集地是幼崽们方便的地面活动场所。那里经常有旧的郊狼或獾的洞穴，供幼崽们探索，万一熊或其他捕猎者来到附近还可以躲藏。

那天，和我观察它们的其他每一天一样，幼崽们在一起玩了很长时间。它们不断地互相追逐和摔跤。我看到那只黑色的幼崽捡起一根小棍子，跑到其中一只灰色幼崽面前，向它炫耀这个棍子，好像在看小灰狼敢不敢抢它。灰狼追着黑狼，然后黑狼又转过身来追灰狼。这也是我在前年夏天看到的水晶溪一岁狼玩过的"来抓我呀"的游戏。

我注意到很多游戏都需要用到它们的牙进行搏斗。两只幼崽会面对面地来回蹦跳，寻找一个空隙来咬对方。就像拳击手一样，幼崽们做了很多佯攻、摇摆和穿梭的动作。它们张嘴向对方攻击。对打游戏训练了幼崽们，使之成年后能与敌对狼群进行激烈的战斗。

幼崽们最喜欢的另一个游戏是拔河，可以用一根棍子、一根骨

---

① 全球定位系统（Global Position System，简称 GPS）。

头或一块兽皮。我曾经看到母头狼用一块肉和其中一只灰狼崽玩这
个游戏。7号也喜欢和幼崽们玩"来抓我呀"的游戏，轮流追赶一
只幼崽，或者假装从一只幼崽身边逃跑。当追赶的幼崽追上它时，
母狼和幼崽就会摔跤，用牙搏斗。母头狼很喜欢玩，它经常在幼崽
面前上蹿下跳，做邀请鞠躬的动作，让游戏继续进行。它也自己玩。
有一次，它咬着一小块肉，来回跑，跳起来，往空中一抛。它这样
做了六次，几乎每次都能抓住肉。然后它就绕着圈子跑，只是为了
好玩。还有一次，我看到它试图抓住自己的尾巴。

公头狼也经常和幼崽们玩耍。我看到一只灰色的幼崽在它趴下
的时候，走到它身边，闻了闻它的气味，然后把爪子放在它的肩膀
上。大公狼跳起来跑了。幼崽追着它，却被绊倒了。狼爸爸等幼崽
站起来，就跑过去。双方扭打了起来，然后公狼又跑开了，当幼崽
再追过来的时候，它又躲开了。后来2号低头，让小家伙用前爪打
它，还在它脸上咬了一口。不过有时公狼累了，需要休息一下，以
备下一次狩猎。有一次，三只幼崽跑到它身边，期待玩耍，其中两
只爬到了它的背上。公狼站了起来，但它没有和幼崽们玩，而是很
快走开了。幼崽们跟在后面，但很快就跟丢了。最后公狼在一簇高
高的草丛后面躲了起来，睡起了午觉。

那只黑色的幼崽是公的，似乎是许多游戏的带头者和煽动者。
两匹灰狼是母的。第一天，我看到那只黑色的幼崽玩起了我称之为
"伏击"的游戏。它向两匹灰狼跑去，越过它们，落到草丛中，等它
们跑到它的藏身处时，又跳到它们身上。黑幼崽经常会在其中一只
灰幼崽趴在地上时，跑过去跳到对方身上。当它独自待着的时候，
黑幼崽可以自己发明游戏来自娱自乐。那一带常见的植物是毛茛，
长着高高的茎。它会跑到一棵毛茛旁边，跳起来，用嘴抓住茎秆的
顶端，把它拉下来。当它松口时，毛茛就会弹回垂直方向。幼崽会
一遍又一遍地玩这个游戏。

我注意到，母狼通常会跟踪幼崽的位置。如果有一只走得太远，它就会跑过去拦住它，然后和它玩以转移它的注意力。由于这一带有灰熊、黑熊和郊狼，它需要监视幼崽，不让它们走得太远。它是一个年轻的母亲，这些狼是它的第一批幼崽，但它本能地知道如何照顾它们。

当幼崽们三个半月大的时候，我看到它们在聚集地追踪气味痕迹。那只黑色的幼崽在父母离开狩猎时会追寻它们的气味，就像警犬追寻逃犯的踪迹一样。幼崽们正在学习如何成为狼。

到了8月中旬，四个月大的幼崽和父母一起旅行，远离了聚集地。8月19日一早，我来到南布特，看到一家五口向我这边走来，领头的是那匹公头狼。幼崽们一边跟着成年狼，一边还在玩耍。有时，会有一只幼崽走在大狼前面带路。当狼群走近一头巨大的卧着的野马鹿时，幼崽们犹豫了一下，最后还是围着野马鹿转了一圈，而父母在一旁等着它们。

那天，母狼处于乐于嬉戏的状态。它与公狼嬉戏，向它跳过去。不时地，公狼围着它跑圈。它们会面对面，后退，然后用牙撕咬。后来公狼跑到前面，在埋伏的位置低下身子，然后在它靠近时跳起来向它冲过去。我不知道父母之所以心情这么好，是不是因为它们预料到，幼崽很快就能和它们一起在整个领地内全天出行了。

我在老忠实泉和麦迪逊地区的暑期工作于9月初结束，正好在劳动节之后。我搬出了政府的拖车，在猛犸区北部的小城加德纳租了一间房，每天去斯鲁溪和拉玛尔谷，直到11月中旬。

当我第一次回到拉玛尔谷找到德鲁伊峰狼群时，我看到了8月新加入狼群的灰色公狼。31号从不列颠哥伦比亚省带过来的时候还是幼崽，待在被称为约瑟夫酋长的狼群里。它们一开始被关在水晶溪围栏里，然后又安置在一个临时围栏里，并被释放到公园的西边，在那里它们建立了一个领地。31号后来离开了它的狼群，前往东边的拉玛尔谷，不知怎么成功地加入了德鲁伊峰狼群。虽然公头狼通常会赶走潜在的竞争对手，但38号似乎对于这匹新狼加入它的狼群没有什么问题。

后来我们通过DNA测试发现，这两匹公狼来自同一个狼群。在加拿大，这匹大德鲁伊峰头狼作为一匹孤身公狼被抓获，它的狼群来源不明。它可能是在31号出生后才离开原生家庭的，因为这两匹狼表现得像彼此认识。那天我看到它们一起玩耍，看起来非常友好。几周后，我看着这个新来的家伙已经在和德鲁伊峰三姐妹一起玩了。有一次，它围着两个小妹妹跑了一圈。38号走过来，玩闹着追着它跑。这一切都说明31号已经很好地融入了这个狼群。

接受新的公狼加入德鲁伊峰狼群，让我想到了狼寻觅亲人和熟人的能力。前一年的冬天，小公狼在水晶溪围栏时，可能听到了5英里外玫瑰溪围栏中德鲁伊峰狼群的嗥叫声。我们认为狼可以从嗥叫声中辨别出其他它认识的狼，就像人辨别朋友的声音一样。这意味着它很可能已经认出了亲戚的嗥叫声。它的狼群在公园西边放生后，31号就自己回到了拉玛尔谷，与38号团聚。

那年秋天，我注意到了38号的另一面。我看到其他德鲁伊峰狼在嬉戏追逐它。它跑开后，又绕了回来，在埋伏的位置伏低身子，然后在狼群跑到它的位置时，跳起来扑倒其中一匹。之后，它又跑开，邀请它们去追它。当它们没追到它时，它跑了回来，在其他狼的位置转了一圈，跑开了，想把游戏继续下去。我曾认为它比较暴力和好斗，但现在我看到它性格中也有好玩的一面。

自6月19日以来，我就没有看到任何玫瑰溪狼的身影。9月17日，我在斯鲁溪以北发现了十匹狼群的成员。10月22日，又看到了那么多。原来的八匹一岁狼，只剩下了五匹，其中四匹是母狼。

一匹公狼被运货卡车撞死了，一匹被德鲁伊峰狼杀死了，第三匹离开了狼群。唯一剩下的公狼是21号，也就是道格在上一年春天那个重要的日子里，从洞穴里最后扒拉出来的那只幼崽，它也是在公头狼被枪杀后，它的母亲和兄弟姐妹被送回适应围栏时，一直守护着这个家庭的狼。如果8号出了什么事，它将是这个狼群下一任的公头狼。

从11月2日开始，我在检查这个狼群时，就没有收到21号的信号。那是这个年轻公狼一年中常见的离群时间。距离2月的交配季节只剩几个月了，我想它可能是在寻找一匹没有血缘关系的母狼来配对。九天后它从漫游中归来，狼的数量再次达到十匹。

那段时间下了一场雪，玫瑰溪狼在雪中玩耍。三匹一岁狼反复从覆盖着雪的陡坡上滑下来。这是一个新游戏：雪地滑行。黄石国家公园的冬天要来了，成千上万的马鹿将迁徙到拉玛尔谷，那里的积雪没有高处的那么深。我数了数，一个马鹿群里有545头马鹿。

1996年，我为观察黄石国家公园的狼群所投入的全部时间，在11月11日达到了巅峰，我在南布特看到了利奥波德狼群。这个事件完美地展示了在一个狼的家族中，各个成员是如何合作完成一项危险的任务的。

当天晚上，我看到一对头狼在追逐一头大母马鹿，它们的两只幼崽跟在身后跑着，那只黑色的和另一只灰色的。公头狼在前面带路。它追上了母马鹿，咬住了它的右后腿。母马鹿用另一条后腿回踢公头狼，并用蹄子打了它好几下。尽管头上被用力踢到了，2号还是坚持住了。由于公头狼拖了后腿，马鹿的速度现在慢了下来。母头狼追上了它们。7号跑到母马鹿的面前，转过身来，一跃而起，咬住了母马鹿的喉咙，这是狼经典的收尾动作。

这对头狼的配合就像两个防守型的足球运动员在对付一个更强大的对手。公头狼咬住母马鹿的后腿，并没有对母马鹿造成什么伤害。它的作用是紧紧拖住母马鹿，这样7号就可以赶在前面，向母马鹿的喉咙发出致命一咬。在两匹成年狼与母马鹿搏斗的时候，灰色的幼崽跑了过来，但不知道该怎么办。接着，黑色幼崽赶到，毫不犹豫地咬向马鹿的侧面。母头狼和黑幼崽把母马鹿摔倒在地，很快母马鹿就死了。

那天的助攻，黑幼崽立下了功劳。那时它才七个月大，大约相当于一个七岁的男孩。7月初我第一次见到它时，它才三个月大，对狩猎一无所知。现在，仅仅几个月后，它就成了家里的大功臣。它就像足球队里的三线新秀，尽管经验不足，但还是参与到了比赛当中，帮助球队获胜。

两天后，我像往常一样早上去公园，然后回来，把我的东西装进面包车，开车去大本德过第四个冬天。

第十二章　玫瑰溪狼群的巢穴烦恼

　　1996 年秋天，猛犸区的主管们同意把我安置在麦迪逊区和老忠实泉，但这里远离公园北区玫瑰溪狼和德鲁伊峰狼的出没处，对公园的游客来说也不太方便，于是他们告诉我，1997 年夏天我可以再次住在塔楼。5 月 13 日，我在那儿的政府拖车里卸下了我的东西，晚上就出去找狼了。

　　我听说玫瑰溪的母头狼在"小美国"的南边，也就是塔楼以东大约 2 英里的地方安家了。它有一窝幼崽：三只黑色的和四只灰色的。这个地区的名称起源于 20 世纪 30 年代，当时那里有一个民间环境保护团营地。在严寒的冬季，驻扎在营地里的人声称这里和南极洲的研究站"小美国"一样寒冷。

　　我在报告的地点发现了 9 号和一只灰色的幼崽，在路南 500 码处。它们向南走进了远处的树林里。然后，8 号从树林里走出来，三只黑色的幼崽跑向它。它们围着它，舔它的口鼻，它还反刍喂肉给它们吃。幼崽们低下头，贪婪地吃着。一只乌鸦降落下来，向幼崽们走去，想偷吃点儿肉，但 8 号把它赶走了。我看到狼群的地方是狼的聚集地。幼崽们出生在东边不远处的树洞里。

　　9 号的一个成年女儿是 10 号，也就是原来玫瑰溪公头狼的亲生骨肉，在 2 月由 8 号抚养。年轻的狼妈妈 18 号，现在有了一窝幼崽，在 1996 年的狼群巢穴地，靠近妈妈岭，在公园大道的另一边，距离母头狼现在的巢穴以北 3 英里。公路并不是这两个地点之间的唯一障碍。狼群还需要与拉马尔河抗衡。"狼项目"的工作人员认为，

9号在怀孕末期出去狩猎了，当幼崽即将出生时，它正处于河和公园大道的南边。由于来不及赶回去，它就把七只幼崽生在了那儿。两个巢穴距离很近，一处的玫瑰溪狼可以听到另一处狼群成员的嗥叫，还能向它们回话。

8号和剩下的幼年公狼21号留在了新巢穴，帮助9号带它的幼崽。21号现在两岁多，按人的年龄来算，大约二十岁或二十一岁。它已经和8号在一起十八个月了，约占它生命的四分之三。两匹公狼的感情很深。1996年出生的三只幼崽，如今已都是一岁狼，和新来的年轻妈妈以及它的幼崽们一起驻扎在妈妈岭。由于积雪融化，两个巢穴之间的河道已进入汛期，狼群游过去有危险。

一度还曾有第三个巢穴，位于斯鲁溪露营地公路东侧，距离其他巢穴3英里。另一匹母狼19号，来自原来的玫瑰溪狼群，也是经8号受孕，在那里生下了四只幼崽。它们出生后不久，它的项圈就发出了死亡信号。4月19日，"狼项目"的一位工作人员发现了它的尸体，确定它是被其他狼杀死的。德鲁伊峰狼曾在它的洞穴附近出现过，因此是主要嫌疑犯。三天后，它的四只幼崽被发现已经饿死。由于德鲁伊峰狼在斯鲁溪之战后杀死了它的兄弟，这意味着它们现在要对六匹玫瑰溪狼的死亡负直接或间接的责任。

8号和21号原本三个巢穴都要去，给每位狼妈妈送食物。这对狼群来说是非常低效的。19号和它的幼崽死后，尽管路上车来车往，河道状况危险，但两匹公狼还是在9号在"小美国"的巢穴和它女儿在妈妈岭附近的巢穴之间奔波。

那天，也就是我回园的第一天，看到8号和21号都在妈妈岭为幼崽反刍喂肉。第二天早上，我在母头狼的巢穴里看到了这两匹公狼，七只幼崽都在疯狂地向它们求食。21号已经长成了一匹大公狼。它看起来比8号还大，像养父的保镖，但仍然表现出对养父的服从。它的忠诚让我想起救援犬对收留它们的人的忠诚。它们永远不会忘记所受到的恩情。

在 21 号的一生中，只有这个词可以定义它：忠诚。我想起它的生父 10 号在通过敞开的大门走出玫瑰溪围栏后，留在一旁，耐心地等待两匹母狼加入它的行列，尽管它很可能知道人们会回到这个地区，并重新捉住它。和它的儿子 21 号一样，对家庭忠诚也是 10 号性格中的决定性因素。

在我的注视下，9 号过来加入了幼崽和两匹成年公狼的行列。它的黑色毛发现在有很多灰色的条纹，这是因为衰老，也可能是因为做母亲的压力。它趴下了，一只幼崽爬到了它身上。不久，它和 8 号走进了树林里，所有的幼崽也跟了进去。我看到那片树林边上有一块大石头。那下面有洞穴供幼崽们探索，熊过来的时候还能躲在里面。当天晚些时候，我在那附近看到一头灰熊和一头黑熊。当黑熊靠近时，9 号跑出来把它赶走了。傍晚时分，我看到幼崽们跟在 21 号身边，就像童子军跟在领队后面行进一样。

熊和郊狼对幼崽们来说是一种持续的威胁，成年狼不得不去应对。琳达·瑟斯顿和她的巢穴研究小组在监视狼窝时，看到一头黑熊跑到离幼崽不足 25 英尺的地方，8 号及时跑出来把它赶上了树。还有一次，21 号赶走了一头带着三只幼崽的母熊。另一次，两匹郊狼接近巢穴，9 号把它们赶走了。

有一天，我发现 9 号带着幼崽从树林里走出来。它侧卧着给它们喂奶。然后，21 号回到巢穴里，幼崽们围着它，想让它反刍喂肉给它们吃。我注意到，只有六只幼崽缠着它。第七只幼崽是一只毛色浅棕带灰色的小狼，它待在上坡的大石头旁。我很奇怪，为什么那只幼崽不和其他小狼在一起？21 号趴下，温柔地和其中一只幼崽玩耍。其他五只跑去吃食，并要和 21 号玩耍，这时 21 号却起身要走。六只幼崽改为互相玩耍，让它走了。后来，我看到 21 号在树丛边上观察着幼崽们。它看起来像在执行安保任务，警惕地观察着入侵者。

5月17日清晨，我在拉玛尔谷发现8号和21号都在啃食着两具不同的新鲜尸体。这两匹公狼一定是在晚上出去狩猎，杀死了两头马鹿。我看到21号叼着一大块肉往巢穴的方向走去。8号跟在后面。当我看不见两匹公狼的踪影时，我驱车前往巢穴区，看到21号带着肉进来。它走进树林，幼崽们可能休息的地方。母头狼从树林的另一片区域跑出来，兴奋地摇着尾巴，然后消失在我看不到21号的地方。不到一分钟，它带着儿子带来的肉重新出现在大石头旁，并把它放在地上。

六只幼崽从树林里跑出来迎接21号，它也从树林里出来了。第七只幼崽，就是那只浅棕色的，像以前一样落在后面。我猜它可能是生病或受伤了，后来我看到它走路困难，经常摔倒。因为行动受限，这只幼崽独自待在上坡的大石头旁，注视着其他幼崽和21号，就像一个生病的孩子看着其他孩子玩耍。几分钟后，21号从六只幼崽身边走开，小跑着来到第七只幼崽身边。它在幼崽旁边坐了一会儿，大哥哥带着小弟弟，然后又回到其他幼崽身边。那是一个意义深刻的时刻，值得见证。21号晚上狩猎，又把大块的肉搬到窝里，本来就很累了，它需要休息，为下一次狩猎做准备。尽管如此，它还是注意到了最后一只幼崽独自在山上，于是走上去和它玩了一会儿。

多年来，我在讲座中给成千上万人讲过这个故事。然后我问他们小时候带着伤心或抑郁回家的时候，他们的狗会不会跑过来，似乎能理解他们的心情，想和他们一起玩。对于这个问题，几乎所有人都有肯定的回答；当我问到那样有没有让他们开心起来，他们都点了点头。狗狗知道悲伤、孤独、被忽视或生病的感觉，能通过我们的肢体语言和面部表情感受到人类的这些情绪，并选择和我们在一起，这样就能帮助我们感觉更好。在我们最需要朋友的时候，它们想成为我们的朋友。

如果人们欣赏狗这方面的性格，应该知道这来自狗的祖先狼，来自像 21 号这样的狼，它注意到了那只幼崽，去找它，是出于对它处境的同情。如果一个伤心或生病的孩子能因为有一条狗过来陪伴而振作起来，那么 21 号在和那只幼崽相处的时候，也肯定会让它振作起来。

看到 21 号去找那只生病的幼崽，让我想起了另一个故事。几年前，在我还没有在黄石国家公园工作之前，我和"狼之家"的肯特·韦伯和翠西·安·布鲁克斯做了一些联合项目，这是科罗拉多州的一个非营利组织，照顾不受欢迎的或被遗弃的圈养出生的狼。我会用幻灯片展示狼的情况，然后介绍肯特来演讲，他讲述他的狼收养所。每次活动的高潮都是肯特领出来一匹驯化的狼，和人群社交一下。在观众的注视下，肯特带着拴住的狼在房间里走一圈。

在一次我们共同出场后，肯特给我讲了一个感人的故事。他经常在小学做讲座，有时会给多达五百个孩子讲。在学校的演讲中，他经常会带去一匹特别的黑色母狼，叫拉米。肯特要求孩子们坐在原位，不要向它伸手，但又说，如果它主动走到谁的身边，谁就可以抚摸它。当肯特带着狼在学校礼堂里走来走去的时候，拉米经常会选中一个孩子，走到她或他身边，让那个孩子抚摸它。

肯特想弄明白是怎么回事，就问老师，狼挑中的那个孩子有没有什么特别之处。通常老师都会告诉他，那个男孩或女孩是最被其他孩子挑剔和欺负的人。拉米感受到了那些孩子所处的困境，于是做出反应，走到他们身边，和他们友好交流一下。每当这时，不仅会让被选中的孩子高兴起来，而且由于是当着全校师生的面，这会永久地提升这个男孩或女孩的地位。

还有另一个故事可以说明狼的同理心。在狼港，华盛顿州一个圈养狼的收养所，一对夫妇带着一个哭泣的婴儿走到一个狼圈。一只趴着的母狼听到了哭声。它站起来，拖出一个食物储藏盒，走到围栏边，把一块肉推向婴儿。

我想了想21号的同理心是从哪里来的，觉得可能来自8号。21号和它的兄弟姐妹出生后的前六个月是在玫瑰溪围栏里度过的，它们的生活中没有父亲，也没有任何成年公狼。然后8号来了，和幼崽们交上了朋友，并自愿充当它们的父亲。从那一刻起，8号就成了21号的雄性行为榜样。后来21号看到那只棕色的幼崽远离其他幼崽，就像8号为它和它的兄弟姐妹们所做的那样，它也做了一些事情来帮助它。

这些年来，我一直受"愿望成真"组织邀请，带着生病的孩子出去看狼。那些日子对我来说总是一年中最美好的时光，因为我可以帮助一个男孩或女孩过得开心一点，帮他们忘记烦恼。我这样做也是为了纪念那天我看到21号的所作所为。

那天晚上，我看见21号在大石头旁睡觉。突然，它跳起来，跑去把一头熊赶出了巢穴。然后，8号和21号带着六只幼崽出去了，我发现第七只幼崽在坡上慢慢地走来走去。看到它在活动，就充满希望。21号离开聚集点，去追逐一个大约一百头马鹿的马鹿群。它挑了一头母马鹿，独自把它杀了。

当21号回到巢穴时，六只幼崽向它跑来。那只孤独的幼崽摇了摇尾巴，然后以嬉戏的步态，开始往下走。它甚至爬过了一根圆木。很快，它就和21号以及其他幼崽在一起了。我们所有的围观者都喜出望外。七只幼崽围住了21号，然后其中一只带着一块肉跑了，证明21号在猎杀时吞下了肉，然后冲回幼崽身边，反刍喂给它们吃。当天早上，21号又回到尸体旁，用它惊人的力气把一块重重的肉带回来给幼崽们吃。

幼崽们很喜欢和21号玩耍。它就像普通人家庭中最受欢迎的一个叔叔。当它趴下时，它们会冲过去摸摸它的脸，舔舔它的嘴边，爬到它的背上。如果它起身走了，它们就会追着它跑。它好脾气地忍受着它们。

有一天早上，我看见 21 号跳起来，跑过去跟妈妈打招呼，同时还摇着尾巴。六只幼崽跑到它们身边，那只孤零零的幼崽拖着脚向它们走来。21 号看见那只幼崽，就跑过去欢迎它，尾巴还在摇。那只幼崽成功地走向了 9 号，所有的小狼都得到了五分钟的哺喂。那只棕色幼崽肯定是越来越好了，我想这部分来自 21 号对它的鼓励。

我对 21 号的印象越来越深刻。它是唯一一匹留下来在新巢穴里帮助父母一起照顾幼崽的年轻成年狼。它把熊赶走，自己去狩猎，多次击杀并带回肉喂给幼崽，和健康的幼崽玩耍，还特别努力照顾生病的幼崽。"狼项目"的工作人员，包括后来成为犹他州立大学教授的丹·麦克纳蒂，对公园内狼群捕食情况的研究发现，两岁的狼群成员往往是最好的猎手，因为它们的体能正处于巅峰状态。21 号正是这个年龄。它也开始在一对头狼标记的地点做抬腿小便的动作，这是它成熟的另一个标志。

仅仅比 21 号大一岁，三岁的 8 号已经是一个熟练的猎人了。一天早上，琳达的队员看到它在狼群北边的巢穴附近杀死了一头马鹿。随后，它游过河，穿过公路，在"小美国"的巢穴旁又杀了一头。凯文·霍尼斯为琳达的巢穴研究做观察，他记录了一次狩猎，8 号抓住了一头母马鹿的喉咙，而 21 号咬住了它的后腿。这头马鹿太高大了，它把 8 号从地上吊了起来，但 8 号坚持住了。马鹿很快就倒在了地上。8 号一边甩头，一边继续紧紧咬住马鹿的喉咙，而 21 号则咬住了它的后背。当马鹿想站起来时，21 号切换到了它的喉咙上，死死咬了一口，并帮 8 号按住它。马鹿距两匹狼第一次抓住不到五分钟后，就不再动弹了。21 号后来撕出一块精选的肉，直接带到母狼那里给它吃了。

一天早上，我看到 8 号在打完猎后回到"小美国"巢穴。它被全部七只幼崽围住，包括那只棕色的。六只幼崽把它反刍的肉吞了下去，第七只则跳到它的脸上，想再吃一点儿。接着，9号带着更多的肉来了。有的幼崽在吃肉，有的幼崽在吃奶。之后，我看到9号在舔棕色的幼崽，把它挑出来，给予了它比其他幼崽更多的关注。

5月24日傍晚，我看到"小美国"巢穴北面的路边停了二十多辆车。我已经三天没有发现9号和它的七只幼崽了。有游客告诉我，他曾看到9号带着一只幼崽从北向南穿过马路，然后向南边更远的巢穴移动。在走了几百码之后，它停了下来，回头看了看。游客转过身来，发现路北有更多的幼崽。那些幼崽看到汽车和人横在它们和母亲之间，就向北边远处跑去。那时9号正在嗥叫着让它们来找它。我想，它一直试图把幼崽转移到妈妈岭原来的窝里，但没能带它们渡过拉玛尔河，现在需要把它们带回马路对面，送到"小美国"的窝里。

我和现场更多的人聊了起来。大家都从车里出来，寻找狼群，尤其是幼崽。但游客们没有意识到自己的位置正好挡在母狼和还在路北的幼崽之间。我当时正在值勤，穿着管理员的制服，必须迅速想办法帮上忙。问题的关键是要让母狼和幼崽重新回到一起。

我一辆车一辆车地去找人，解释目前的情况，询问他们是否愿意帮助母狼回到它的幼崽身边，只需要顺着路边把车开走，远离它去往幼崽的笔直路线。与我交谈的每个人都明白了情况，并主动让开。我也开车离开了。游客们的反应给我留下了深刻的印象。他们来公园都希望能看到野狼，但当他们听到自己的在场延长了母狼和幼崽的分离时间时，他们愿意放弃这个机会。他们认为狼一家的福利比他们想看到狼的愿望更重要。

后来我得到报告说，有人看到9号带着几只幼崽在路北往拉玛尔河的方向走。这似乎证实了我的猜测，它想把幼崽送到妈妈岭的窝里，那里是玫瑰溪其他狼群的根据地。但河水是比道路更大的障碍。由于那年冬天下了一场创纪录的大雪，水位很高，水流也是险象环生。它很难找到一个安全的地方带着幼崽过河。

两天后，我在河的北岸、妈妈岭巢穴以西几英里的地方，看到了9号和五匹其他成年玫瑰溪狼，包括8号和21号。它一定是自己过河，把幼崽留在了河边。这六匹狼正在追赶一群马鹿。一头母马鹿停了下来，回头看了看狼群，然后呆立在原地。当领头的几匹狼赶到它身边时，它惊慌失措地跑了，狼群紧追不舍。母马鹿一定是出了什么问题，因为狼群很容易就追上了它，与它并肩奔跑，然后跳起来咬住了它。再后来它们都跑到了一个小丘后面，看来它们是在那里杀了母马鹿。

那天晚些时候，我和"狼项目"的志愿者杰森·威尔逊聊了聊。他那天早上一直在妈妈岭观察北边的巢穴，看到9号过来。它是狩猎小队的组织者，除了新来的年轻狼妈妈18号之外，所有的狼都和它一起去了西边，我就是在那儿看到它们追赶母马鹿的。杰森在当天晚些时候看到狼群回到了妈妈岭的巢穴。两匹狼妈妈带着18号的幼崽，把它们一个个带到1英里外的新巢穴。在以后的筑巢季节里，我们看到母狼们也有类似的举动，但我们通常不知道它们为什么这样做。也许是巢穴塌陷了，或者是灰熊在该地区频繁出没，或者是当地的猎物从原来的巢穴地点迁走了。

第二天早上，我看到9号回到了它在"小美国"的巢穴附近。四天后，我接到报告说，有人看到它和一只黑色的幼崽、一只棕色的幼崽，再次试图往北穿过公路。9号过了马路，但当人们停下车时，幼崽们又转了回来。随后，这匹母狼重新穿过马路，带着幼崽回到南边的树林里。到了6月中旬，它的三只幼崽被发现在路北，但据推测，仍有四只幼崽留在路南。有人看到它多次试图鼓励那些过了马路的幼崽游过河去，但每次它们都畏缩不前。我认为从它们的角度来说这是一个对的决定，因为湍急的水流肯定会把它们冲走。6 月 17 日，琳达的巢穴工作人员收到了 8 号和 21 号从那个方向发出的信号，说明它们和拒绝在湍急的河水中冒险的幼崽们一起在道路的北侧。

那时 9 号似乎已经放弃了它在"小美国"的巢穴，常驻在妈妈岭的巢穴。琳达在她的论文中写到，9 号每天都会离开那个巢穴，游过河去寻找被困在公路和河水之间的幼崽。有时，其他成年狼也会和它一起去。每次探访之后，它都会回到河对岸的北方巢穴。幼崽们跟在后面，但总是在 9 号下水时掉头。后来在幼崽们的位置附近发现了一具马鹿的尸体，估计它们以它为食。

几周后，河边再也没有看到幼崽的身影，9 号也不再来回走动。一具幼崽的遗体后来在水边被发现，但无法确定死因。主巢的幼崽数量最多的时候有十一只，但丢了两只，所以到了 6 月下旬，数量下降到了九只。我们不知道幸存的幼崽中是否有 9 号的孩子。这也意味着，21 号曾试图帮助的那只浅棕色幼崽的命运已经永远不可知。

那年春天，"狼项目"的工作人员发生了变化。迈克·菲利普离开了，去担任特纳濒危物种基金会的主任，该基金会由特德·特纳创立，道格·史密斯接任了项目负责人。

第十三章　德鲁伊峰狼和利奥波德狼的幼崽们

1997 年的同一年，德鲁伊峰狼也产下了多胎小狼，三匹年轻的母狼中，有两匹在养孩子。与玫瑰溪狼群的幼崽不同，所有的德鲁伊峰狼幼崽都在同一个巢穴，这个巢穴位于两个停车场以北的森林山丘上，当地人称之为脚桥和搭车岗。德鲁伊峰就在那个地点的上坡处。

5 月 22 日，我第一次看到了当年的 39 号、原来的母头狼，被它的灰女儿 40 号赶出了狼群。它在本月早些时候从前往北方的长途独行中返回。琳达·瑟斯顿记录了 40 号正在帮忙照顾它的孙辈。我看到 41 号，两个黑姐妹中等级较低的一个，出现在巢穴区南部，并注意到它的乳头胀大，说明它正在哺乳幼崽。据我所知，这群狼中的四匹母狼相处得很好，至少在我看到它们在马鹿尸体上互相喂食时，似乎是这样。

新晋的母头狼显然对它的母亲在离开近一年后回来这件事没有任何意见，尽管实际上是它把母亲赶出狼群的。也许 40 号意识到，要喂养和抚养幼崽们，这个家庭需要尽可能得到帮助。39 号似乎也明白，尽管它是狼群中最年长的母狼，也是三姐妹的母亲，但它现在处于雌性等级的最底层。

6 月下旬，我终于在一块被称为对角草场的空地上发现了德鲁伊峰狼的幼崽们。有三只黑色的、两只灰色的。后来经过基因检测，确定这些幼崽是 41 号和 42 号所生，而不是母头狼所生。40 号曾被看到与 38 号公头狼交配，但它们的交配并没有生出幼崽。我想知道它是如何处理它没有幼崽的事实，而它两个等级较低的姐妹都有。

我经常从脚桥那里走过去，徒步爬上一个叫亡幼丘的斜坡。它之所以叫这个名字，是因为1995年夏天，水晶溪狼在那里发现了一个郊狼窝，杀死了几只幼崽。从这座山丘上，我们可以更好地观察到巢穴区域，尤其是巢穴树林和公路之间的一片沼泽。幼崽们在7月初发现了那片沼泽，并多次去那儿。正是在那儿，它们学会了如何猎杀田鼠，并开始自食其力。

幼崽们对猎杀田鼠如此痴迷，以至于它们有时会无视那些来把马鹿肉反刍喂给它们的成年狼。幼崽们掌握了一项技术，它们会听着田鼠在草地上沙沙作响的声音，然后一跃而起，用前爪扑向准确的位置。并非总能成功，但经常会有幼崽能锁定一只啮齿动物，然后将其吞下。吃饱了或无聊时，幼崽们就会从捕捉田鼠转为互相玩耍。成年狼经常在沼泽上方的小山坡上休息，在那里它们可以俯瞰和监视幼崽的情况。39号作为外祖母，是最经常监督幼崽的，它也经常在幼崽捕猎田鼠时跟在它们身边，好像在评估它们的捕猎技术。

那个夏天的许多日子里，我早上观察德鲁伊峰狼的幼崽，然后在当天晚些时候去南布特研究利奥波德狼的幼崽。利奥波德头狼夫妇，8号的哥哥2号和前玫瑰溪母狼7号，新添了五只幼崽，一家人一如既往地嬉戏互动。盯住两个狼群让我很累，但我不能放弃这个难得的机会。

7月10日上午，我看到德鲁伊峰狼的幼崽陷入了困境，大狼们齐心协力保护它们的安全。我在对角草场看到了五只幼崽和四匹成年狼。然后39号向马路的方向下坡，头狼夫妇和幼崽们跟着它。三匹成年狼穿过马路向南走去。幼崽走到了公路上，来回走动，嗅着路面上有趣的气味。我在南边的苏达布特溪边发现了头狼们的踪迹。它们回过头来，看到幼崽在路上转悠，于是跑了回去。幸运的是，没有车来。

38 号跑到它们身边时，幼崽们还在路面上。聪明的它小跑着过去，没有和它们打招呼，又回到山上向对角草场走去。所有的幼崽都跟了上去。40 号一直停留在路面上，直到所有的幼崽都离开了公路，然后才跟随它们上山。外祖母跑回来，跟着幼崽们上山。41 号，几个幼崽的母亲，却没有和其他大狼一起下山，它只是站在那个坡上。当其他大狼和幼崽们到它身边后，它带着幼崽们上坡，远离道路。我对大狼们联手解决危机的方式印象深刻。

在接下来的几周里，大狼们带着幼崽们沿着不会遇到任何路口的路线越走越远，远离巢穴。8 月初，它们带着五只幼崽向西走了 3 英里，一直走到玫瑰溪，那里的适应围栏还在。此后，一家人反复从巢穴森林到那条小溪来回走动。它们还探索了那片地区上面的高岭。

8 月中旬，39 号带领着狼群从巢穴走到了公路上。母头狼和它的一个妹妹跟在后面，陪着幼崽们。成年狼过了马路，这次幼崽们小跑着跟在后面。我们看到三匹母狼涉过浅浅的溪流，继续向南。有一只幼崽也过了小溪，但其他四只幼崽又回头了，被困在了马路和小溪之间。穿过小溪的那只幼崽很快就爬上了亡幼丘，开始嗥叫。北边的四只幼崽也嗥叫了起来，跑到小溪边，拒绝下水，又逃回北边去了。

大公头狼看出了问题，又回到了北边。它先是给四只警惕的幼崽反刍喂肉，等它们吃饱后，又带着它们下到小溪边，过到对岸。有一只幼崽涉足小溪，和它一起到了南岸。这样，就剩下三只幼崽在北边呜呜地嗥叫着。当狼爸爸继续往南走时，最后几只幼崽克服了恐惧，涉水而过，加入了父亲的行列。克服了创伤后，幼崽们互相玩耍起来。

那是德鲁伊峰狼的幼崽们第二次在试图穿越道路或溪流时遇到的麻烦。两次都是 38 号把它带到了安全地带。它似乎比其他狼群成员，甚至是两位母亲，更有能力处理这些问题。它表现出一种平静的自信，让幼崽们知道，如果它们跟着它，一切都没问题。我看到了这位父亲令人印象深刻的新的一面，尽管它曾因为参与攻击水晶溪狼和玫瑰溪狼而让我不喜欢它。

现在它们都安全地过了小溪，幼崽们带头向南走去，兴奋地探索新的国度。它们很快就和第五只幼崽会合，它曾一直嗥叫着寻找它的兄弟姐妹。幼崽们继续带头，公头狼跟在它们后面。很快，大部分母狼从南边赶来加入队伍。它们最后都来到了诺里斯山的西侧，在搭车岗以南。幼崽们探索了这一地区，似乎在那里待得挺舒服。我们把这个地区称为诺里斯聚集地。

两天后，我在"小美国"的玫瑰溪巢穴看到了一些德鲁伊峰成年狼，在西边13英里处。狼群很快就离开了那片区域，前往标本岭山巅，那是拉玛尔谷南侧高达3000英尺的高岭。第二天，我在"小美国"巢穴所在地收到了21号的信号。它的信号表明，它正沿着德鲁伊峰狼的气味线索，爬上并越过标本岭。通常情况下，独狼跟踪一个敌方狼群的踪迹是很危险的，而且这个狼群之前已经杀死了它的两个兄弟姐妹，但21号已经长成了一匹高大强壮的成年狼，看起来可以照顾好自己。也许它的目的是想看看德鲁伊峰的母狼，说不定能勾引一匹作为配偶。42号是它跟踪的那群母狼中唯一的单身雌性。

8月下旬，德鲁伊峰成年狼带着幼崽向西走，最终在我们后来称之为玉髓溪聚集地的地方安顿了下来。这一过程包括让幼崽们渡过拉玛尔河。在这次旅行中，大多数成年狼走在疲惫不堪的幼崽们前面，但39号和它们一起留在后面，陪着幼崽们追踪狼群的气味。幼崽们似乎特别喜欢这个地方，因为这里有很多古老的郊狼窝，供它们探索。

在我观察的所有狼群中，利奥波德狼似乎在那个夏天过得最轻松。我回想起几个月前，6 月 23 日，那一年我第一次走到南布特去寻找它们。我发现狼妈妈 7 号和它的五只新幼崽一起趴着。两匹灰色的一岁狼和它们在一起。后来，我又看到了公头狼 2 号和那匹黑色的一岁狼，它在去年秋天参与马鹿狩猎时给我留下了深刻的印象，当时它还是一只幼崽。休息过后，狼群起身出发。我看到公头狼自己玩着，然后把一撮软毛抛向空中，就像 1995 年它和它的兄弟们在拉玛尔谷的玩法。它有一个大家庭，责任重大，但它还是喜欢玩，哪怕是取悦自己。

我看着利奥波德狼群的那对头狼在一个山沟里不见了踪影。一群由七十五头母马鹿和马鹿犊组成的马鹿群出现了，7 号跑出来向它们冲去。它的目标是一头行动缓慢的马鹿犊，但几头母马鹿把它拦了下来。接着，它的伴侣跑了过来，两匹狼紧紧地盯住了另一头落后于马鹿群的马鹿犊。两匹狼击杀成功。进食后，它们又去追赶另一头迟钝的马鹿犊，但三头母马鹿把它们赶走了。那匹黑色的一岁狼跑了过来，和公头狼一起追赶另一头马鹿犊。当那头马鹿犊落在后面较远的地方时，2 号跑来抓住了它。

利奥波德头狼们努力地喂养着它们的幼崽。它们常常在完成击杀后，还要面对那些试图偷走猎物的黑熊。有一天，我看到这两匹狼追赶着一头黑熊，远离它们的猎物并把它轰到了树上。那头熊低头看着公狼，公狼摇着尾巴盯着它。当狼走开后，熊开始从树干上退下来。但 2 号跑了回来，熊又上了树。狼就跳起来，把前爪搭在树上，不让熊下来。熊试了三次想下来，狼每次都跳起来，想咬它的屁股。熊最终落了地，去追狼，狼又转头来追熊。这时，母狼跑了过来，两匹狼都去追熊。它与 7 号对峙，试图用前爪拍它，但没有拍到。熊沮丧地爬到另一棵树上，等待狼群离开。

然后我看到母狼去找幼崽，嘴里还叼着一部分马鹿犊肉。我回

头看了看 2 号，看到它和那头黑熊现在正因为马鹿犊的尸体发生冲
突。黑熊抢了马鹿犊后跑了，然后把马鹿犊放下来啃食。狼把尸体
偷了回来，最后好好地吃完了。如果这头熊是灰熊而不是黑熊，它
的工作就会困难得多、危险得多。两匹狼后来去找幼崽们，把一部
分尸体反刍给它们吃。还有一次，我看到其中一匹一岁狼为幼崽反
刍喂肉。如果幼狼经常这样做，对父母的帮助会很大。

　　琳达和她的团队在 1997 年研究了利奥波德狼群、玫瑰溪狼群和
德鲁伊峰狼群的巢穴。第二年，他们再次监测了这三个狼群，还有
约瑟夫酋长狼群。在她的论文中，琳达全面地写到了狼群中除了父
母以外的其他成员，它们如何在巢穴和聚集地帮助照顾幼崽。这些
成员可能是年长的兄弟姐妹、姑姑、叔叔、祖父母，或者是被允许
加入狼群的无血缘关系的狼。这种多代大家庭的集体努力被称为合
作抚养。根据英国剑桥大学的研究人员迪特·卢卡斯和蒂姆·克拉
顿·布洛克的说法，这种情况只在不到 1% 的哺乳动物中出现。

　　琳达指出，一岁狼和年轻的成年狼"对幼崽有极大的吸引力"。
它们给幼崽喂食，与它们玩耍，亲切地舔它们，并使它们免受掠食
者的伤害。琳达看到一岁狼把幼崽往洞穴里推，并把它们叼进去。
所有这些互动使幼崽完成了在狼的家庭结构中的融入及社会化。

　　琳达还记录了集体哺乳，当狼群中至少有两匹母狼时，就会发
生这种情况。每匹母狼都会给来找它的幼崽哺乳，包括自己的幼崽
和其他母狼生的幼崽。在两年的研究中，琳达没有看到任何一匹没
做母亲的狼哺育幼崽，但这种行为在狗和圈养狼身上都有记录。翠
西·安·布鲁克斯是琳达研究团队的志愿者，她在科罗拉多州的
"狼之家"照顾圈养狼已有三十年。她告诉我，有一年春天，两匹成
年狼姐妹似乎怀孕了，尽管它们在繁殖季节从未与公狼交往过。当
翠西检查这对姐妹时，它们的乳头都胀大了，并且在产奶。它们表

现出的是假怀孕的迹象。如果围栏里有一匹真正怀孕的母狼，这对姐妹可能会帮助哺育小宝宝。这意味着，同样的事情也可能发生在野狼身上。

还可能有公用巢穴。在这种情况下，两匹或更多的母狼和它们的幼崽会共用一个巢穴。1997年，德鲁伊峰狼姐妹41号和42号使用同一个巢穴。在玫瑰溪狼群中，9号和它的女儿在1998年同样如此。1997年在德鲁伊峰狼巢穴里有三个父母以外的帮手：39号，外祖母；40号，幼崽们的姨；31号是加入狼群的年轻公狼，它被认为是这窝幼崽的叔叔。五只幼崽都活了下来，第二年春天，当它们满一岁的时候，它们也准备帮助新的一群幼崽。

琳达团队的研究指导教师简·帕卡德把狼崽的发育分为三个阶段：吃奶期（一到五周），过渡期（五到十周，幼崽逐渐断奶过渡到固体食物），以及断奶期（十一周及以后，幼崽只吃固体食物）。狼妈妈在第一阶段依靠狼群其他成员给它送食物，在第二和第三阶段需要它们为它和幼崽们输送更多的食物。

由于狼通常在二十二个月大时达到性成熟，所以在一岁的时候帮助父母照顾幼崽，是让幼狼为成年生活做好准备的最佳时机。从长远来看，照顾幼崽的一岁狼无论公母都会受益匪浅，因为当它们以后有了自己的幼崽时，它们会学以致用。从这个意义上说，它们在父母身边当学徒，获得了照顾和喂养幼崽的实际经验，所以当它们有了第一胎幼崽时，就知道该怎么做。

读完琳达的论文，我想了想多年来对狼窝的观察。我数百次看到年轻的成年狼给母狼和幼崽带肉或反刍喂肉，这让我想起了将一包包食物从网店送到家里的卡车司机。狼早在人类之前就发明了一套送货上门的系统。这个系统对狼群的每个成员来说都是一个三赢的局面。母狼获得一岁狼的帮助和食物，幼崽获得食物和保护，而那些年轻的成年狼则获得养育幼崽的经验。

　　大多数年轻的公狼在协助父母照顾新的幼崽一年之后就会离家。21 号在两个繁殖季节（1996 年和 1997 年）帮助养育幼崽，所以当它独自谋生的时候，已经得到了很好的训练。它不仅获得了额外一年的幼崽护理经验，还延长了它与 8 号的学徒期，这似乎加强了它们之间的联系纽带。

　　我的暑期工作在 9 月的第一周结束了，我不得不搬出我在塔楼的政府拖车。我在公园东北入口外人口仅有 20 人的银门镇租了一间小木屋，在那里住了一个秋天。原本，这间木屋是该地区的单间校舍。我继续做"狼项目"的志愿者，每天清晨出去寻找狼群，研究它们的行为，然后回家把看到的情况填表。结果发现，那年秋天看到了很多东西。

第十四章　黄石国家公园的
"罗密欧"与"朱丽叶"

　　德鲁伊峰狼群和玫瑰溪狼群在9月初离开山谷，进入了更高的地区，因为大多数马鹿为了寻找更好的觅食点都迁徙到了那里。这两个狼群脱离了我们的视野。我离开公园旅行了九天，9月15日才回到野外。那天，我在水晶溪围栏附近看到了8号、21号和两只幼崽，那是8号的家人从加拿大到来时最初的家，现在属于玫瑰溪狼群的一部分领地。幼崽和21号向8号表达了顺从的问候。之后，8号做了一个抬腿撒尿的动作作为领地标记，21号在同样的位置做了标记，使之成为双雄气味标记。狼群向东移动，后来我在拉玛尔谷捕捉到了它们的信号，来自研究所以南的地区。这意味着它们进入了德鲁伊峰狼的领地。

　　9月18日，德鲁伊峰狼群回到拉玛尔谷，我在玉髓溪聚集地看到了全部十一匹成年狼和幼崽。40号带领它们向西走去。它们穿越了自己领地的那一段，三天前玫瑰溪狼就在那里，它们一定闻到了玫瑰溪狼的气味。可能是顺着它们的踪迹，德鲁伊峰狼最后来到了玫瑰溪狼领地的水晶溪围栏区，8号和21号最近做抬腿撒尿记号那里。德鲁伊峰头狼夫妇在那里也做了几个雌雄双重气味标记，就像帮派在敌对帮派的领地里喷绘自己的名字一样。

　　四匹狼——头狼夫妇、年轻的公狼31号和42号——在一个地方做了很多粗暴的地面抓挠，为它们进入玫瑰溪狼领地留下了更多的证据。随后，它们向西远行，深入到另一个狼群的窝。在调查了

"小美国"玫瑰溪狼的巢穴地点后，德鲁伊峰狼又回到了东边，在8号和21号的气味标记附近的水晶溪围栏安营扎寨。10月初，德鲁伊峰狼又一次侵入玫瑰溪狼的领地，再次来到"小美国"的巢穴所在地，在那里做了大量的气味标记。

德鲁伊峰狼发现玫瑰溪狼的气味时，尤其是21号的，玫瑰溪狼的公次级狼，是怎么想的呢？21号发现德鲁伊峰狼的气味时，又是怎么想的呢？德鲁伊峰狼的母次级狼42号的气味一直在这些探索的旅途中。它的气味踪迹和地面抓痕对任何一匹沿途嗅探的玫瑰溪狼来说都很明显。通过调查另一匹狼的气味，狼可以知道很多东西。当21号嗅到德鲁伊峰头狼夫妇的雌雄双重气味标记时，它大概可以判断出它们的等级。母次级狼的蹲尿会有和母头狼不同的气味，它可能分辨出42号是一匹从属的成年雌性。而42号在嗅到8号和21号所做的双雄气味标记时，也能判断出玫瑰溪狼群中还有第二匹成年雄性。在21号和42号反复闻到对方的气味后，也许这两匹狼开始认为这样可以找到配偶。

如果21号和42号都脱离了自己的狼群，找到了对方，它们就可以建立自己的领地，组建新的狼群。它们可以在2月繁殖，4月生下幼崽。对42号来说，这可以让它远离难缠的姐姐。但这两个狼群是竞争对手，过去也打过架。这一切让我觉得这个正在发生的故事很像莎士比亚的戏剧，讲述了两个来自敌对家庭的青年人相爱的故事。那个故事对于罗密欧和朱丽叶来说，结局并不美好。

如果21号离开家人，到德鲁伊峰狼的领地寻找42号，会发生什么？我想象着两匹成年德鲁伊峰公狼会攻击21号，并试图杀死它。如果42号决定不再忍受它姐姐的挑衅，前往寻找21号，其他的玫瑰溪狼会把它视作来自杀死它们两个家庭成员的狼群的敌人，它们也会试图杀死它。罗密欧是蒙太古家族的，朱丽叶是凯普莱特家族的。21号是玫瑰溪狼，42号是德鲁伊峰狼。这是一个类似的故事。莎士比亚的剧作是一出恋人双双死去的悲剧，而不是一出保证大团圆结局的浪漫喜剧。21 号和 42 号的故事会如何上演呢？

深秋时节，除了 39 号以外的十匹德鲁伊峰狼，都在拉玛尔谷南侧安营扎寨。有什么东西让大公头狼跳了起来。其他成年狼也这么做了。看了看西边，它们都朝那个方向跑去。然后它们停了下来，一边嗥叫，一边继续盯着西边看。幼崽们呜咽着，似乎很害怕。我听到了另一个狼群对它们嗥叫的回应。我查看了一下，得到了玫瑰溪头狼和 21 号的信号。两个狼群来回嗥叫了一段时间。我驱车向西，在公路以北、德鲁伊峰狼西北 3 英里处发现了十一匹玫瑰溪狼。它们一边嗥叫，一边望向德鲁伊峰狼。两个敌对的狼群势均力敌：十匹对十一匹。

很快，玫瑰溪狼群向北面的上坡移动。但它们没走多远就停了下来，又面向德鲁伊峰狼嗥叫起来。过了一会儿，狼群平静地往北远去，我失去了它们的踪影。我向东看了看，看到德鲁伊峰狼也已经撤退了。嗥叫比赛持续了三十分钟，两群狼分别进行了十一波嗥叫。最后以平局收场。显然，在胜负机会如此均等的情况下，两个狼群都不想冒险一战。而且，每个狼群都带着幼崽。成年狼知道，在战斗中，它们的一些幼崽可能会被对方杀死。

当玫瑰溪狼向德鲁伊峰狼嗥叫，而德鲁伊峰狼也嗥叫着回应时，21 号和 42 号又有机会觉察到对方的存在。再过几个月，公狼和母狼的繁殖激素都会达到高峰。那时 21 号已经快三岁了。"狼项目"统计得出，黄石国家公园狼的平均寿命只有五到六年左右。21 号需要和一匹母狼配对，生下小狼崽。

随着季节的推移，我注意到德鲁伊峰母狼的攻击性在增加。外祖母 39 号经常和其他狼分开睡觉。有一天，我看到它的臀部有一道血淋淋的咬痕，可能是它那好斗的女儿 40 号造成的。一只耳朵也受了伤。当其中一匹从属的黑狼妹妹向它走来时，39号吓得跑了。狼群在这一带开始了新的捕猎。这匹白色的老母狼等狼群离开现场后才进食。

在接下来的日子里，它依旧对其他母狼十分顺从。每当40号走近时，它就会低头蹲下，收起尾巴，把耳朵收回来，表现得像个被欺负的孩子，以为自己要被打。有一天，我看到它在聚集地离开狼群卧倒。其他成年狼都去打猎了，从它身边经过，没有表现出任何问候和致意。它和幼崽们一起留了下来。后来41号，四匹母狼中排名第三的，回来加入了它们的行列。它对老母亲还是很宽容的。

德鲁伊峰狼很快就离开了玉髓溪聚集地，带着幼崽们向东走了5英里，来到了环形草原，这是卵石溪露营地附近的一片大草地。它们在那里杀死了一头母马鹿。第二天，一头灰熊出现了，可能是被尸体吸引来的。当时只有38号与41号和幼崽在一起，它们把熊赶到了很远的地方。但第二天，灰熊接管了这具尸体，狼群不得不等它离开后才能继续进食。

三匹等级较高的母狼之间的争权行为和争吵不断升级。40号会按倒42号，也会按倒41号，尽管41号经常在离姐妹们很远的地方趴着。外祖母也在这里，但一般远离其他母狼。一天深夜，39号试图接近其他狼，但当40号和其中一个黑姐妹向它移动时，它跑开了。后来，母头狼追赶39号，抓住并按倒了它。我看到女儿在咬妈妈，听到了老狼痛苦的叫声。

一个狼群能养活一窝狼崽已经很不容易了。德鲁伊峰狼群有四匹能生崽的成年母狼，只有两匹成年公狼。如果所有的母狼在第二年春天都生了崽，崽的存活率会很低。如果40号成功赶走了两匹等级最低的母狼，或者给它们压力，让它们要么不怀孕，要么无法把胎狼生下来，它自己的幼崽存活的机会就会大很多。到目前为止，它还没有对付42号。到了10月中旬，39号和41号通常会在其他成年狼离开打猎的时候，留下来陪着幼崽。年长的母狼通常会在其他成年狼回来后立即离开这一地区，而 41 号则尽可能融入集体当中。

一匹德鲁伊峰狼的黑幼崽不小心被郊狼研究人员设置的夹腿陷阱抓到了，于是脖子上被套上了一个无线电项圈，它被指定为 103 号。它长大后将成为狼群中最小的母狼。第二天，这只幼崽又回到了狼群中。我们注意到它被陷阱夹住的那条腿一瘸一拐的，当第二天成年狼和其他幼崽离开聚集地时，它留下来猎杀田鼠。下一日，它还是孤身一人。它嗥叫多次，试图与家人联系。它的信号表明，后来它往西寻找其他家人。我在贾斯珀台地区发现了它，然后看到它爬到一块大石头上，四处张望、嗥叫，但没有得到回应。在那之后，它四处走动，试图寻找它的狼群的气味踪迹。

然后我看到 39 号在这一带出现。每当幼崽嗥叫的时候，39 号就四处寻找它的位置，但没有嗥叫回应。也许它是担心自己和幼崽在一起会被 40 号攻击吧。老狼向着嗥叫的方向移动，在一个山坡上停了下来，看到幼崽孤零零的。现在它知道这一带没有其他成年狼，就跑到幼崽身边。幼崽看到它，就向它跑来。两匹狼友好地打了个招呼。一天下来，幼崽频频嗥叫，它想和狼群的其他成员联系，但老狼一直很低调，从不加入。下一日，两匹狼还是一起出现在玉髓溪，这一次它们都在有规律地嗥叫。又下一日，幼崽回到了狼群中，39 号却离开了这里，独自而去。

当我继续观察德鲁伊峰狼时，我注意到 42 号正常地与其他成年狼和幼崽待在一起，它的灰姐姐 40 号对它也没有过度攻击。42 号经常和幼崽们玩耍。39 号则继续离得远远的，似乎害怕所有的母狼。我经常看到 41 号和幼崽们待在聚集地。当 40 号回来时，它会夹着尾巴跑开。到了 11 月初，它与霸道的姐姐至少保持着半英里的距离。

尽管地位低下，但41号还是找到了可以为家人服务、证明自己价值的方法。秋天，当灰熊进行冬眠准备时，它们的胃口大增。狼群每年在这个时候进行捕猎时，几乎都会有一头或多头灰熊出现，打算从它们手中夺走尸体。在狼群回归之前，黄石灰熊在冬眠准备期很难找到尸体。秋季，马鹿、野牛等大型猎物通常处于最佳状态，自然死亡并不常见。狼在一年当中的这个时候进行捕杀，对熊来说再合适不过，在它们最需要的时候，狼为它们提供了丰富的、高营养的食物。

41号常常是狼群对灰熊的主要威慑力量。每当发现一头熊，它就会冲过去，被追赶时跑掉，然后绕回来继续骚扰它。它会绕到灰熊身后，咬住它的尾巴，然后再回来，再来一次。它能跑得比任何熊都快，长期被好斗的姐姐欺负而忍气吞声的狼，似乎很喜欢这些追逐。它仿佛在炫耀。在我目睹的一次互动中，一头灰熊向它挥动前爪。狼躲闪开了。那只爪子差一点点就要拍到它伏低的背。

其他狼群也不得不与灰熊对抗。有一天，我在水晶溪围栏附近看到了玫瑰溪狼群。一头灰熊走近狼群。狼群跑过去围住了熊。它站在原地，然后转过身来，拍打着一匹靠近它屁股的黑狼。另一匹狼在它背后咬了一口。熊坐下来保护敏感部位，但是站起来的时候，那里又被咬了一口。

我有个感觉，这头灰熊和玫瑰溪狼彼此之间很熟悉，已经多次经历过这种事，这头熊总在附近等待狼群的猎杀。不过，熊最终还是走开了。威胁消除后，幼崽们玩得很起劲，在雪坡上跑来跑去，从雪坡上滑下去。当灰熊回来时，幼崽们又跑过去骚扰它。有一只幼崽像在熊的面前跳舞，以示嬉戏嘲讽。熊没有反应，幼崽们觉得无聊就走开了。

后来，当幼崽们追逐一头公马鹿时，灰熊跟在它们后面，可能是希望如果狩猎成功，它可以偷到马鹿的尸体。幼崽们注意到了熊，就跑了回来。两只幼崽从前面逗弄着熊，另一只幼崽则在熊的后面，在几英尺远的地方跟着它。熊基本上没有理会它们。8号加入了幼崽的行列，高举着尾巴与熊对峙。熊走了，狼群也跟着走了。然后，狼群看到一群马鹿，在8号的带领下追赶它们。熊又一次尾随它们。幼崽们跑回来，围住了熊。这时，灰熊坐了起来，平静地注视着幼崽们，看上去就像一个图书管理员在故事时间等待一群孩子安静下来。幼崽们对入侵者失去了兴趣，跑去追赶大人。

德鲁伊峰狼和玫瑰溪狼继续交换着信息，有时是通过气味标记，有时是通过嗥叫。有一天早上，我听到德鲁伊峰狼在玉髓溪聚集地嗥叫。鲍勃·兰迪斯后来告诉我，玫瑰溪狼群从大约7英里外的斯鲁溪嗥叫回应了。一些狼研究人员说，狼在10英里外就能听到其他狼的嗥叫，所以两群狼一定是互相听到了。

我去斯鲁溪，在那里发现了十五匹玫瑰溪狼。我看到8号和9号并排走着。它把下巴放在它的背上，一副亲热的样子。但后来一只幼崽跑过来，挤在两个大人中间，破坏了这一刻。再后来一大群幼崽跑到8号面前，争夺它的注意力。那天，11月2日，是我最后一次看到21号和玫瑰溪狼群在一起。紧接着它就离群去寻找伴侣了。

11月7日一早，我又出去了一次，但我没有看到任何狼。我回到银门镇的小木屋，把我的东西装进面包车，然后向南去大本德过冬了。

第十五章　当 21 号遇见 42 号

　　1997 年 11 月下旬，德鲁伊峰狼群发生了悲剧。当时，好斗的 40 号已经将两匹等级最低的母狼 39 号和 41 号赶出了狼群。剩下的四匹成年狼和五只幼崽离开了公园，去了东边。两匹成年公狼在那里被非法射杀了。年轻的公狼 31 号很快就因伤势过重而死亡，大块头公头狼 38 号也奄奄一息，因为伤势过重而无法行动。道格·史密斯多次飞过它的位置，为它投肉，但它一口没吃。十一天后，这匹公狼也死了。它当时的正常体重是 125 磅，死的时候只剩下 88 磅了。两匹成年母狼带着幼崽回到了拉玛尔谷。距离繁殖季节只有两个多月了，这个家庭迫切需要一匹成年公狼加入，担任头狼。

　　然后 21 号出现了。如果说它最初的计划是勾引 42 号，和它一起建立一个新的狼群，不料两匹德鲁伊峰公狼都死了，改变了一切。21 号是空缺的公头狼位置的理想候选人。但是，如果它加入这个狼群，它将与两个姐妹发生关系，而不是只与 42 号发生关系。那时，我对 21 号和两匹母狼非常了解。21 号和 42 号都有着相似的随和性格，40 号却有些暴力和霸道，它的性情与 21 号并不相容。

　　以下对 12 月 8 日所发生事情的叙述来自丹·斯塔勒、道格·史密斯和鲍勃·兰迪斯撰写的研究论文。21 号第一次被看到，是与德鲁伊峰狼外祖母走在一起，德鲁伊峰狼外祖母仍然作为一匹孤狼生活在这个地区。意识到它们正在接近德鲁伊峰狼群时，39 号与 21 号分开了。21 号独自走向狼群。德鲁伊峰狼看到了它，40 号和 42 号冲了过来。五只幼崽中的三只也紧跟着。21 号从五匹狼身边跑开，但并不畏惧。德鲁伊峰狼很快就停了下来，21号也停下了。狼群嗥叫着，它也嗥叫着回应。

德鲁伊峰狼转身就走。21号跟着它们。这群狼又追赶它，但在它停下来的时候它们也停了下来。21号摇着尾巴，回头看着它们。德鲁伊峰狼在嗥叫，21号也在嗥叫。根据它们的嗥叫，它知道这群狼中没有成年公狼，只有成年母狼和幼崽。它现在可能意识到这是一个机会，可以作为新的公头狼加入这个群体。

那时，四只德鲁伊峰狼的幼崽已经被戴上了无线电项圈。106号灰色雌性幼崽主动向21号移动。它摇着尾巴向它的方向小跑，表现出友好的意图。当它们相距几码时，幼崽向它做了个游戏鞠躬，表示它也是友好的。又摇了一会儿尾巴后，21号以追赶邀请的姿势跑开了，幼崽也跟着跑。但它很快就回头了，状况不明，先趴下。

21号向趴下的幼崽移动。它跳了起来，向它走去。40号也在这时跑向21号。它和那只灰色的幼崽最后站在了它的两侧。当21号摇着尾巴的时候，母头狼向它做了三次游戏鞠躬。在更多的友好互动之后，21号跟在两匹母狼后面，一起走进了一片森林。21号和40号接着又出现在了视线中。两匹狼互相摇晃着尾巴。40号向21号做了更多的游戏鞠躬，然后21号跑开了。40号回过头来，加入了幼崽的行列。

不久，21号回来了。42号早些时候曾观察过它，但这两匹狼还没有碰过面。那时，鲍勃·兰迪斯正在拍摄这些互动，他借给我一份他的没有声音的录像。这段视频开始时，42号密切注视着21号。它的耳朵朝前，摇晃着尾巴。嘴巴的动作表明它在发声。然后，42号向21号做了几个跳跃和奔跑的动作。它上蹿下跳，就像一条狗看到同类朋友走过来那样高兴。

鲍勃在这时把镜头对准了21号。它正以一种放松的状态盯着42号。它们之间只有几个身位的距离。42号在小跳中前进。21号摇着尾巴。它们的脸现在只有几英寸的距离。21号抬起一只前爪，轻轻地放在42号的肩上。它们的脸颊对着脸颊。42号对21号做了一些小的跳跃伴动，在空中猛冲猛打，好像在挑逗它，或者说在调情。

21号再次把爪子放在42号的肩膀上，看起来像一个温柔、亲切的动作。42号数次把下巴放在21号的肩膀上，而21号以同样的动作回应着。然后42号俏皮地用前爪打21号的背。之后，42号用脸撞21号的脸。接着，42号退后，向21号跑去，并在它的胸前弹跳。21号跳到42号的背上，再次把爪子放在它的肩膀上。一只幼崽跑到21号身边，但它继续把所有的注意力放在42号身上。21号舔了舔42号肩上的毛，又三次把下巴放在它背上。两匹狼之间的互动，比21号和40号之间发生的任何事情都要亲密和感性。

40号现在跑了过来，玩闹着跳到21号身上。两姐妹站在21号的两边，争夺它的注意力。母头狼向21号做了游戏鞠躬。然后三匹狼打闹着走了，看起来像年轻的幼崽。五只幼崽也加入了它们。21号现在和这个七匹狼的狼群站在了一起，所有的德鲁伊峰狼都向它行礼，就像在迎接狩猎归来的狼群头狼一样。

从这个时候起，21号就成了德鲁伊峰狼群的公头狼。这一天开始时，它还是一个流浪的王子，现在它是德鲁伊峰狼群的国王。但德鲁伊峰狼群的女王是专横的40号，这将给21号带来很大的麻烦。正如8号在1995年秋天对21号和它的7个兄弟姐妹所做的那样，21号收养了德鲁伊峰狼群原来公头狼所生的五只幼崽。这些幼崽的年龄与被8号收养时的21号差不多。从那一刻起，任何人看到21号和德鲁伊峰狼群的狼，都没有理由怀疑它不是幼崽的亲生父亲。

我对8号和21号加入新狼群的叙述中的相似之处特别感兴趣。8号第一次是在玫瑰溪围栏外与两只幼崽相遇，21号第一次是与德鲁伊峰狼群的灰色幼崽互动。两匹成年公狼开始与幼崽建立联系，然后与家庭中的成年母狼相遇。用人类的话来说，就好比一个单身男人与一群父亲去世的年轻兄弟姐妹相遇并结为好友，然后与他们的寡母结婚。

这两个案例之间有一些区别。8 号加入玫瑰溪狼群时只有十八个月大，按人类的换算是十六岁，它从未抚养过幼崽，甚至没见过除了兄弟姐妹之外的其他幼崽。21 号在成为德鲁伊峰狼时，已经三十个月大了，按人类的年龄计算，是二十四岁。它曾在 8 号那儿当过两年学徒，并在这两年（1996 年和 1997 年）帮助 8 号养育幼崽。这意味着 21 号成为公头狼和养父时，比 8 号做了更充分的准备。

另一个区别是狼群内部的关系。21 号和 8 号在一起的时候，玫瑰溪狼群是一个运转良好的组织，其中成年公狼和母狼相处得不错。但德鲁伊峰狼是一个不正常的家庭，因为 40 号对其他母狼有攻击性。

21 号作为德鲁伊峰狼群中的新成员，还有一个额外的劣势：它继承了双方正在进行的争斗。德鲁伊峰狼群在 1996 年春天杀死了原来的水晶溪公头狼 4 号，在 1996 年的春天打伤了母头狼 5 号，并可能杀死了它的幼崽。该狼群的两个幸存成员，即年长的母狼和年轻的公狼 6 号，已经放弃了它们在拉玛尔谷的领地，在鹈鹕谷定居。这对狼在 1997 年春天生了六只幼崽，它们都活了下来，使狼的数量增加到八匹。

人们曾认为这两匹狼是母子关系，不会相互交配，但后来的基因测试显示，它们是姑姑和侄子。如果水晶溪狼群在接下来的一两年内幼崽存活得不错，它们就可以回到北方并试图夺回它们原来的领地。这将涉及到与德鲁伊峰狼的两次交锋，而 21 号作为狼群的主要保卫者，将不得不战斗。这尤其意味着它要与水晶溪狼群的公头狼，也就是最大的哥哥 8 号战斗，它有 141 磅重，可能是黄石国家公园里最大的狼。当时 21 号的体重约为 120 磅。

西边还有一个竞争对手。德鲁伊峰狼杀死了玫瑰溪狼群中 21 号的两个兄弟姐妹：一个是它的兄弟，在 1996 年 8 号打败 38 号的那一天；然后是它的姐妹，在 1997 年春天，它的四个幼崽在它死后也饿死了。这四只幼崽是 8 号的子女。玫瑰溪狼群，尤其是 8 号，有充分的理由对东边的邻居怀恨在心。

8 号和 9 号会如何看待它们的儿子加入敌方狼群的行为？在它们看来，它可以被认为是一个叛徒。如果玫瑰溪狼群和德鲁伊峰狼群再次发生战斗，如果 8 号和 21 号面对面，会发生什么？这两匹公头狼为了保护它们的家人不会退缩。如果它们打起来，那可是父亲对养子。

1997 年秋末，我回到大本德时，回想起了那一年在黄石国家公园度过的六个月。我有 170 天出去寻找狼，其中 149 天看到了狼，占 88%。我看到的狼的总数为 1462 匹，远远超过我在 1995 年和 1996 年看到的数量，是我在德纳里十五个夏天看到的总数的两倍。看到所有这些狼并观察到它们各种各样的行为的关键是每天要在日出前出门，无论天气如何，也无论我有多疲惫。我经常想起一句话："80% 的成功就是不要缺席。"这就是我所做的。我每天都早早出发。

而且我并不是唯一一个看到这么多狼的人。狼群可见性的提高使我帮助数以万计的公园游客第一次看到野狼，这是我从未厌倦过的事情，并认为这是一种极大的荣幸。不久后，蒙大拿大学的约翰·杜菲尔德教授对公园游客进行了一次经济调查，并询问人们为什么要来黄石国家公园。调查发现，公园里的狼群每年可以为当地社区带来 3550 万美元的旅游收入。在黄石国家公园看狼是如此吸引人，以至于许多当地人成立了野生动物旅游公司，专门负责带游客去看狼。这些公司为附近的城镇创造了大量的就业机会。

第十六章　德鲁伊峰狼的新纪元

1998 年春天，我与道格·史密斯达成协议，将我的工作从狼群讲解员转为直接为"狼项目"工作。我的新工作主要是记录狼的行为和向公众做科普。鉴于我已经在"狼项目"志愿者的工作上花费了那么多时间，这个转变对我来说也十分自然。虽然我仍是公园管理局的雇员，并穿着管理员的制服，但这个职位不提供政府宿舍。我再次租下了银门镇的小屋。这将是我观察狼群的第二十个夏天：在德纳里十五年，在冰川一年，在黄石四年。

当我开车回到公园时，我想到了我再也见不到的一匹狼。外祖母 39 号在 21 号加入德鲁伊峰狼的家族后不久就离开了拉玛尔谷，后来有人看到它和 52 号在一起，那是离开玫瑰溪狼群的 8 号的一个儿子。1998 年 3 月初，它在公园的东部被发现，正在穿过一个牧场。39 号没有伤害那里的牲畜，但还是被射杀了。杀死它的那个人说他误以为那是一匹郊狼。即便那个时候 39 号作为一匹母狼也是个大块头，有 125 磅重。而当地的郊狼体重大多在 25 磅至 35 磅之间。射杀它的人报告了这一事故，承认了罪行，被罚了 500 美元。

39 号死后，52 号最终与 39 号的女儿 41 号走在一起了，它也被骚扰到离开了德鲁伊峰狼群家族。这对夫妇在繁殖季节结束后的 3 月聚在一起，在黄石国家公园边界以东的日光盆地定居。它们被称为"日光狼群"。它们在那里统治了很多年，并养育了许多幼崽。所有这些幼崽都是 39 号的外孙辈。

在我离开的时候，德鲁伊峰狼群还有一些其他的进展。吉姆·哈夫彭尼报告说，21号已经在2月与40号和42号交配。狼群再次在脚桥和搭车岗停车场以北的巢穴里活动。1997年的五匹德鲁伊峰幼崽都熬过了冬天，现在都是一岁狼了。这样一来，狼群中就有了八匹狼。巢穴周围茂密的森林到目前为止还阻挡着人们对新狼崽的观察。

其中一匹雄性一岁狼，104号，在早春时节独自杀死了一头野牛犊，这是自再引入狼群以来已知的第四次野牛被狼吃掉。前一年，当它还是幼崽时，我就对它印象深刻，它单独杀死野牛表明它正在成为一个熟练的猎手。104号一定是发现了那头野牛犊远离母亲，才试图去抓它。与1995年在阿尔伯塔省捕获的狼不同，来自不列颠哥伦比亚省的狼所活动的区域内有野牛。年长的德鲁伊峰狼一定已经教过出生在黄石国家公园的104号，野牛也是一种可捕食的猎物。

我也得到了其他狼群的消息。在玫瑰溪狼群中，8号再次让9号和它的女儿18号狼受孕，这两匹母狼在妈妈岭附近共享狼群原来的巢穴。在那里发现了十一只幼崽。琳达的巢穴研究小组认为，有五只是9号生的，另外六只是它女儿生的。8号在短短的三年里生了六窝：1996年一窝，1997年三窝，1998年又生了两窝。这些幼崽加起来有三十六只。玫瑰溪狼群现在有十四匹成年狼和一岁狼。十一只新出生的幼崽中，有一只幼年夭折，因此该狼群中狼的数量为二十四匹。

在鹈鹕谷，水晶溪狼的头狼夫妇在4月份产下了九只幼崽。狼群中有八匹成年狼和一岁狼，总数为十七匹。这意味着该狼群的规模是德鲁伊峰狼群的两倍。今年早些时候，有数匹水晶溪狼被戴上了无线电项圈，其中包括一只九个月大的雄性幼崽。它重达115磅，在这个年龄可是个大块头，但也可以理解，因为它的父亲6号、8号的一个黑哥哥，可能就是公园里最大的狼。此外，狼群的狩猎活动非常成功，所有成员都吃得很好。

利奥波德狼群中现在有九匹成年狼和一岁狼。母头狼有五只新的幼崽，使狼的数量达到了十四匹。在更远的西部，约瑟夫酋长狼群有六匹成年狼和一岁狼，七只新幼崽，总共有十三名成员。

黄石国家公园北半部的三个主要狼群（玫瑰溪、水晶溪和利奥波德）的公头狼都是来自水晶溪狼群的兄弟。第四个狼群，德鲁伊峰狼有 21 号，也是由其中的一个兄弟——8 号抚养和训练的。

1998 年 5 月 5 日晚，我回到公园，搬进了银门镇小屋，并在第二天清晨出去查看德鲁伊峰狼的情况。由于我的新工作还没有开始，所以我花的是自己的时间。

当我从公路上望向狼群的巢穴区时，没有看到狼，所以我徒步走上了亡幼丘。我在西边看到了两匹一岁狼，后来又在黄石研究所南边发现了另一匹一岁狼。第二天早上，5 月 7 日，我在玉髓溪聚集地附近的一具新的马鹿尸体上发现了 21 号。它可能是在夜里独自杀死了这头母马鹿。道格·史密斯认为 5 月是马鹿最脆弱的时候，因为它们还没有摆脱黄石国家公园漫长冬季的影响。当我在那个月观察马鹿时，可以看到它们由于冬季的饮食不佳，体重明显下降。

我第一次看到 21 号与 40 号和 42 号在一起是在 5 月 9 日。这三匹狼在巢穴区的南部穿行。狼群没有理会一群马鹿，这表明它们正在前往一个新的尸体。头狼夫妇在一个地点做了双重气味标记，这表明了它们的地位。然后我失去了它们的踪迹。三小时后，我看到21 号从那个方向回来了。它穿过公路，向巢穴走去，可能是要给新的幼崽送食物。

在 5 月初的一个早晨，我看到两匹一岁狼（黑色雌性 105 号和灰色雄性 107 号）向 21 号打招呼，与 21 号和它的兄弟姐妹们在8 号收养它们后打招呼时表现出一样的兴奋和热情。就在刚才，107 号一直在观察一大群马鹿，嗅着空气，似乎在评估它们的气味。

我想了想，许多狗能自然而然地发现人类同伴诸如癌症之类的健康问题，而别的狗在训练后也能学会。这种技能来自它们的狼祖先。那匹一岁狼可能已经学会了嗅闻空气，分析各种气味，寻找感染、疾病和伤口的蛛丝马迹。如果它发现了什么，它可以绕过马鹿群，试图确定是哪只动物发出的气味，接近它，并测试它的生命力。这是一种将健康的动物和生病的动物区分开来的有效方法，是一种更聪明的工作方式，而不仅仅是努力。

这种行为就像过去的狂欢节叫卖者，寻找一个标记，一个容易受骗的乡村男孩，可以说服他付钱去看一只假的双头鸡。或者是一个扑克专家在寻找另一个玩家的蛛丝马迹，一些面部表情，透露他是否在伪装。叫卖者和玩牌者都在寻找脆弱的人。对于狼来说，这意味着要嗅出猎物身上的异常气味，这种气味暗示可能存在的弱点，使狼占得优势。

狼还学会了识别模式：看到一瘸一拐的猎物，或者看到与群体分开的落单的马鹿或野牛。一瘸一拐的动物总是值得追捕的，而落单的动物可以接近测试。如果一只落单的动物在狼靠近的时候轻蔑地站在原地，这通常意味着它是强壮的、健康的，有能力击退狼。但如果它看到狼就跑了，那就意味着它很可能觉得自己很弱，很容易受到伤害。有经验的狼会放过第一种动物，而追赶第二种。

在狼群大快朵颐之后，杰森·威尔逊和我徒步走到我们在5月7日看到的21号啃食的马鹿尸体旁。我们发现，这头母马鹿的臼齿已经磨到了牙龈线，证明它已经非常老了，就像没有牙医的时代那些牙齿磨损的人一样，无法有效地进食。21号杀死它时，它的状况可能非常糟糕。它可能有牙龈感染和牙齿磨损。也许21号闻到了感染的气味，接近了它，并发现它由于身体虚弱而容易被杀死。我后来就这个问题联系了罗尔夫·彼得森，罗亚尔岛的狼研究员，他告诉我，他在检查驼鹿尸体的下颌骨时，也可以闻到感染的气味。如果人类能做到这一点，那么嗅觉远胜于人类的狼，就能在更远的地方发现猎物被感染的迹象。

5月中旬，我看到了40号身下膨胀的乳头，表明它正在哺乳。它肚子上的大部分毛发都不见了，这也是它有了幼崽的标志。这将是它和21号的第一窝幼崽。这是黄石国家公园的一个新时代：21号是德鲁伊峰狼的公头狼。我很幸运地在那里见证了它的出现将如何改变狼群的动态，特别是德鲁伊峰狼与邻居玫瑰溪狼的关系。

我在"狼项目"的新职位从5月18日开始。我每天清晨出去，寻找狼群，并在发现它们后监测和记录它们的行为。琳达·瑟斯顿仍然在做她的巢穴现场研究，我经常帮忙做观察轮值。每周两次，由"狼项目"的工作人员和志愿者轮流对四个狼窝（德鲁伊峰、玫瑰溪、利奥波德和约瑟夫酋长）进行二十四小时的监测，分为三个八小时的班次。

我们每隔三十分钟记录一次狼群追踪项圈的所有信号来自哪个方向，并记录下任何看到的狼的行为和位置。白天，在监测德鲁伊峰狼的巢穴时，我们徒步爬上亡幼丘，从那里观察巢穴森林和周围地区。当我值夜班时，我把我的面包车停在脚桥区，只做三十分钟间隔的信号检查。我在检查的间隙睡觉，并设置好闹钟，让我在下一次检查前及时醒来。

当时"狼项目"中有一项研究被称为"公共食物"。这是克里斯·威尔默斯博士项目的一部分，他记录了哪些动物在狼群的猎杀下拾取食物。当尸体出现时，我们每隔十五分钟就对该地点五百米范围内的所有动物，包括鸟类，进行计数。

"狼项目"是黄石资源中心（YCR）[①]的一部分工作。YCR的员

---

① 黄石资源中心（The Yellowstone Center for Resources，简称 YCR）。

工，大部分是生物学家，有些有博士学位，对公园的野生动物、植物群落和地热特征进行研究。他们的主要任务就是资源监测和管理。

"狼项目"的首席生物学家道格·史密斯，和我一样认为我们有义务与游客分享我们对公园狼群的了解。由于我多年来是一个自然主义者，这对我来说已经是很正常的事情了。我继续邀请人们通过我的望远镜观看狼群，并与他们谈论狼群的再引入计划。我不再安排夜间节目或自然散步。取而代之的是，我寻找参加学校田野考察的孩子、参观公园的大学生、野生动物旅游团以及公园的普通游客。在帮助人们看到狼后，我给他们做即兴的路边讲座。这几年里，我做了大约两百次这样的讲座，远远超过了我做公园自然学家时的数量。

在我参与"狼项目"的新工作中，我总是试图将黄石国家公园的使命宣言铭记在心。对我来说，该文件中最重要的部分是：

> 黄石国家公园是灰熊、狼以及自由放养的野牛和马鹿的家园……国家公园管理局在不受损害的前提下，保护它们及其他自然与文化的资源和价值，供今世和后代享受、教育和激励。[1]

这一使命宣言的关键词是"供"。我们保护公园的野生动物和自然特征是有原因的。我们这样做是为了让现在和将来的公园游客享受、教育和激励。

这一使命中享受和教育的部分很容易完成。每个通过我的望远镜看到狼的人都非常喜欢这种体验，而且都渴望了解它们。当我谈到早期的管理员杀死了黄石国家公园所有的原生狼，以及我们如何

---

[1] 引自黄石国家公园使命声明《黄石国家公园资源与问题手册》，2017年，第22页。——原注

通过实施再引入计划来纠正这一错误时，就来到了激励的部分。这是一个激动人心的故事。向人们讲述 8 号从一个被欺负的幼崽变成一匹公头狼的故事也是激动人心的。这是我的使命，我也一直坚守着。

声明中的另一个关键词是"不受损害"。这意味着像狼和灰熊这样的动物在黄石国家公园的生活不应该受到游客的干扰。管理员需要在人们接近动物时进行管理，或在动物们需要过马路或返回觅食区时阻挡游客。这同样意味着我们必须防止熊和狼对人类的习惯化，如果它们离开了公园的保护，它们不能认为接近人类是安全的，其中有些人可能会想杀死它们。

1998 年春天，我对德鲁伊峰狼群进行了重点观察。一天早上，我在监测巢穴现场时，看到了两匹雌性一岁狼之间的游戏过程：105 号和它的小妹妹 103 号。103 号捡起一根棍子，在姐姐面前嬉戏，好像是在看姐姐敢不敢追它。经过长时间的追逐，双方暂停休息，然后姐姐做了一个游戏邀请鞠躬，又玩了起来。两匹母狼一边玩一边绕着圈跑。当 105 号落后时，103 号停下来，把棍子扔到空中，然后接住。它拿着棍子嬉戏，就像一条金毛猎犬在等待主人继续玩捡东西的游戏。当这一招不奏效时，它就把棍子丢在它的玩伴面前，然后当它姐姐上钩并扑向棍子时，它又把棍子抢了过来并跑开。追逐一直持续到 103 号故意丢掉棍子。现在轮到 105 号抓起棍子就跑。

等姐妹俩对这个游戏感到厌烦了，它们就互相扭打起来。我感觉 105 号是在放任它的小妹妹按倒它。看到这种行为、其他一些幼崽和一岁狼的游戏，以及大狼让小狼获胜的例子后，我认为哥哥姐姐有时会假装输掉摔跤比赛，以保证游戏进行。否则，小狼们总是输，就不想玩了。

当我在冰川国家公园工作时，我有个朋友叫比尔，他有一条狼狗，叫金特拉。它是一个看起来很强壮的大动物，大多数人最初都害怕它。有一天，我和金特拉在比尔的家里，我们开始绕着餐桌玩起了追逐游戏。金特拉追着我，但它故意跑得比平时慢，这样它就永远抓不到我。我停下来，回头看它。它也停下来，仔细研究我，然后转身换个方向跑。我认为这是在邀请我去追它，于是就去追了。

当我绕着那张桌子跑的时候，金特拉反复扭头看我，确定我还在追它。它跑步的速度让我跟得上。我们俩很快就停下来，互相看了看，然后又轮到它来追我。我知道它可以在任何时候抓住并按倒我。金特拉也知道这一点，但它想玩，并假装害怕我，这样它就能延长玩耍的乐趣。与金特拉玩耍的那几分钟，是我最接近狼的体验的时候了。

当我后来想到金特拉从我身边跑开、让我去追它的时刻，我想起了童年时的一些事情。我的哥哥艾伦比我大六岁，当你六岁的时候，这差别可大了。我记得他发明了一个非常有趣的游戏。在那些日子里，在杂货店买的整鸡都是带着脚和爪子的。艾伦假装对那些鸡脚感到害怕。每次我们的母亲带着鸡回来，我都会偷偷地去冰箱，拉下一只鸡脚，拿着它，让鸡脚伸出来，然后偷偷地冲向我哥哥。哥哥看到鸡脚要抓住他，就像一些恐怖电影里一样跑开了，装作吓得要死。我反复对他这样做，总是很有效。但我知道这其实只是一个游戏，他在假装害怕。

我想，大狼让小狼赢的原则可能适用于21号。它在幼崽和一岁大的时候已经挺大了，以至于像105号一样，它可能意识到需要让它的小弟弟和妹妹们在追逐和摔跤比赛中赢几次，以保持游戏的进行。我决定寻找机会看看21号与德鲁伊峰家的一岁狼和成年狼一起玩耍，看它是否对它们有这样的表现。

那年春天，德鲁伊峰狼在给幼崽送食物时遇到了很多麻烦，因为它们的巢穴在公园道路的北侧，而它们的主要狩猎区在南侧。停在附近停车场的人看到狼群接近公路，就会跑到他们的车上，然后开车到可能拍照的路口。狼群会退缩，绕道而行，并尝试另一个过路点，但在那里也会受到阻碍。执法部门的管理员在狼窝附近最常见的过路点设置了禁止停车的标志，我也得到了一个大的红色停车标志，这样我就可以在必要时充当狼群过境的警卫。在过马路方面，42 号是德鲁伊峰狼中最精明的。它会跑到马路边，放慢脚步，向两边看看，然后，如果没有汽车向它驶来，就跑到另一边去。

在我观察狼群的每一天，我都对它们有了更多的了解。5 月下旬，我在亡幼丘上观察北面的巢穴，当时我发现 40 号独自在我下面的小溪边。在山的西侧我跟丢了它。一小时后，它突然出现在离我的位置不远的山下。我当时已经坐下了，又更低地蹲下身子，希望它不要注意到我。它朝我这边看了看，然后朝我走来，嗅着地面。我的感觉是，它没有看到我。当它穿过我上山的路线并闻到我的气味时，它立刻跑回它来时的路。

我从这件事中得出的结论是，狼不太能看清细节，尤其是当动物或人一动不动时。这匹狼朝我的方向看了看，但似乎不确定谁或什么东西在那里。然后它用鼻子贴地向我走来，闻到我的气味，然后跑开了。后来我了解到，狼非常善于探测其他动物的移动，即使在很远的距离。我经常会看到一匹狼在拉玛尔谷走动时停顿下来，仔细地盯着某个方向，然后往那边走，追赶远处我完全没有注意到的马鹿。

现在，39 号和 41 号已经不在狼群中了，我想看看这匹霸道的头狼是如何对待它的妹妹 42 号的。6 月 2 日，42 号被迫与其他狼分开睡觉。头狼夫妇和三匹一岁狼向它跑去，40 号在前。42 号摆出了顺从的姿势，然后滚到了它的背上。母头狼一到妹妹身边，就毫无理由地狠狠咬了它几口。40号离开后，42号走到21号身边，两者友好地打了个招呼。

我注意到，42号在受到姐姐的攻击后，经常去找21号。我看到了吉姆·哈夫彭尼在那段时间拍摄的一些影片，当时42号在遭到40号攻击之后，跑到了21号那里。母头狼飞快地追了过去，然后停下来，评估了一下局势。21号就站在那里，站在42号旁边，摆出中立但自信的姿势。我的印象是，40号不知道该如何反应。不管它在想什么，它走了，留下它妹妹独自待着。

其他时候，21号主动表示对42号的支持。那年晚些时候，当42号紧张地独自站在一边，警惕地靠近母头狼时，21号离开其他狼走过去，在狼群其他成员交往时站在它旁边。就像它在1997年春天对待那只生病的幼崽一样，我想它注意到了它的痛苦，于是走过去陪着它。

21号非常细心地照顾着它的新狼群的需要。它通常是第一个把猎物的肉带回给幼崽的。一天清晨，狼群在玉髓溪聚集地击倒了一头成年马鹿。两个小时后，21号回到巢穴喂养幼崽，而其他成年狼则留在现场睡觉。傍晚时分，当它们回到尸体旁时，21号加入了它们的行列，然后，在啃食后，它直接小跑着回到了巢穴。40号似乎不像21号那么操心给幼崽送食物的问题。

6月中旬的一个晚上，我听到德鲁伊峰狼从它们的巢穴森林中发出嗥叫。除了来自成年狼和一岁狼的低沉的叫声外，我还听到了来自幼崽的高声嗥叫。这是我第一次听到21号的幼崽发出的声音。

第十七章　狼的性格

　　那年 6 月的一天，琳达的论文导师简·帕卡德和我在亡幼丘上进行了一次从下午到晚上的狼窝监测。当我们观察德鲁伊峰狼的巢穴森林时，简给我讲了 1996 年和 1997 年监测玫瑰溪巢穴的故事，当时 21 号还和它的母群在一起。她注意到，如果 8 号想出去打猎时 21 号不在身边，它就会嗥叫并等待。当 21 号出现时，这一对就出发去寻找马鹿。21 号通常会先到目标动物那里，然后死死咬住。8 号会追上来，帮助 21 号把它拉倒并干掉。她讲的故事表明，8 号明显依赖它养子的体形、力量、速度和狩猎技巧，以帮助它养活狼群。它对这个大个子雄性的依赖，就像高中足球队的队长依赖它最好的球员来接球、跑过防守队员、然后触地得分一样。用牧场的话来说，21 号是 8 号的"一把手"。

　　因为他们在 1996 年和 1997 年花了很多时间观察玫瑰溪狼群的巢穴，我还与"狼项目"的志愿者黛比·林维弗和杰森·威尔逊谈了他们对 8 号和 21 号之间关系的印象。黛比告诉我，这两匹公狼似乎有一种默契，它们需要合作来为狼群完成任务，特别是狩猎和把食物带回狼窝。她说它们分工来负责喂养和保护家庭，并使用了"共同领导"这个词。杰森告诉我，他从未见过年长的狼支配 21 号，也没有目睹过年轻的狼以任何方式挑战它的养父。"它们之间的关系很轻松，"他告诉我，"没有支配地位或阶级区别。"他补充说："这是一种平等的伙伴关系"。

　　我也从未见过 8 号对 21 号施加它的支配力。8 号拥有我称之为平和、自信的个性。1997年春天，21号两岁了，按人类年龄计算大约二十二岁，体形和力量都超过了8号，它们在一起配合得很好。我很清楚，21号尊重8号，把它当作头狼和养育它的狼，而8号则重视21号为这个家庭所做的一切。黛比称它们为共同领袖，而杰森说这是一种伙伴关系。我想在它们的评论中加上友谊的概念。对我来说，玫瑰溪的成年公狼就像两条喜欢待在一起的狗。公头狼8号的轻松自信与德鲁伊峰母头狼40号表现出的攻击性形成了鲜明对比，40号似乎对自己的地位没有安全感，毫无必要地一再支配它的妹妹和另外三匹年轻的母狼。当我看着它欺负和殴打它们时，我想知道它是否担心它们有一天会背叛它。

尽管21号作为德鲁伊峰家的公头狼承担着新的责任，包括需要为成长中的幼崽提供越来越多的食物，它还是抽出时间来玩。我看到40号接近21号，然后突然转身跑开，这显然是邀请它玩"来抓我呀"的游戏。21号飞快地追赶着40号，它们在稀疏的树木间飞奔。不久，40号转过身来，向21号冲去。21号看到40号来了，就跑开了，装作怕它的样子。这就像我和金特拉在餐桌上互相追逐的时候一样，有来有往。

随着幼崽的成熟，德鲁伊峰家的成年狼开始到更远的地方去打猎。道格·史密斯在6月21日进行了一次追踪飞行，发现这对头狼和两匹一岁狼在公园外的东边，也就是克兰德尔溪附近、去年秋天31号和38号被射杀的地方。我们对这个情况感到紧张，然后在6月23日狼群安全回到拉玛尔谷时松了一口气。三天后，在另一次飞行中，我们在南面20英里处的鹈鹕谷发现了这两匹公狼，它们在水晶溪地区中心的一具公马鹿的尸体上啃食。21号和40号单独出现在那里。如果水晶溪狼群中的八匹成年狼和一岁狼闻到了尸体的气味，发现这两匹德鲁伊峰狼在它们的家园，它们就会发动攻击。为了保护40号，21号将不得不与它们战斗，包括水晶溪公头狼6号、公园里为数不多的比它大的公狼之一。但幸运的是，次日早上，我在巢穴森林里收到了它们两个的信号。

当我继续观察这个狼群时，我开始注意到这些一岁狼的性格差异。104号是一匹积极进取的黑狼，它在春天杀死了野牛。它的灰兄弟107号，个头更大，但似乎没有104号的主动性，也不愿意冒受伤的风险。有一次，我看到那个大一点儿的兄弟追赶一头母马鹿，但当它追上母马鹿时，它只是咬了咬它的后腿。它看起来就像一条追上了它所追赶的汽车的狗，现在不知道该如何处理。当它追着母马鹿跑的时候，它摔了一跤，滚了好几圈。我无法判断是马鹿踢了它，还是它被绊倒了。

当它起身时，它一定看到那头母马鹿跛得很厉害，这应该给它带来很大的优势，但在再次追上母马鹿时，107号停下来，只是看着它跑开。相比之下，我对104的印象是，当一个好机会摆在它面前时，它从不放弃。它会不停地处理问题，直到找到解决办法。如果它发现一头跛脚的母马鹿，它就会战斗到最后。后来的DNA分析表明，它是42号的儿子。它的哥哥从未戴过项圈，所以我们无从知道它们是同父同母还是同父异母的兄弟。

我继续监测这五匹德鲁伊峰母狼之间的互动情况。我已经注意到42号对一岁狼的关注度要比母头狼高得多。早先有一次，在40号攻击按倒41号之后，我看着42号走到它的黑妹妹身边，开始玩耍。这就像看到有人走到一个受欺负的女孩面前，友好地对待它。

6月下旬的一天，一岁狼中的103号和106号跑过40号，向42号打招呼。当这匹母头狼以统治者的姿态跑过来时，42号伏到了地上，在它姐姐身下仰面打滚。40号对它呵斥了一声，然后走开了。42号小心翼翼地站起来，但还低身蹲着。看到这一幕，40号跑了回来，再次向它呵斥。42号又在地上打了个滚，然后起来舔了舔40号的脸，以安抚它，并表明自己的从属地位。这似乎很有帮助，因为母头狼允许它站起来。我后来想，40号去追它的妹妹，是不是因为年轻的母狼赶着去迎接42号而不是它。

然后我看到21号做了一件事，强化了我对它的高评价：它走到40号身边，开始和它玩耍，就像人类的父亲和一个正在闹脾气的孩子玩。在用游戏转移它的注意力以缓和气氛后，21号围着其他狼跑了一圈，并向它们做了游戏鞠躬。40号和一岁狼们很快就追着它跑。然后21号转过身来，和一岁狼们追着40号。跑了一小段距离后，40号又调转方向，再次追赶21号。我看到21号一边侧身跑一边回头看40号。突然，它在高高的草丛中伏低，设下埋伏，当40号跑进来时，它跃起来追赶它。然后21号走到一岁狼身边，和它们一起玩耍。

在那段时间里，42号一直与其他狼分开站着，似乎不确定如果它加入进来，遇到它那好斗的姐姐会发生什么。我注意到其他所有的狼现在都在追赶40号，而它则像21号那样侧着身子跑，这样它就可以回过头来看着它们，让它们敢于尝试抓住它。21号追上了40号，两匹狼一起玩起来。它们站起来对立着，胸对胸，用牙齿和爪子比试。然后40号追着21号，在它可能是故意摔倒时围着它转圈。当21号爬起来的时候，它又追着40号。

我四处寻找42号，看到它现在正和一岁狼一起玩。狼群又恢复了正常，所有的紧张气氛都消散了，这要感谢21号。它是一个和平的缔造者，用游戏来恢复家庭中的善意情感。在这种情况下，21号没有扮演作为大人物的公头狼，而是扮演狼群的宫廷小丑。它可能是附近最大和最强壮的雄性，但它毫不犹豫地扮演了一个傻瓜。

那天，狼群已经发生了很多事情，但还有一件事要发生。对42号来说，这是"风水轮流转，今天我好运"这句话的真实写照。我看到狼群在追赶一只美洲羚羊的幼崽。它突然在一片茂密的鼠尾草中消失了，可能是因为筋疲力尽倒下了。狼群在灌木丛中嗅来嗅去，寻找着它。过了一会儿，我看到42号叼着那只死幼崽跑开了。40号对着它的妹妹摇了摇尾巴，好像它现在想和它做朋友，分一杯羹。但42号没有理会它，跑得更远了，然后趴了下来。它把幼崽留给了自己，并吃掉了。40号尊重它妹妹对食物的权利，没有打扰它。

从这件事中我了解到，低等级的狼群成员对它们的食物拥有所有权，即便高等级的狼可能想从它们口中夺食。这就像看到一条大狗尊重一条小得多的狗对它碗里的食物的权利一样。21号也杀死了一只美洲羚羊的幼崽，但它与一岁狼们分享了，这是它常有的做派。我记得在斯鲁溪的时候，8号杀了一头马鹿犊，并与它收养的三匹一岁狼分享。这也是21号以8号为榜样的另一个案例。

那一天对我来说是一个很累的日子。我早上四点起床，五点二十六分发现了狼群，它们一直在我的视线中，直到当晚九点二十二分，连续将近十六个小时。但这是值得的，因为我看到了一些令人吃惊的狼的行为，并帮助数百人看到了狼群。

我从未见过一匹像21号那样喜欢玩耍的公头狼。7月初，我在公路南边发现了它和103号。它们相距约500码，彼此都看不到对方。21号在挖一个洞，可能是郊狼的洞穴。103号嗥叫着。21号向它的方向看去，并嗥叫回应。103号立刻回答，并向21号跑去。当103号到达时，21号还在那儿挖洞，但这匹小狼想玩，所以跳到21号的背上，用前爪在它身上上下跳动。21号起初没有理会103号，然后转身和它扭打起来。这匹比它小得多的母狼把它按倒了。由于21号比103号重40到50磅，它一定是允许103号把它扔在了地上。在更多的玩耍之后，21号站了起来，继续挖洞。103号趴在地上，看着21号挖了一个深得能让它消失在里面的洞。然后21号放弃了挖掘，它俩走了。

这匹小母狼很快转向21号，在空中跃起，扭过身来，落在21

号身边，邀请它一起玩。大公头狼看了看 103 号，然后跑开了。103 号追着 21 号，追上它，并把它打倒在地，这一定是 21 号让 103 号做的。然后 103 号爬到 21 号身上，摆出战斗胜利者的姿势。21 号从 103 号身下挣扎出来，跑开了。103 号向 21 号追去。两匹狼都被绊倒了，摔了跤。21 号先爬起来，再次从 103 号身边飞奔而走，就像一匹低等级狼从一匹专横的头狼身边走过。它们再次摔倒。103 号先跳起来，再次站在 21 号身上，处于支配地位。21 号又爬了起来，两匹狼扭打成一片。21 号允许 103 号把它扔到地上。103 号趴在 21 号身边，两人都用前爪玩闹地打着对方。然后那匹大公狼跳了起来，带着从属狼的低尾巴姿势跑开了。103 号追上了 21 号，21 号摔倒了，假装 103 号又一次打赢了它。

这场游戏持续了三十五分钟，在这段时间里，21 号的行为不像一匹公头狼，而更像一匹一岁狼，甚至是幼崽。它假装是一匹年轻得多的低等级狼，一匹最小的雌性一岁狼可以追赶、捕捉、按倒的狼。

我回想起 1997 年我对 38 号的观察，那年五匹一岁狼还都是幼崽。我不记得它有什么迹象像今年的 21 号那样与它们玩耍。这匹大公狼在喂养和保护幼崽方面做得很好，但我从未看到它像 21 号那样经常与幼崽玩耍。讽刺的是，38 号是它们的亲生父亲，而 21 号是它们的养父。在我看来，21 号与这个家庭有更好的情感联系。最后，我想这两匹公狼只是个性不同。38 号在互动中更加冷漠，而 21 号则更善于互动和玩耍。

三天后，我登上亡幼丘，第一次看到德鲁伊峰狼巢穴内 21 号的幼崽。有两只，一黑一灰，就在巢穴森林前。它们应该是九周或十周大。我们知道，21 号在前一个冬天令 40 号和 42 号受孕了。由于黄石国家公园的一窝产狼平均有四到五只幼崽，我们希望德鲁伊峰狼群的狼那年会有很多幼崽，但我们最多就看到了两只。我听说 42

号曾在黄石国家公园东面的山脊上，在一个可能是巢穴的地方待过一段时间，但后来它放弃了那个地方，从此在主巢穴里待着。它是否在前一个地点生下了幼崽并失去了它们？或者它根本就没有怀孕过？我暂时把这些问题放在了一边，我也可能永远不会知道答案。

有一天，103号和它的姐姐105号似乎在巢穴里担任保姆的工作。103号望着附近的公路，似乎在观察有什么危险的东西可能会伤害幼崽。两只幼崽都向它走来。黑色的幼崽趴在它身下，浅色的幼崽则舔着它的脸。它冲着它们摇了摇尾巴，突然飞奔而去。它们立刻领会了这个游戏，并追着它跑。就像几天前21号对它所做的那样，103号假装逃离了幼崽。相反，105号却在幼崽向它走来时避开了，躲在高高的草丛中。

第二天，两只幼崽发现了趴在那儿的一岁公狼104号，并跑向它，希望它一起玩。看到它们过来，104号站起来，从两只幼崽的背上跳过，然后跑开了。两只幼崽追着它，在它的屁股上咬了一口，假装它们在攻击一头逃跑的马鹿。104号跑向106号。幼崽们很快就忘记了它，转而骚扰106号。在我看来，这是104号故意采取的策略，把幼崽们的注意力转移到106号身上。106号更愿意和它们一起玩。它捡起一根6英尺长的棍子，拿着它从幼崽身边走过。黑崽跑过去抓住棍子的远端，它们并排走着，带着这个玩具。很快，两只幼崽都叼着棍子跑来跑去，让它们的姐姐获得平静。

当天上午，104号兴致不错，对幼崽们做了游戏鞠躬，并和它们一起嬉戏打闹。104号追着那只黑色的幼崽，追上了它，并试图用嘴咬住它的背，但那只幼崽扭头就跑了。然后玩耍的节奏慢了下来，幼崽们也渐渐离开了。当它们被飞过头顶的飞机吓到时，又跑回它们的大哥哥身边寻求保护。

7月10日，成年狼将两只幼崽转移过公路，穿过苏达布特溪，来到苏达布特角东南的一个新聚集地。那是管理员在1926年杀死最后两匹黄石国家公园原生狼的地方。一个十匹狼的狼群现在就在距离那场可怕事件发生地的几百码处。狼曾经被认为是应被猎杀的可恨逃犯，现在成了黄石国家公园的顶级旅游景观之一，并为迎合公园游客的当地企业带来巨大利润。时代不同了。

在苏达布特角，我注意到幼崽似乎比其他成年狼更喜欢待在它们父亲身边。它们会在21号旁边行走，并在它身边趴下。也许和这匹大黑狼在一起时，它们感到安全和有保障。

104号给我的印象愈加深刻。有一天，我看着德鲁伊峰狼们在追逐美洲羚羊的幼崽。这匹一岁狼去追一只幼崽，头狼夫妇和其他三匹一岁狼也加入了进来。当那只幼崽跑赢了狼群时，除了104号外，其他狼都放弃了追逐。一只成年美洲羚羊向104号跑来，可能是想分散104号的注意力，但它没有理会，继续追赶幼崽。七分钟后，由于缺乏成年羚羊的耐力，幼崽因体力不支而倒下，这匹一岁狼得到了它。当其他德鲁伊峰狼，甚至是21号都放弃的时候，104号还在坚持追赶，它成功了。104号与它的一个姐妹分享了尸体，也许是在模仿它看到的21号的做法。

之后，那只黑色幼崽从苏达布特地区跟随成年狼向西走，狼群最终来到了玉髓溪聚集地，这对它们来说是一个更好的中心位置。灰色幼崽落后了。后来我登上亡幼丘，看到它在路的北边，回到了巢穴区。灰崽不停地嗥叫着，每隔一段时间就停下来，听听有没有回应。我当时离幼崽大约有0.8英里。我打了个喷嚏，它立即直视着我，这是狼的听觉能力一个令人印象深刻的展现。106号一定是听到了幼崽的嗥叫，因为后来我看到把幼崽带到了玉髓溪的其他狼群成员那里。

7月16日，三名徒步旅行者在玉髓溪聚集地附近走了出来。我在草地上看不到任何狼，但我能听到幼崽在附近的树上嗥叫。然后我发现那对头狼从森林里走出来。在40号的带领下，它们向人们跑

去，看看发生了什么事。在奔跑的过程中，它们经常回头看看幼崽
的方向并发出嗥叫，可能是在警告它们不要乱跑。这时，三名徒步
旅行者已经向公路方向移动，离开了狼群的视线。两匹成年狼停了
下来，朝路边看了看，然后跑回了树林和幼崽身边。

　　我们检查了这对头狼的信号，发现它们在一小时后离开了该地
区，很可能带着两只幼崽一起离开了。第二天，我发现 105 号在聚
集地嗥叫。它似乎是在寻找幼崽和其他德鲁伊峰成年狼。次日，我
在附近地区看到了 40 号和 107 号，但我没有看到任何幼崽。

　　在接下来的几天里，我继续早早地出去寻找德鲁伊峰狼，查看
它们的信号。从 7 月 19 日到 24 日，我没得到任何信号或目击，也
没有听到任何嗥叫。看来，由于它们的聚集地受到干扰，这群狼已
经离开了山谷。7 月 23 日的追踪飞行在鹈鹕谷发现了五匹德鲁伊峰
狼。幼崽没有和它们在一起，但可能和其他三匹成年狼一起被藏在
了其他地方。没有了德鲁伊峰狼的拉玛尔谷，在暂时的沉寂中显得
空旷而沉闷。

第十八章　约瑟夫酋长狼群

在拉玛尔谷，有些时候似乎看不到任何一匹狼。玫瑰溪狼群也在偏远的地区。琳达在公园最西边的约瑟夫酋长狼群的领地进行了一次巢穴研究，在7月的余下时间和8月，我被调配到那里。

约瑟夫酋长狼群是一个有七只幼崽和四匹一岁狼的混合家庭。后来成为头狼夫妇的两匹狼在1996年从不列颠哥伦比亚省来到这里时，曾在同一个适应性围栏里，但它们在放归后各奔东西，直到1997年夏天才成为一对，繁殖后代。这时，母狼与公狼重逢，并帮助抚养公狼与前一匹母头狼所生的四只幼崽，那匹母头狼在外出猎杀马鹿时被树枝刺伤而死亡。这些幼崽的母亲是9号的女儿，所以它们是9号的外孙辈。现在，一年后，这些幼崽已经是一岁狼了。

7月24日晚，我在一座山上就位，俯瞰狼群聚集地，很快就看到了这对头狼，四匹灰色一岁狼中的三匹，以及全部七只三个月大的灰色幼崽。母头狼33号有着光滑的黑色毛发，公头狼34号则是一匹大灰狼。一岁狼们几乎一模一样，但我很快就分辨出了它们灰色外套上的斑纹差异。

我静下心来观察。一只幼崽找到一根棍子，拿着它跑来跑去。其他幼崽则追着它跑。后来，一只幼崽走到一匹趴着的一岁狼身边，试图与它互动。那匹一岁狼不想玩，只是轻咬了幼崽一口。它显然没有使用任何真正的武力，因为这只幼崽继续骚扰着它。它咬着公狼的背，用爪子抓着它的脸。在接下来的几周里，我一直在观察这个狼群，我看到幼崽们并没有把来自一岁狼的咆哮、撕咬或威胁当回事。它们似乎知道，狼是绝不会伤害幼崽的，所以对一岁狼试图管教它们的行为视而不见。

我的日子进入了一个常规流程。我早上早起，观察狼群，下午狼群休息时在附近租来的小屋里休息一下，然后回来上晚班。在我驻扎的四个星期里，我每天都这样做。

第一天早上，我注意到四匹一岁狼中有一匹比其他三匹更喜欢与幼崽互动。我看到七只幼崽全都围着它，争着试图去舔它的脸。它一边摇着尾巴一边盘旋在它们身边，看起来很享受它们的关注。然后它低下头，向它们反刍喂了几磅肉。小狼们在它的注视下大口大口地吞下肉。它从一只幼崽走向另一只幼崽，依次嗅着所有七只，就像在检查每一只幼崽。然后，它又为它们吐了一次肉。

然后，它抓起一根骨头，带着它跑开了。幼崽们追着它。它放下骨头，转过身来，追着一只幼崽，玩闹地咬着它的屁股。此后，它和所有七只幼崽都玩得很起劲，和它们拼抢、摔跤。我看到它跑到一只幼崽身后，向前一扑，用鼻子顶住它的屁股，把它撞倒。看到这些，我不禁怀疑狼是否有幽默感。我的结论是，如果这匹一岁狼有，其他狼也会有。关于什么是普遍的好笑，我记得听过一个定义：看到有人摔倒；而悲剧是，摔倒的那个人是我。

与其他三匹一岁狼不同，这匹公狼多次找幼崽玩耍。在我的现场记录中，我称它为贪玩的一岁狼。我看到它精力充沛地与四只幼崽玩耍，然后跑到另外三只身边，与它们互动，给所有幼崽同样多的时间。

那天早上，这匹贪玩的一岁狼与幼崽相处了九十九分钟，而旁边的另外两匹一岁狼与幼崽的互动却相当少。幼崽们不断地跑回它身边。当它躺下时，它们喜欢蜂拥而上。它会躺在地上扭动，在空中向它们晃动爪子。我看到它追着一群幼崽，跃过它们，然后转身面对它们。七只幼崽都围着它，它轻轻地咬一只，又咬一只。

　　幼崽们对它们母亲脖子上的无线电项圈很着迷。我看到一只幼崽趴在母亲身边，用前爪拍打项圈，使其来回摆动。然后这只幼崽还在母亲的脸上打了好几下。还有一次，一只幼崽反复地咬它一边的耳朵。这两次，它都耐心地容忍了幼崽的粗暴对待。

　　幼崽们学会了悄悄地走到兄弟姐妹身后，抓住对方的尾巴，然后拉扯，乐在其中。在摔跤比赛中，我看到它们学会了咬住其他幼崽脖子后面的毛，这样就可以把对方扭到地上。这些游戏比赛为它们长大后与对手狼的真正搏斗做好了准备。一岁狼则演示了更多动作，充实了幼崽的才能，在以后的狩猎中可以帮助到它们。我看到一匹一岁狼追着一只幼崽，向前伸手，抓住它的一条后腿，然后把它拉倒了。成年狼用同样的一套动作将它们正在追逐的马鹿犊拉到地上。

　　在幼崽们玩耍的时候，成年狼需要警惕地观察威胁。一天晚上，一匹一岁狼发现一头黑熊正在接近巢穴，于是慢慢向它走去。当黑熊看到狼的时候，它跑了过来，爬上了最近的一棵树。当黑熊后来下地的时候，公头狼接过了保护幼崽的工作，向它冲了过去。熊飞快地跑回树上，爬到一根大树枝上休息。34号在附近蹲下，等待着。当黑熊爬下来时，34号再次冲了过去。当熊开始重新爬上树干时，狼跳起来咬住了它的屁股。熊疯狂地试图摆脱狼，向更高处爬去。最后它趴在了之前休息的那根树枝上。狼爸爸走开了，在它可以监视到熊的地方蹲下。夜幕降临时，这头熊还在树上，而我不得不离开了。

　　由于这是我们的第一个案例，即一匹母狼在前一匹母头狼死后加入狼群，我观察着33号如何与它收养的幼崽互动，因为这些幼崽已经超过了一岁，比它还大。一天晚上，一匹一岁狼走到它身边，躺下打滚，轻轻地用爪子抓着它的脸，就像幼崽对母亲那样。然后一岁狼舔了舔母狼的脸。它善意地容忍了一岁狼的关注。母狼的行为与亲生母亲的行为没有什么区别。

狼群的狩猎常常不成功，当没有马鹿肉时，幼崽们就啃草茎。狼群离该地区后，我走出去，看到粪便上满是未消化的翠绿的草，这表明这些草对它们没有明显的营养价值。我记得看到幼崽们跃跃欲试，试图捕捉飞虫。我还看到它们抓住并吃掉蟋蟀和蚱蜢。在那次徒步中，我遇到了幼崽的粪便，上面全是这些昆虫的硬壳。其中一个甚至包含了一只蚱蜢的头。其他的粪便则满是马鹿皮毛和骨头碎片。骨头碎片来自幼崽对旧骨头的啃咬，而毛皮则来自它们对马鹿皮的咀嚼。

8月中旬，黄石国家公园基金会安排哈里森·福特 ① 一家来到公园。由于约瑟夫酋长狼群聚集地状况不错，我被委以重任。他们一家打算上午从怀俄明州的杰克逊开车过来，下午我和基金会的班奇·辛克莱带他们到我们的观察点。但那天哈里森的儿子病了，所以哈里森留在家里陪他。他的妻子，《E.T. 外星人》和《黑骏马》的编剧梅丽莎·麦蒂森和他们的女儿乔治亚和我们一起走到了观察点。所有七只幼崽和一匹一岁狼都出来了，我们看了它们一整晚。

第二天早上我们又去了，又发现了那七只幼崽。雾气一片片地穿过这个地区，有时会挡住我们的视线。有一次，当雾气渐渐散去时，我注意到幼崽们排成一个圆圈，这是我以前从未见过的。中间的部分被雾遮住了。当雾气散去，我看到幼崽中间是一头灰熊。这头熊平静地看着这七匹小小狼，然后向上坡走去。一圈幼崽毫不畏惧，跟着它一起走。然后，它们重新组织，排成一队跟着熊走，就像跟着管理员在大自然中散步一样。灰熊很随意地回头看了一眼，仿佛有狼崽子跟着它，是它生活中的一个正常部分。

---

① 哈里森·福特（Harrison Ford），1942 年出生于美国芝加哥，美国电影演员。

那是这个夏天最精彩的景象之一。班奇和我都很高兴梅丽莎和乔治亚能看到这一幕。那天下午，我们开车把他们送到西黄石机场，哈里森用他的直升机把他们带回杰克逊。我和梅丽莎保持着联系，那年秋天，我到纽约市看望她，在她女儿的学校做了一次狼的讲座。

后来我得知，那天的追踪飞行在聚集地以东 30 多英里处发现了那对头狼。第二天一大早，它们就带着幼崽回来了。我检查了我的记录，发现母亲离开幼崽至少有九十七个小时，而 34 号离开至少有七十二个小时，它们只有这样，才能进行一次成功的狩猎。

我们在夏末的一次目击就像克林特·伊斯特伍德的西部片《黄金三镖客》中的高潮场景。一匹一岁狼和两只幼崽站在一个圆圈里，一动不动地盯着对方看了很久。然后，每匹狼都慢慢地蹲了下来，好像准备好了冲锋陷阵。在同一时刻，三匹都向前跑去。其中一只幼崽偏离了方向，一岁狼和另一只幼崽追赶并按倒了它。那是一个新的游戏：对峙。

8 月 23 日上午，我像往常一样在约瑟夫酋长狼的聚集地看到了它们。这也是我最后一次看到这个家族。根据信号检查，它们在当天晚些时候离开了这个地点。

这四匹约瑟夫酋长一岁狼中有一匹后来离群走到拉玛尔谷附近，在那里它将与 21 号的一个女儿建立一个新的狼群。它们会有很多幼崽，其中一个女儿，正式名称是 832F，但它更多地被称为 06 号母狼，它将举世闻名。我认为这匹公狼是贪玩的一岁狼，因为它对自己幼崽的行为方式与那个夏天对幼崽的相同。它将被戴上项圈，并分配为 113 号。

第十九章　德鲁伊峰狼的家庭生活

　　我于 8 月 27 日回到拉玛尔谷，当晚就找到了德鲁伊峰狼一家。那只黑色的幼崽没有和它们在一起。自四十二天前，也就是 7 月 16 日，在聚集地发生人类干扰的那天起，就没看见过它了。我们再也没见过那只幼崽。也许它那天与成年狼走散了，没找到回家的路。

　　两天后的清晨，我们在玉髓溪聚集地发现了这个狼群。三匹成年狼，五匹一岁狼，还有一只灰色的幼崽，一共九匹。40 号正在嬉闹，这对它来说有点儿不寻常，所有其他的狼也都加入了。很快，头狼夫妇脱离了其他狼一起玩耍。它们站起身子，互相撞胸，用前爪互相击打。当它们落地时，21 号假装害怕 40 号，跑开了，40 号紧追不舍。21 号甚至像狼群里低等级的母狼那样收起了尾巴。21 号又在装傻，释放它内心小狼的一面。

　　当天晚些时候，狼群遇到了一头大野牛，21 号和 104 号是离它最近的。一岁狼反复向公牛奔去，咬紧牙关时刻准备咬它一口。公牛冲了过来，小狼轻松地躲开了。当公牛冲向小狼的时候，其他狼本可以冲上去攻击它的后肢，但它们没有抓住这个机会。104 号又一次比其他狼群成员表现得更加主动。

　　8 月下旬，水晶溪狼群失去了它们的公头狼，6 号，这匹年轻的狼曾经在德鲁伊峰狼杀死原来的公头狼后，与它的姑姑结成了一对。道格·史密斯曾在 8 月 25 日做过一次追踪飞行，在鹈鹕谷捕捉到了它的死亡信号。一队人徒步来到现场，检查了 6 号的遗体，发现它死于马鹿鹿角的穿刺伤。它身边有一头刚被杀死的公马鹿。这匹狼一定是和公马鹿打了一架，在交锋中受了致命伤，但还是把对方杀死了，显示了它令人印象深刻的勇气和决心。6号身上还有其他的伤，看起来像被灰熊用爪子划伤的。这很可能是在它被刺伤后，为了保卫马鹿尸体不被熊夺走而发生的。然后它因为鹿角造成的伤口而死。如果一匹公狼可以选择自己的死亡方式，那将是一种英雄式的。在6号死之前，它可能是公园里最大、最强壮的狼。水晶溪四兄弟还剩下两匹，8号，还有2号，利奥波德的公头狼。

9月8日，德鲁伊峰狼像往常一样都在拉玛尔谷活动，除了104号，在接下来的几天里，我再也没有收到它的信号。9月11日的追踪飞行发现它独自在海登谷，那是鹈鹕谷以西几英里的地方。在五天后的下一次飞行中，发现它和水晶溪狼群在一起，而且显然已经成了它们新的公头狼。

104号只有十七个月大，还是匹一岁狼，和8号加入玫瑰溪狼群成为它们新的公头狼时的年龄差不多。水晶溪狼群至少有两匹雄性一岁狼，但104号成功地走进了它们的领地，成为公头狼。那对兄弟本来是母头狼的儿子，由于狼通常不与近亲繁殖，它需要一个新的无血缘关系的雄性。母头狼接受了104号，克服了儿子们的阻力。这是我们的第三个同类案例，前一匹公头狼死后，一匹来自外部的公狼作为新的公头狼加入狼群。在以前的情况下，新的公头狼8号和21号，都在新的狼群中收养并抚育幼崽。我们预计104号也会这样做。

随着104号的离开，德鲁伊峰狼家族现在还有八匹狼：头狼夫妇、42号、四匹一岁狼和一只灰色幼崽。这只幼崽已经比三匹雌性一岁狼高了，几乎和雄性一岁狼107号一样高。它的母亲很可能是40号。它的体形无疑是遗传自21号。

我继续研究21号是如何与其他德鲁伊峰狼互动的。一天晚上，狼群中的三个成员出现在我的视线中：头狼夫妇和103号。这匹小狼和 21 号一边张嘴露牙玩耍，一边互相摇晃着尾巴。21 号假装这匹小得多的母狼在打它，向后退去，不小心踩到了趴着的 40 号。40 号跳了起来，对 21 号呵斥。21 号没有理会 40 号，而是躲开了它的撕咬，走开了，继续和那匹一岁狼玩耍。

后来 21 号自己向东南方向走去。它反复停下来，回头看 40 号，似乎想让它跟着走。21 号嗥叫着，40 号也嗥叫回应。然后 40 号动身了，但向东走，而没有直接去找 21 号。大公狼看了看 40 号，然后跑向 40 号，跟着 40 号走。所有这些都表明，母头狼是这个狼群的真正领导者。如果 21 号想走一条路，而 40 号去往另一个方向，21 号就跟着 40 号。那 40 号是老大。

几天后，在一段六十五分钟的时间里，有五十五分钟是 40 号在领头，而 21 号在前面的时间只有十分钟。在那段时间里，21 号一直在 40 号设定的路线上。当 40 号再次接过领头位置时，只要它转向一个新的方向，21 号都会跟随，即便是 40 号调头走回它们刚刚来时的路。21 号看起来就像一个温顺地跟着妻子在百货商店里转悠的已婚男人。

几年来，我观察了许多狼群，总是这种模式。狼生活在母系社会中，雌性掌管着一切。我想起了我在为《狼的社会》一书做研究时看到的一个故事。俄勒冈州波特兰市华盛顿公园动物园的一位生物学家安排了一名十三岁的志愿者来观察动物园的狼群。他向她介绍狼群的各个成员，并解释说公头狼是狼群的领袖，这是当时的传统认知。

当他检查她的观察笔记时，发现她犯了一个大错。这位志愿者将母头狼列为狼群的主导动物，而不是公头狼。由于她犯了这样一个根本性的错误，他很担心，于是就去近距离观察狼群，要在与她对话之前确认这个错误。但当他研究狼群时，他意识到他和其他狼生物学家（都是男性）多年的假设是错误的。这位年轻的女士以开放的心态观察狼群，看到了许多人没有看到的真相。

21号的主要责任之一是保护它的家人免受任何威胁。一个秋天的晚上，我看到这对头狼夫妇和灰色的幼崽在玉髓溪聚集地趴着。一头巨大的公野牛进入这一地区，直接向40号走去，迫使40号起身离开。又有两头公牛加入了第一头公牛的行列，这三头公牛都跟着母头狼。其中一头公牛向40号跑来，它不得不躲开。这时，21号和幼崽也站了起来，试图避开公野牛。

两头野牛很快就失去了兴趣，走开了，但原来的那头公牛继续纠缠着狼群。它向头狼们发起了冲锋。21号本来在40号后面跑开了，这时它突然转过身来，挑衅地面对着2000磅重的公牛，英勇无畏。野牛停在原地，纹丝不动，盯着21号。狼站在原地，阻挡公牛接近母狼。僵持了二十秒后，21号镇定地转过身来，慢慢地跑向母狼。公野牛似乎思考了一会儿，评估了一下局面，然后它也离开了，远离狼群。

狼群中的每一匹狼，不仅仅是头狼，都必须齐心协力，共同保卫和养活这个家庭。一天晚上，我看到42号和103号最小的雌性一岁狼，一起出行。42号远远地落在后面，突然，它向西跑去。我朝那边看去，发现一匹一岁狼死死咬住了一头马鹿犊的屁股。42号跑过去和它一起把马鹿犊拉倒并杀死。现场的其他人告诉我，这两匹狼早些时候都追过马鹿犊，但在它比它们跑得快之后，42号就放弃了。后来，一岁狼自己去追马鹿犊，逼近它，向前扑，抓住了它的一条后腿。马鹿犊继续跑，把狼拖在身后。它用另一条后腿踢了103号的脸，把它甩掉，然后跑掉了。狼再次追上马鹿犊，咬住了它的屁股。这时42号看到了这场追逐，于是跑了过来，帮助一岁狼解决了那头马鹿犊。

绝大多数狼的狩猎行动都以失败告终。在最近的一次谈话中，道格·史密斯说，失败率高达95%。我在10月底看到了一张很好的照片，当时八匹德鲁伊峰狼试图杀死一头大公马鹿。公马鹿站在原地，狼群包围了它。21号钻到它身后，咬住它的后腿，但马上就松口了，可能是为了避免被踢。公马鹿自信地以缓慢的步伐小跑着离开，似乎对狼群的存在不以为然。狼群也跟着它走。公马鹿停下来，狼群似乎在研究它，寻找可攻击的薄弱点。当它向狼群走几步，它们就后退。一旦它继续前进，它们就跟着它走。这头公马鹿看起来很是平静和自信，就像一个高大的NFL或NBA①球员走过某个城市的危险区域，确信谁也不会来烦它。

然后107号，一匹过去没有给我留下什么印象的狼，跑过来咬住了公马鹿的屁股。这匹一岁狼马上又跑开了，但立刻又转了回来，在同一个地方又咬了一口。公马鹿没有任何反应。就像咬它的只是一只微不足道的虫子。为了显示自己的冷漠，公马鹿抬起一条后腿，用蹄子随意地挠了挠头。在公马鹿失去平衡的那一刻，本来是八匹狼进攻的最佳时机。然而，它们却被马鹿的自信所吓倒，没有一匹狼动手。

我经常看到几十头马鹿在德鲁伊峰狼的巢穴森林附近吃草。马鹿似乎很少关注狼群，也很少有德鲁伊峰狼去追赶它们。也许狼认为那些自信地在巢穴区闲逛的马鹿速度太快、太强壮，它们是无法成功捕猎的。正如我在与公马鹿的对峙中所看到的，狼对猎物的自信予以高度的尊重。

公马鹿叫了几声，我意识到它真正的目的是与其他公马鹿搏斗，与母马鹿缠绵。对它来说，狼群只是一个微不足道的小麻烦。它有重要得多的事情要做。当一岁公狼离公马鹿屁股非常近时，终于得到了回应。公马鹿转过身来，低下角向狼猛扑过去。就是这个动作

---

① 美国职业篮球联赛（The National Basketball Association，简称NBA）。

让6号受到了致命一击，但107号轻松躲过了这一刺。这时，狼群一定认为，这头大公马鹿对它们来说应付不来，因为它们一个接一个地走开了。

我继续观察德鲁伊峰狼群，看它们继续狩猎。它们走进了附近的森林，我瞥见它们在追赶马鹿，然后看到狼群跳起来扑向其中一头。树挡住了我的视线，但很快，看起来狼群已经杀死了马鹿，正在啃食。这是一个典型的狼群外出狩猎的事件链。它们在一头马鹿身上失败了，继续努力，最终捉到了另一头。这就是作为一匹狼的意义所在：无论经历多少挫折，都要有成功的决心。

40号恢复了对它妹妹的攻击性待遇。我看到它追赶42号，按倒它，咬它的屁股。在母头狼走开后，42号走到其中一匹黑色一岁母狼的身边，与它玩耍。过了一会儿，40号跑过去按倒了那匹一岁狼，引起了那匹小母狼的痛苦叫声。看起来40号是在惩罚它与42号做朋友。42号这时走到它姐姐身边，舔了舔它的脸，这一举动转移了40号对那匹一岁小母狼的注意力，结束了它的攻击行为。我不知道那匹小母狼是否会记得这件事，日后会不会试图报答42号对它的帮助。

40号后来对另一匹一岁母狼表现得非常有攻击性。所有这三匹小母狼都能在第二年春天生下幼崽。而驱赶其中一些会给母头狼的幼崽带来更多的生存机会。还有一个问题是，40号与那些一岁幼崽是什么关系。后来的DNA测试显示，41号，也就是40号一直骚扰逼迫离开狼群的那个妹妹，是这三只幼崽的母亲。因此，它们是40号的外甥女。如果它们是它的女儿，它可能会看它们更顺眼。几年后，在另一个狼群中，母头狼在繁殖季节前用暴力将两个外甥女赶出了狼群，但允许它自己的两个女儿留下来。

我思考了会儿21号会如何看待40号对其他雌性的攻击性行为

以及它在家庭中造成的破坏。21 号的性格很悠闲，与两匹一岁母狼相处得很好，可能不明白为什么母狼之间会发生冲突。当我看到 21 号站在一边，目睹 40 号殴打其他母狼时，我想到了当时蒙大拿州和怀俄明州许多商店里出售的一张海报，上面画着一个饱经风霜的牧场工人，看起来很恼火，下面的标题写着《当我受雇时，他们有很多事情没有告诉我！》。

在母头狼最近一次的暴力爆发后不久，103 号和 106 号在追赶几头马鹿，我想起了猎杀马鹿对狼来说是多么危险。逼近一头母马鹿后，106 号紧追不舍。母马鹿向后踢了一脚，把 106 号踢倒了。它打了个滚，翻了个身，又爬了起来。狼没有继续追赶，可能是因为被打得很疼。多年来，我看到许多公园里的狼都有严重的跛脚或断腿，可能就是被马鹿踢伤的。

一匹公头狼的右前腿断过三次。每次骨折后它都会自行愈合，但是歪的。每次骨折后，它都坚持不懈，用三条腿行走和奔跑，直到骨头融合。

有时，就像水晶溪的公头狼 6 号那样，与马鹿狭路相逢是致命的。那年 10 月下旬，我们收到了来自拉玛尔河上游的一匹玫瑰溪一岁公狼的死亡信号。我们好几个人徒步过去，找到了它。它的胸部中央有一个唯一的刺伤，直径相当于一个马鹿角的大小。

狩猎并不是狼群受伤至死亡的唯一途径。"狼项目"记录到，公园里成年狼最常见的死因是被对手杀死。狼为争夺领地而战斗，在战斗中互相残杀，就像人们为争夺土地和财产而战斗并互相残杀一样。正如我之前写的，这种侵略性的占领行为限制了公园里狼的数量。尽管公园占地 220 万英亩，面积几乎是马萨诸塞州的一半，但只有十个或十一个高质量的狼领地能有足够的猎物数量来养活一个狼群。黄石国家公园的狼群规模往往是十匹左右。近年来，狼的数量平均只有一百匹，与公园建立之前最初居住在该地区的数量差不多。

11 月初，我在拉玛尔谷的北侧看到了 42 号和一岁狼中的三匹。我还收到了玫瑰溪狼群位于同一地区的信号。很快我就发现了玫瑰溪狼群，在德鲁伊峰狼群以北大约 500 码的地方。这两个狼群互相没有看到对方。德鲁伊峰家族向东移动，而其他狼则向西。我数了一下，玫瑰溪群有十七匹狼，包括头狼夫妇。如果这两个狼群纠缠起来，仅有四匹狼的德鲁伊峰狼群就麻烦了，尤其是 21 号没和它们在一起。

我继续记录到 21 号在试图为狼群选择出行方向时经常被忽视。有一天，它想往东走。其他狼注意到 40 号没有跟来，所以它们就留在它身边。21 号回到了它们身边。在长达三十三分钟的时间里，21 号八次试图带领它的家人向东走，每次都因为它们没有跟上而回到它们身边。当 21 号第九次向东走的时候，一岁狼和幼崽终于跟着它走了。后来 40 号和 42 号也往那边走了。不久之后，母头狼超过了 21 号，并向东走得更远，它跟在后面。

我还记录了什么时候当一匹德鲁伊峰狼主动向某个方向走去，而狼群的其他成员也会跟着走。1998 年夏天，40 号有 48% 的时间是这样的，而 21 号只有 20% 的时间。之后是 42 号占 17%，106 号占 4%。在母头狼确定方向后，如果它被什么东西分散了注意力，其他狼可能会暂时接替头狼的位置，但如果 40 号已经决定了要走哪条路，其他的狼就会保持在它指定的路线上。

11 月 10 日，当我准备离开公园时，我再次发现了玫瑰溪狼群。这一次我数出有二十二匹。这是黄石国家公园最大的狼群，几乎比德鲁伊峰狼群大三倍。9 号领头，8 号排在第二。一匹大黑狼紧跟在 8 号身后，翘着尾巴。它没有领毛，背毛上有很多灰色的阴影，使它看起来很像 21 号，而 21 号也有相似的灰条纹。那是 18 号，21 号的妹妹，母次级狼，1995 年的幼崽中最后一只还留在狼群中的。它在 1997 年和 1998 年受孕生下了 8 号的幼崽，所以这群狼中的其他一些狼是它的后代。

8 号已经在狼群中待了三年，它已经证明了自己是一个伟大的公头狼和强力的繁殖者。狼群中的十九匹狼，包括幼崽、一岁狼和年轻狼，都是 8 号的儿子和女儿。据我所知，它是公园里最成功的公狼。它当年是最小的狼，被哥哥们欺负的岁月已经一去不复返了。看着它长大的我们不由得对它感到骄傲。它的成就远远超出了任何人的预期。

在离开公园过冬前浏览自己的笔记时，我发现那个夏天和秋天我在野外工作了 2037 个小时，相当于 51 个 40 小时的工作周。由于我在公园工作了 26 周，等于我平均每周工作了 78 个小时。在那个夏天，我很可能是联邦政府最勤奋的雇员。

第二十章　1999 年的春天

1998 年到 1999 年的冬天，当我在大本德工作时，我想到 5 月到 11 月在黄石国家公园我只得到了狼的部分故事。为了更进一步的了解，我需要在冬季研究狼群，于是我让道格同意安排我全年都留在公园里。我计划投入大量的时间，日复一日，年复一年，观察狼的行为，记录它们生活的每一个细节。我渴望了解野狼的心灵和思想，在个体层面上，然后讲述它们令人信服的故事，以便其他人也能了解它们。

我知道，让自己沉浸在狼群的世界里，需要在艰难的环境下努力工作，耗时多年，但我想起约翰·肯尼迪总统关于设定目标的说法："我们决定在这十年间登上月球并实现更多梦想，这并不是因为它们轻而易举，恰恰是因为它们困难重重。"[①] 现在，当我回想起那个时候，我意识到当时我并不知道这个计划会有多难执行。

1999 年 4 月 30 日，我在公园里的第一天，在黄石河以北的一具新尸体那儿，我发现了五匹玫瑰溪狼。它们朝妈妈岭附近狼群的旧巢穴走了之后，我失去了它们的踪迹。后来我发现 18 号，9 号的四岁女儿，正在那里筑巢。它的黑色毛发随着年龄的增长变灰了，头顶上有一个独特的白点。它的兄弟 21 号，头顶上也出现了和它一样的白点，但由于它是一匹大公狼，那个白点看起来就像一块秃斑。这两匹狼几乎是同卵双胞胎。

---

① 　引自约翰·F. 肯尼迪总统 1962 年 9 月 12 日在休斯顿的演讲。——原注

这是 18 号第三年生崽了。等它的母亲去世后，它可能会接替它成为狼群的母头狼。目前，9 号仍然占据着这个位置，而且它在东北方向有一个新的巢穴。1997 年出生的一匹年轻一些的母狼在妈妈岭的西边筑巢。最终我们得知，母头狼有六只幼崽，18 号有七只，还有五只是新的年轻妈妈所生。那真是嗷嗷待哺的一大家子。

8 号当时五岁，按人类年龄计算约为四十二岁，离黄石狼的平均寿命只剩一年了。那年春天，我观察它猎杀马鹿，看到它跟在四匹年轻的狼后面，这些狼正以最快的速度追赶着马鹿群，我想知道，是年龄让它变慢了，还是它只是在保存体力，让其他狼去试探马鹿。当年轻的狼追上一头母马鹿并攻击它时，8 号跑了过来，帮助拉倒母马鹿并解决了它。8 号可能速度变慢了，但它仍然在尽力。

到了 5 月底，不是那么经常能看得到玫瑰溪狼了，因为它们在更高的地方捕猎，所以我把注意力集中在德鲁伊峰狼群上，它们的巢穴附近仍有马鹿。那个月的最后一天，我去了亡幼丘，看到德鲁伊峰狼在它们的巢穴区，靠近脚桥和搭车岗地段。头狼夫妇和 42 号都在这一狼群中。42 号从母头狼身边走过时夹起了尾巴。我看到 40 号的肚皮下有缺失的毛发，这是它正在哺乳的迹象。几天后，我还看到它的乳头被胀破了。

德鲁伊峰狼群 1998 年的两窝幼崽中唯一幸存的一只现在已经是匹一岁狼了。它在冬天被戴上了项圈，编号为 163。我们知道它是一匹喜欢研究新事物的狼，听说它已经养成了在道路和汽车周围活动的习惯。我看了一段 163 号在脚桥停车场闻垃圾桶的视频。它把垃圾从溢出的容器中拉出来，然后随意地绕着停车场走了一圈，在离马路几英寸的地方趴下。后来它捡起一块垃圾，吞了下去。我们担心，当它靠近公路时，会有游客向它投掷食物。如果它吃了，它可能会开始接近人们，希望得到更多扔给它的食物。

第二天早上，我发现了一头德鲁伊峰狼在夜间杀死的公马鹿躺在路上。它的喉咙上有狼的咬痕。没有其他伤口，所以是一匹有经验的老狼杀了它，可能是 21 号。一匹大公狼的肩高约为 32 英寸，而一头公马鹿的肩高约为 60 英寸。马鹿的喉咙要高几英寸。这意味着 21 号必须跳起两倍于自己的肩高才能咬住公马鹿的喉咙。

我开车到拉玛尔谷的公园管理处报告了这具尸体的情况，然后我和其他管理员把它从路上拖到一个狼可以安全啃食的地方。在那段时间里，我和一个在加拿大担任野生动物法医调查员的人谈过，他让我对狼咬住马鹿喉咙后会发生什么有了更多的了解。马鹿窒息而死有两种方式。狼可能会咬断颈静脉，导致血液流入气管，动物会被自己的血液呛死。或者，狼强大的下颚可以紧紧挤压喉咙，导致空气无法通过。无论哪种方式，死亡都来得很快，只需要几分钟。我后来发现，年轻的狼凭本能是不知道如何做出这种致命咬合的，它们必须通过观看老狼的示范来学习。21 号很可能见过 8 号用这种方式杀死猎物，现在正在模仿它的技术。

163 号和它的父亲 21 号一样，似乎也被驱使着给巢穴里的幼崽送食物。一天早上，我在巢穴西边发现它带着一根沉重的马鹿脊柱，上面还连着几根肋骨。我发现它正向巢穴森林走去。它很可能是把这带回家给幼崽，让它们嚼着骨头玩。

两天后，我看到 163 号离开一具新尸体，向巢穴小跑。在树林里，我跟丢了它，猜想它是去给幼崽们吐肉。二十五分钟后，它回到了尸体旁。在路上，它碰到了它的一个姐姐。它舔了舔它的嘴，163 号为它吐出了肉。它们一起跑开，很快就来到了一头很可能是自然死亡的野牛尸体旁。啃食后，163 号又去了一趟巢穴和幼崽那里。在这次旅途中，它停了下来，做了两个食物储藏处。在接下来的日子里，如果这群狼没有捕到新的猎物，它就可以回到这些藏匿处，把肉挖出来，与幼崽们分享。那天晚上，我看到 21 号从野牛尸体旁走向巢穴，肚子饱饱的。五十分钟后，它又回到了野牛尸体旁，为幼崽们再准备一次肉。

两匹公狼从野牛尸体到巢穴的反复行走，以及一岁狼所做的食物贮藏，都有很好的计划性。第二天，一头大的公灰熊占据了野牛的尸体。当这头大熊离开后，一头母灰熊带着它的三头一岁熊直接冲了进来，进一步阻止了德鲁伊峰狼进行更多啃食。有一次，40号和163号联手把熊一家从尸体上赶走。灰熊妈妈一离开，两匹狼就跑了过来，以最快的速度大口大口地吃肉。

母熊飞快地跑了回去，它停了下来，查看它的三头一岁熊。这给了狼更多的时间进餐。母熊似乎在驱赶狼群和确保孩子安全之间产生了矛盾。又有两匹德鲁伊峰狼赶到了，四匹狼骚扰了四头熊，并成功地多次走到尸体旁，进行啃食。在熊离开后，我看到103号，德鲁伊峰成年狼中最小的一匹，独自在尸体上啃食。一头大灰熊走近现场，但狼拒绝退缩。二者在相隔几英尺的地方吃东西，没有任何问题。与灰熊相比，狼看起来很小，尽管体形有差异，但它并不害怕灰熊。

然而，这尸体旁的事情还没完。当21号和它一岁大的儿子后来在那里啃食时，它们还抽出时间来玩。这匹大公头狼向163号跑去，而一岁狼知道这是一个游戏，便向它冲去。21号突然转身，让自己被追赶。然后它又成了追赶者。年轻的狼很快调头，做了一个游戏邀请鞠躬，然后向前跑去，直接冲向21号，而21号仍然在向它跑去。在最后一刻，它跑过了它的父亲，避免了一次碰撞。

21号追上了163号，在它的屁股上咬了一口。这两匹公狼嬉闹着，并排跑着，然后拌嘴摔跤。21号一定是有所保留，没有使用它的全部力量，因为比赛看起来势均力敌。摔倒后，它们继续在山边的一片雪地上摔跤。两匹狼都在雪地上滑了下来，翻滚了好几次。当它们跳起来后，儿子又追着父亲跑。当我看着21号的时候，它好像又回到了无忧无虑的年轻时代，和兄弟姐妹或和8号一起玩耍的时候。

5月15日，我在塔楼路口的北部收到了一个意外的狼信号。这是前德鲁伊峰公狼104号发出的，它在去年秋天离开了狼群，加入了水晶溪狼群，并成为公头狼。它为什么离开了它的新狼群，回到了北方？次日，我接到报告说它在拉玛尔谷的北面，正朝着德鲁伊峰狼的巢穴森林走去。我在巢穴西边收到了它的信号。二十分钟后，当我再次进行检查时，信号直接来自巢穴森林。我还收到了那里有三匹成年德鲁伊峰狼的信号。据我们所知，这将是104号八个月前离开山谷后第一次与家人团聚。

第二天早上，我在玉髓溪聚集地看到104号和它的一个姐妹在一起。1997年，当它们还是幼崽的时候，都曾在那片地方待过很长时间。我远远地就认出104号了，因为它的尾巴上有一个弯，就像它的母亲42号一样。当天晚些时候有一次追踪飞行，它被定位在那一地区以南10英里处，大约在回水晶溪狼群领地的半路上。显然，104号在拜访完拉玛尔谷的亲戚后又回家了。

那段日子，融雪导致拉玛尔河的水位很高。我看到103号在河的另一边，试图找一个安全的地方过河。它涉水穿过一条小的侧槽，爬上延伸到河道最宽最深的一段木桩上，踩着木头走到远处。这是一个避免可能溺水的聪明方法。

几天后，研究生珍妮弗·桑兹和我徒步前往最近的一具马鹿尸体，收集信息和样本：牙齿用于测定马鹿的年龄，骨髓用于确定它的整体状况。我们一早就出发，河水正处于一天中的低位。当我们返回到过河点时，水已经很深很急了，无法尝试涉水。想起103号，我们徒步走到它渡过小河的地方，涉水而过，然后走过木桩，来到河的另一边。如果不是它，我们可就会在河的另一边困上一个晚上。

这匹小狼不仅聪明，而且是狼群中速度最快的，是狼群中的

"短跑运动员尤塞恩·博尔特"。有一次我看到它和头狼夫妇及 42 号一起出行。狼群看到了一些马鹿，21 号向它们冲去。103 号加入了追赶，并立即超过了公头狼。很快，它也远远超过了狼群中的成年母狼。

多年来，我看到母狼由于体重较小，通常都比大公狼快。在一场典型的狩猎中，年轻的母狼一般会首先追上目标马鹿。它的任务是咬住一条后腿，坚持下去，即使马鹿踢它的头。母狼的体重会让马鹿慢下来。如果它的姐妹跑过来，会咬住另一条后腿。这将保护第一匹母狼免受更多的踢打。然后，像 21 号这样的大块头公狼就会追上来，跑到马鹿前面，转身，跃起，咬住马鹿的喉咙。单凭这两匹敏捷的母狼可能无法杀死马鹿，而一匹普通的公狼，如果是单独狩猎，又很可能跑不过马鹿。狼群协作攻击，各自贡献力量，就能赢得它们的晚餐。然而，我曾见过杰出的母狼，不管它们体形如何，都会对喉咙进行致命撕咬，独自杀死马鹿。我也见过比平均水平更快的公狼。就像人类运动员一样，狼也会在一定范围内表现出不同的身体能力。

下一次我看到德鲁伊峰狼离开巢穴，是因为它们在玉髓溪附近发现了一个二十五头马鹿的马鹿群。在接下来的五十分钟里，狼群一直在追赶那群马鹿和其他几群马鹿，但所有马鹿对它们来说都太快了。在它们放弃后，其中一匹成年狼开始挖掘啮齿动物，希望至少能得到一顿零食。其他德鲁伊峰狼则回到一具老野牛的尸体旁，进行搜刮。我们几天前曾去过那个地方，所以我知道那里只有骨头和毛皮了。我看到 163 号啃着一根大腿骨，而两匹成年狼在啃头骨。在此处几乎可以说一无所获之后，德鲁伊峰狼们试图追赶新的马鹿群，但还是没能抓到任何一头。那天它们挨饿了。

在观察德鲁伊峰狼的过程中，我还记录了这群狼继续回到原来的尸体旁进食或啃咬骨头。有一次，我看到它们在一头野牛死后都一年了，再次回到野牛尸体这里，并且仍然设法从上面取下可食用的碎片。1999年末，我看到它们回到1998年7月8日杀死的一头公马鹿身边，那都是十七个月以前的事了。九匹狼中有五匹咬着头骨，一匹母狼捡起一根腿骨，挖了一个大洞，把骨头埋在里面，就像狗把骨头埋在后院以后再啃一样。这样一来，这具尸体为它们所用甚至超过十七个月。我经常看到饥饿的狼从储藏的旧马鹿皮上拔下毛，吃下皮，就像饥饿的人吃皮鞋一样。

狼已经进化到可以在捕猎不力的情况下长时间不进食。多年前，在一个圈养设施中进行的一项实验，在今天看来是不符合人道的，让一匹成年公狼十九天没有进食，而它活了下来。但是，野狼如果连续几天都没有捕杀到，它们可以选择再出去捕杀一次，然后再捕杀一次，直到成功。我最佩服狼的品质是它们的"坚毅"（grit），这个词被定义为热忱和毅力。我认为它们是如此热爱生活，所以从未想过放弃。

黄石国家公园的狼群领地平均约300平方英里。鲍勃·克拉布特里在公园里做了多年的郊狼研究，他告诉我一个典型的狼群领地可能包含十个郊狼领地。当德鲁伊峰狼穿越山谷时，它们经常遇到多个郊狼群，其中一些郊狼会试图将狼群赶出它们家族的领地。

1999年春天的一个早晨，我看到一匹公郊狼在黄石研究所附近追赶42号。它频繁转过身来，与郊狼对峙。每次郊狼都退缩了，但当42号继续前进时，它又继续跟着。42号把尾巴压得很低，以保护它的屁股不被咬。当它停下来闻一个地方时，郊狼跑过来咬住它的尾巴。42号转过身来，把郊狼赶走，然后继续前进。郊狼紧随其后，再次向它的尾巴扑来。42号把它的尾巴一直塞到肚皮下面，然后回头把郊狼赶走了。

后来我目睹了德鲁伊峰狼对那群郊狼的报复。它们中的五匹来到了黄石研究所后面的区域，那里是郊狼的巢穴。在42号的带领下，它们追赶郊狼的母头狼。我看不到它们的行动，但我能听到郊狼的惊叫声。在研究所上课的人看到42号和另一匹成年母狼各自挖开巢穴，伸手进去，拉出一只已经断气的幼崽，然后带着它走了。我看到它们俩都在啃咬死去的郊狼幼崽。

不久之后，狼群就离开了这个地区。鲍勃的队员告诉我，十一天前咬住42号尾巴的那匹郊狼是这个狼群的母头狼。既然是42号把德鲁伊峰狼从自己的巢穴一路领到了那片郊狼的领地，发起了对母郊狼的追逐，找到了它的巢穴，并拉走了一只幼崽，我想它是不是故意去那里报复的。后来郊狼的研究人员告诉我，成年郊狼将两只幸存的幼崽转移到了公路以南的一个新巢穴。

当我观察德鲁伊峰狼和其他狼群时，我看到郊狼多次从狼群的猎物中偷肉。如果狼留下尸体给幼崽送食物，郊狼就会蜂拥而至，在狼返回之前大快朵颐。在克里斯·威尔默斯的"公共食物"研究中，他看到一次有多达十六匹郊狼在狼杀死的尸体上偷肉。狼对郊狼的看法可能与店主对偷窃者的看法一样。

在郊狼事件发生几天后，道格·史密斯和其他"狼项目"的工作人员与我一起来到研究所，我们徒步走到东边的斜坡上。安妮·维特贝克也加入了我们的行列，这位来自科罗拉多州的退休人员因对陌生人的慷慨和友善而受到观狼界的喜爱。我们需要调查那个山脊上的一个位置。在4月初，42号似乎在那里筑巢。它的信号来自山顶附近的一片树林。这些信号逐渐减弱，变强，然后再次减弱，其模式符合狼进入它的巢穴并随后出来的情况。

4月9日，"狼项目"的志愿者黛比和杰森发现头狼夫妇正向那片区域走去，然后看到40号殴打它的妹妹达四分钟之久，比平时更久更激烈。之后，两匹母狼和21号都进入了42号似乎筑有巢穴的森林，并在几个小时内都没有出现。42号发出的信号表明它正在进出它的巢穴。第二天，母头狼又过来打了它的妹妹。这匹被欺负的狼后来找到了其他德鲁伊峰狼猎杀的新鲜猎物，但没有进食。通常情况下，一匹正在哺育新生幼崽的母狼会贪婪地在这样的地方尽可能多地进食。事情看起来有些不对劲。几天后，42号放弃了自己的巢穴，搬到了狼群的主窝，并帮助40号照顾它的幼崽。

这一连串的事件让现场的人们怀疑40号进入了妹妹的巢穴并杀死了它的幼崽，这个想法令人不安。但对于我们这些了解这匹狼和它暴力性格的人来说，这似乎很有可能。40号把自己的母亲和一个姐妹都赶出了狼群。然后，它又去找42号，多次殴打它。我们完全可以想象，40号想把狼群的所有资源都用于它的幼崽，而不是与它妹妹的幼崽分享。

我们的工作人员登上了那座山脊，在森林里找到了42号的巢穴。地道直接进入山坡，宽度足以让一个人爬进去。我们在那里什么也没有发现，没有幼崽的遗骸，但这也在意料之中。当地的郊狼群，也就是德鲁伊峰狼们攻击过的那个，可能已经发现并吃掉了那里的任何死狼崽。最后，我们并不确定那里发生了什么，但是42号建造巢穴，它进出巢穴的信号模式，以及40号在那里待了几个小时后又放弃该地点的行为，都有力地证明了它的姐姐确实杀死了它的幼崽。

这一事件对21号有什么影响？这匹大公狼在2月份与母狼两姐妹交配，所以它们的幼崽的父亲都是它。它曾跟着两匹母狼来到42号的巢穴，并可能看着母头狼进入了巢穴。在那之前，一切对它来说都是正常的。除母亲之外的其他母狼也经常会进入巢穴照看幼崽。但是40号爬进巢穴后可能杀死了妹妹的幼崽。我们不知道21号是否听到了幼崽被杀的声音，也不知道它是否已经走开了而一无所知。无论是那天还是几天后，当42号抛弃它的巢穴时，21号最终一定会发现它已经失去幼崽。

如果将来母头狼想做同样的事情，它是否会介入并阻止它？我从未见过 21 号伤害它狼群中的母狼。它似乎坚守着某种行为准则，禁止自己做任何可能伤害母狼的事情，即使是被咬。在后来的一个繁殖季节，我看到它被一匹它感兴趣的小母狼反复咬了几次。我统计了一下，小母狼咬了 21 号九次，对它威胁性地呵斥了九十次，有一次甚至把它打倒了。21 号对小母狼呵斥了一次，并把它按倒了一次。看起来 21 号接受小母狼有咬它的权利，不会回咬它，或对它使用武力。后来，在拒绝了 21 号之后，小母狼跑了出去，与另一匹公狼交配了。那一年，德鲁伊峰狼群规模非常大，狼群之间的关系也很复杂。那匹母狼拒绝了 21 号，很可能是因为它们的关系太近了。

我试图弄清楚 21 号和其他公狼是如何形成这种行为准则的。在几十年的观察中，我清楚地看到，母狼是这个家庭中无可争议的老大。如果一只幼崽走得太远，它就会跑过去，咬住幼崽的背，把它带回窝里去。在纠正幼崽的行为时，母狼是非常果断的，而成年公狼则很少干预。

母头狼为狼群制定日程：在哪里筑巢，何时外出狩猎，以及往哪里出行。随着雄性幼崽长大，它们似乎也会保留着对狼群生活方式的理解。母狼做出决定并执行规则。40 号是女王；21 号只是为它工作。如果 21 号的守则禁止它对 40 号使用武力，那将来它要伤害另一匹母狼的幼崽时，又有谁能拯救它们？母头狼会攻击任何其他站出来反对它的德鲁伊峰狼。如果一个母亲试图保护它的幼崽，我毫不怀疑 40 号会杀了它。

后来我在吉姆·哈夫派尼的《黄石国家公园野外狼群》一书中看到一段话，他描述了发生在 1998 年春天一个类似的事件。当时 40 号在使用脚桥和搭桥岗附近那个狼群的主要巢穴，42 号则在研究所东边同一山脊的位置。与 1999 年一样，观狼者看到母头狼前往它妹妹的巢穴，然后听到了打斗声。吉姆写道："从那天起，42 号就再也没有回到它的巢穴。"和 1999 年一样，"狼项目"的工作人员来到该地点，发现了一个巢穴，但没有幼崽的遗骸。吉姆的信息表明，40 号很可能连续两年杀死了它妹妹的幼崽。也许我 1998 年认为的假怀孕其实是真的。

第二十一章　德鲁伊峰巢穴的生活

　　到了 1999 年 5 月初，许多野牛开始产崽，距离马鹿幼崽的出生还早着呢。两匹德鲁伊峰狼走近一头母牛和它红通通的新生小牛犊。母牛把它们赶走了。又有两匹德鲁伊峰狼赶到，四匹狼围着这对野牛。母牛赶走了距离最近的一匹狼。但这匹狼马上又回来了，狼群轮流向紧紧挤在母亲身边的小牛犊猛冲。当狼靠得太近时，母牛来回摆动它巨大的头颅以保持威胁。然后母牛带着小牛犊走了。狼群跟着它们，但母牛转身面对着它们。由于母亲的有效保护，狼群无法对小牛犊发起一次有效的攻击。

　　马鹿幼崽在 5 月下旬出生。有一天早上我看到德鲁伊峰头狼夫妇出去猎杀它们。母头狼冲向一头母马鹿，我发现刚出生的马鹿犊就躺在它旁边。狼群与母鹿对峙，但母鹿冲向它们，然后绕着圈子追赶这对狼。挑选出最大的一匹狼后，母鹿冲向 21 号，朝它的后腿踢去，这个打击可能是致命的。21 号躲开了这预料之中的一击。当母鹿集中精力对付 21 号时，40 号跑向躺着的马鹿犊，咬住它，想要把它拖走。母鹿飞奔过来，将狼赶走。当马鹿对付 40 号时，21 号跑了过来，咬住马鹿犊，拖着它跑了。看到这一幕，母马鹿又跑了回来，准备踢 21 号。21 号不得不放下马鹿犊，跑开以躲避它的攻击。但当母马鹿追赶 21 号时，40 号又跑了过来，咬了一口卧倒的马鹿犊。这头母鹿随后被附近的一匹郊狼引开了。它偏离了 21 号的方向，去追郊狼。这让 21 号腾出手来，跑回马鹿犊身边。它咬住了马鹿犊，这似乎是猎杀的致命一刻。

在幼崽成长的过程中，它们需要大量的肉。我想到，狼可能已经进化到能定时它们的繁殖和分娩时间，于是当幼崽四到五周大，也就是断奶的时候，也正是马鹿和其他当地猎物物种正在生育后代的春天。根据我的记录，在一个三十四小时的时间段里，德鲁伊峰成年狼至少逮到了四只幼犊。

作为最有经验的头狼，通常是一个家族中最成功的猎手，但在那个春天，我有一次看到头狼在狩猎中失败了，而年轻的德鲁伊峰狼群成员取得了成功。一群马鹿发现德鲁伊峰狼群在靠近，就跑开了。狼群在 21 号的带领下紧追不舍。它很快被六头母马鹿包围了，并和它们一起跑开。40 号和另一匹狼加入了它的行列。三狼组合却没能抓到任何一头马鹿，于是停了下来，回头看向东边。我把望远镜一转，看到三个年轻的狼群成员正在攻击一头已经倒地的母马鹿。头狼夫妇跑了进来，帮助结果了它。

5 月下旬，21 号离开巢穴，穿过公路到了南边，在一个新的马鹿尸体上啃了半小时，然后回到巢穴喂食幼崽。它突出的腹部看起来像要被肉撑爆了。它大概带着至少 20 磅的负荷。那是阵亡将士纪念日 ① 的周末，也是公园里我们部门一年中最繁忙的周末。很快，21 号就到了巢穴的南边，朝着公路的交叉口走去。尽管管理员贴出了禁止停车的标志，许多司机还是停了下来。这些车直接挡在了狼前往巢穴去见幼崽的预定路线上。看到这一排汽车，21 号退了回来，向西跑去。

它与公路平行跑着，但还在公园游客的视线范围内。很快就有一百辆汽车停在这一地区，或者缓慢地来回行驶。更多的车辆赶来，这些司机也停下来观看和拍摄狼。我可以看到 21 号正在车阵中寻找

---

① 阵亡将士纪念日（Memorial Day）是美国联邦政府规定的国家节日，时间原为 5 月 30 日，1971 年以后，许多州改为 5 月的最后一个星期一。

一个空隙，以便它能跑到北边去，但交通太拥堵了，没有任何空隙。两条车道上停的车太多了，连我自己也无法使用我的红色停车标志。我走到路边，向司机们解释说，一位狼爸爸正试图穿过马路给它的幼崽们送食物，请他们动一动。但几辆车刚开走，就有更多的车辆赶来，继续把位置占上。

　　距离21号预定过马路的地点以西4英里处，21号跑上了路，但停在那里的一排汽车又让它折回。接下来它挖了一个洞，把一大堆肉反刍进去，然后把它盖好。它刚才被肉塞得满满的，很可能感到不舒服，尤其是还有无法回家喂幼崽的压力，所以它不得不把一些肉先存放一下。它又向西走了2英里，终于穿过去到了路北。现在它不得不步行6英里回到路那边的巢穴。这是我在拉玛尔谷看到的狼所经历的最严重的干扰。这件事也表明21号是多么坚定地要回到幼崽身边。没有什么能阻止它把肉带回家，多走12英里当然也不能。

　　6月初，104号回来了，它在玉髓溪聚集地的一具陈旧马鹿尸体周围嗅来嗅去，很可能嗅到了那里德鲁伊峰狼的气味。163号也在这一地区，它是这个狼群里唯一幸存的一岁狼。通过DNA测试，我们知道它们是表兄妹。21号是163号的父亲，可能是和40号生的；而38号和42号是104号的父母。前面那匹德鲁伊峰狼，现年两岁，曾帮助养育过这匹一岁狼。如果这两匹狼相遇，它们会怎么做？

　　当163号发现它的前狼群伙伴时，它走开了，频频扭头向后看。104号在它后面慢慢地走着。两匹狼似乎都没有认出对方。当一岁狼开始跑起来的时候，年长一些的狼追了上去。当104号逼近时，163号把头和身体低下，做出了顺从的姿势。这时，它一定是认出了自己的亲人，因为它摇起了尾巴。它舔着狼哥哥的脸，两匹狼开始玩耍。在一起走动和玩耍了将近一个半小时后，一岁狼走开了，跳进河里往巢穴的方向游去。我感觉到它希望104号能跟上，但当我因为天已经黑得看不见了而不得不离开时，那匹大狼还在河的南边。

第二天，我发现104号独自在斯鲁溪边，嗅着岸边的蒿草。一只母鸭子看起来被惹到了，在它附近来回游动。我看到它探进一堆沼泽地的草丛里，出来的时候嘴里叼着一个鸭蛋，把它吃了。后来，它找到了玫瑰溪狼群啃过的尸体，在那里吃了一天。傍晚时分，它向玫瑰溪母头狼的巢穴走去。我收到信号提示它在那个方向，和另外四匹玫瑰溪狼在一起。

对于104号的行为，我想不出一个好的解释。它还是一岁狼的时候就离开了德鲁伊峰家族，并设法加入了水晶溪狼群，成为它们的新公头狼，尽管它的家族和那个狼群之间存在血仇。它已经毫无疑问成为那个狼群的育种公狼了，为什么又要离开？现在它正独自走向另一个狼群，将它的家人视为敌人。如果玫瑰溪狼发现了它的气味并追踪到它，它们就会攻击它，并可能杀死它。然而它却自信地朝它们走去。当我在北边失去它的踪迹时，我想知道这是否只是它流浪精神的另一种表现，它总是好奇下一个山谷或山脊上有什么。

6月11日，我爬上亡幼丘，观察德鲁伊峰巢穴区。我看到42号从巢穴森林里出来，然后注意到狼群的其他六匹成年狼趴在那儿。两岁的公狼107号在前年秋末从狼群离去，我们不知道它现在在哪里。一只灰色的幼崽站了起来，向42号走去。这是我在1999年第一次看到新生的德鲁伊峰狼幼崽。更多的幼崽进入了我的视线，我数了数有五只：两只黑的，三只灰的。幼崽们走了，成年狼以缓慢的速度跟着它们。

第二天，我看到了六只幼崽：两只黑色的和四只灰色的。其中两只灰的互相搏斗，然后六只混战一团。这些幼崽只有六周大，已经在激烈地摔跤了，看起来它们已经练习一段时间了。我最后看到甚至是三周大的幼崽也在互相摔跤。那也是它们学习走路的时候，所以摔跤很可能是幼崽们玩的第一个游戏。

几天后，两岁的 106 号在照看这些幼崽。幼崽们离开了巢穴区，106 号则跟着它们，嘴里叼着一根长棍。一只幼崽跑过来，想跳起来抓住棍子，但没够着就摔倒了。106 号转过身，回到巢穴，仍然叼着棍子，试图把幼崽引到一个更安全的地方。它们没有理会它，于是它放弃了，又跟着它们，把棍子举到两只幼崽的头上。两只幼崽都试图跳起来抢夺棍子。

姐姐试图再次回到巢穴，但幼崽们一只也没跟上。这时，106 号坐了下来，棍子还在它的嘴里，也许是希望幼崽们会来找它，但它们没有理会它，继续向东跑去。它放下树枝，跟了上去。一岁的 163 号加入了队伍。我之前看到它嘴里叼着一个干瘪的野牛粪，形状像一个飞盘。它身边的一只幼崽现在正叼着这个东西走来走去，虽然它不像个玩具。

幼崽们探索累了，没有成年狼，自己带头回到了巢穴。163 号抓住时机，走在它们前面，带着它们向巢穴森林走去，野牛粪现在又回到它嘴里了。当幼崽们不再跟着它时，它跑回来，把粪便丢在它们面前。一只灰色的幼崽捡起了它，然后 106 号跑过来和幼崽们一起玩耍。当 163 号看到野牛粪再次掉在地上时，它把它捡了起来，摇晃着它，好像它还活着一样，然后带着它走了。一只灰色的幼崽跟在它后面，当 163 号把粪便掉在地上时，它一把抢过。

163 号放弃了带领幼崽回巢的想法，而是和它们一起玩。它找到了那匹母狼用来试图让幼崽们跟随它的棍子。它叼着棍子跑来跑去，跑过一只黑色的幼崽。幼崽追它了。一岁狼转过身来，向幼崽做了个游戏邀请鞠躬的动作。它放下棍子，看着那只幼崽向它跑来。

就在幼崽即将够到棍子时，163号叼住棍子跑开了。不久，它又放下棍子，绕着小狗们跑了一圈。它看起来正享受着生命中的快乐。

然而，这并不全是游戏。163号也在监视着幼崽们。过了一会儿，我看到一只灰色的幼崽被绊倒了。另外两只幼崽跑过来，扑向它，似乎在粗暴地对待这只灰色幼崽。163号跑过去，在幼崽上方转悠，它看起来想阻止对第一只幼崽的骚扰。但那只幼崽跳了起来，兴高采烈地跑开了，好像它很享受这种粗暴的游戏。

163号继续与幼崽玩耍，追赶一只，又追赶另一只，一个模式出现了。就在它要追上一只奔跑的幼崽时，它突然倒下，表现得很顺从。这种情况发生了五次。如果有敌对的狼群要追赶抓捕一只幼崽，这种本能的行为可能会拯救它。几年后，我看到一只幼崽在邻近狼群的母头狼追赶它的时候，正是这样做的。这只幼崽倒下，瘫软在地上，母头狼咬了它几口。然后它停下来，走开了，没有造成任何实质的伤害。看起来这只幼崽的顺从行为阻止了它的攻击性。尽管所有这些活动看起来像在玩耍，但狼也从中习得了狼的社会行为课程。

1999年6月下旬，我待在亡幼丘上的有利位置，看着六只德鲁伊峰幼崽第一次下到沼泽地。它们被40号和106号监督着。经过一番玩耍和探索之后，所有的幼崽都排成一列跟着母头狼向巢穴森林的上坡走去。这就像看着一队幼儿园孩子在课间休息后被老师领回教室。而且和小孩子一样，有些幼崽走得比其他幼崽快。

对于幼崽和孩子们来说，被甩在后面可能会有危险。有一天，六只幼崽跟在42号后面向巢穴森林跑去，一只小黑崽差点儿跟不上。42号和五只幼崽走入树丛之后，一头黑熊带着两只熊幼崽出现了。42号返回来后，看到了黑熊，就去找最后那只幼崽。它们并肩上坡向巢穴森林走去，远离了熊一家。42号一边走一边舔着那只幼崽。当幼崽分心向附近的道路跑去时，42号飞快地跑下山，阻止幼崽往那边走，再次带它上山。

通常情况下，年轻的成年狼是幼崽活动的热情参与者，但也并非总是如此。几周后，四只幼崽进行了一次游戏活动。当103号走进来时，它们缠着它要喂食。也许是因为它的胃是空的，它从它们身边跑开了，但幼崽们追着它，继续要求吃东西。很快，这些幼崽就像发明了一个新游戏：狼弹球。它从一只幼崽身边逃走，但会碰到另一只幼崽并被纠缠。当103号从第二只幼崽那里跑开时，它又被第三只幼崽挡住了。它从一个幼崽身边弹到另一个幼崽身边。

163号继续花大量时间与幼崽们玩耍。我看到幼崽们追着它，它嘴里叼着一根棍子从它们当中跑出来。它叼起一根鹿角给幼崽们看，它们就会追着它。它比它们大得多，以至于当它与幼崽们打斗时，它们看起来就像狗喜欢带在身边的小毛绒玩具。然而，它对它们很温和，总是收着自己的力量，所以它看起来和它们势均力敌。

我们越来越关注163号对与人有关的事物的随意态度。它经常走在公园的路上，距离停放的汽车只有几码之遥。如果它看到路边的垃圾，有时会捡起来带在身边。通过这些特征我们可以将它归类为习惯性动物，这意味着它已经习惯了道路、汽车和人，以至于它认为接近他们是安全的。

有一天，我发现163号沿着马路在走，离一辆停在路边的面包车只有6英尺的距离，车里是兴奋而嘈杂的一群人。我用公园频道叫来了有执法权的管理员迈克·罗斯，他很快就赶到了现场。迈克开着闪光灯，下车对着狼大喊。现在163号有点儿害怕了，跑到了北边的路上。为了使这一教训更加明确，迈克追了上去，继续大喊大叫，挥舞着手臂。

公园管理局把这种方式称为厌恶性条件反射，能改变动物的行为。但个别动物对此也会习惯，无视吼叫和追赶。在这类情况下，管理员可能会用橡皮子弹打动物的屁股，希望靠近汽车和人的痛苦经历能让狼学会避开人类。之后我监控了163号，迈克的方式似乎起了作用。几天后，163号在狼群巢穴的南部。它在附近的登山小道上看到了四个人，于是从它们身边跑开，一边跑一边回头看。

当天晚些时候，163号回到巢穴，涉水穿过苏达布特溪。它在溪水中间停了下来，往水里看了看，探进水里，叼出了一只旧橡胶靴。在嘴里叼了一会儿后，它把靴子扔回了水里。当它向公路跑去时，我看到有十辆汽车停在它和巢穴之间。二十六个人从车里出来给它拍照。狼停下来看了看人群，试图绕过他们，这是它对人类行为反应改变的一个好迹象。它穿过马路，我在它走向巢穴的时候失去了它的踪迹。几天后，它又回到了那段小溪边，涉水而出，再次找到了那只靴子，并把它带回了巢穴，作为玩具送给了幼崽。

6月中旬，我收到了来自玉髓溪地区104号的信号，但没有看到它。我不知道它在做什么，但在离开水晶溪狼群这么长时间后，它似乎不打算回到它们身边。6月下旬，我看到它和163号在拉玛尔河上游的一具尸体附近。其他人告诉我，这两匹狼曾在这一位置并肩进食。当天晚些时候，这两匹狼和21号的信号都来自该地区，说明21号已经加入了它们。

21号继续与163号玩耍。有一天，我发现它假装害怕它的儿子。它夹着尾巴从它身边跑过，表现得好像163号刚刚在战斗中打败了它，夺取了公头狼的位置，并要把它赶出领地。一岁狼追上了它的父亲，和它搏斗，并把它按倒了。21号跳起来，跑了出去，但一岁狼很快就抓住了它，并再次把它压倒在地。看到这匹体形雄壮、力量强大的狼故意输给较小的公狼，真是非同寻常。

为什么21号似乎特别高兴和儿子这样玩？我在前面写过，当父亲和儿子进行粗暴的游戏时，会释放催产素，这将会增强它们之间的情感联系。我想这就是8号和21号玩耍时发生的情况，而我刚刚看到21号与它的儿子重复这一体验。我觉得我见证了两匹狼之间一个非常亲密的时刻。

　　我对这个问题有一点儿了解。我的父亲弗兰克是一名工程师，也是一名"二战"老兵，是一个沉默寡言的人，从不谈论他的感受或情绪。我不记得他曾经说过他爱我或拥抱过我。由于他在我十岁时就去世了，我对他的回忆很少。然而，有一个记忆却一直伴随着我。一天下午，我们俩在客厅独处。父亲站起来，走到我身边，做了一件我从未想象过他会做的事。他问我是否想和他摔跤。我有点儿吃惊，说好。他跪在地上，和我一起摔跤。

　　虽然当时我只有六岁，但我知道父亲最近有过一次严重的心脏病发作，医生告诉他不要从事任何剧烈的体力活动，因为担心会引发致命的二次发作。尽管如此，他还是想假装我们在进行一场摔跤比赛。来回折腾了一会儿后，他让我在他身上摆了个姿势，然后宣布我把他压倒在地，赢得了比赛。他站起来，回到他的椅子上，继续看报纸。

　　当我现在想起父亲时，我明白在他长大的那个时代，父亲与儿子之间通常没有亲密的情感关系，但他那天努力与我摔跤并让我获胜，这是他表示关心的方式。他无法用语言表达，但他能那样做。我将永远拥有一段关于他的生动记忆，这对我来说已经足够了。这一经历也使得我如此强烈地认同 21 号与它的儿子进行的粗暴游戏。

　　7 月 14 日，小狼们开始在沼泽地里捕鼠。几天后，我看到其中一只灰色幼崽叼着一只田鼠走来走去。这只幼崽趴在地上，开始吃它。另外两只幼崽在附近，也在抓田鼠。21 号向南旅行时穿过这里，看到了它们。它们全神贯注于捕田鼠，没有缠着它喂食，甚至在它走过时压根没抬头看一眼。21 号走到叼着田鼠的灰色幼崽面前闻了闻。幼崽抬头看了它一眼，嘴里还叼着一部分田鼠，然后继续吃。21 号走了，我想知道它是否高兴看到这些幼崽在学习如何独自狩猎时发挥了主动性。这是一个漫长过程的开端，当小狼开始猎捕马鹿和其他猎物时，它们对于狼群来说就是有价值的，。

我很快就看到全部六只幼崽都在沼泽地里捕鼠，专心致志地听着田鼠的叫声，扫视着草丛里四处乱窜的田鼠。后来21号回到了沼泽地，也许是受到了幼崽们的激励，很快就叼起了一只田鼠。163号过来跟它打招呼，21号把那只啮齿动物丢在儿子面前，它抓住了它。然后，21号走到幼崽们身边，看着它们捕鼠。之后，它在更远的上坡处安顿下来，监视着幼崽，看起来就像一个人类的父亲看着自己的孩子玩耍。

像其他父亲一样，21号不得不忍受它的年轻儿子和女儿们的许多行为。当幼崽们纠缠它时，它们学会了无视它的咆哮和呵斥，因为它们知道这些威胁是不会实现的。一天晚上，我看到三只幼崽在追赶它。它转过身来，冲着领头的小狼猛咬，只差几英寸没咬中。下一只幼崽跑过来，舔了舔父亲的脸，对它刚刚看到的威胁性冲刺毫不在意。21号又咬向第二只幼崽，但故意没咬中，就像它对第一只幼崽做的那样。然后，这三只幼崽积极地讨要食物。21号坐了下来，忍受着它们的骚扰。当幼崽们最终感到厌倦时，它们跑开了，留下它独自待在那儿。

一天清晨，头狼夫妇42号和106号离开了巢穴森林，跑到公路上，向南穿行。一只黑色的幼崽跟在它们后面，但落在了后面。成年狼继续快速向南，越过小溪继续前进，没有注意到那只幼崽。幼崽沿着它们的路线走过公路，继续走到它们渡过溪流的地方，并涉水到另一边。这是那年我第一次在公路或小溪以南看到幼崽。

四匹成年狼继续往西南方向走着，去找一具新的尸体，然后从我的视线中消失了。幼崽朝那个方向跑去，但偏离了它们的路线。当它走到拉玛尔河的高岸时，它四处嗅着，寻找它们的气味。然后它环顾四周，看是否能看到它们。这匹小狼看起来非常平静，尽管它只有三个月大，大概相当于一个三岁小孩。这时，幼崽向北走回去，沿着刚才一路向南的路线。它一定是在追踪自己的气味。

带着惊人的自信，幼崽小跑着穿过灌木丛，涉过小溪，穿过马路，走回上坡，回到了巢穴。这匹小德鲁伊峰狼的方向感很好，不需要帮助就能找到回家的路。我向坡上看去，看到105号站在坡顶，向坡下看着。它一定是发现了这只幼崽，并在监视它完成探险返回。它没有跑到幼崽身边把它领回巢穴，而是让它自己找到回家的路。这只幼崽的往返行程花了两个小时。

随着幼崽捕猎田鼠的技术越来越熟练，我看到它们在练习捕捉和释放。其中一只灰狼抓住了一只田鼠，放走了它，然后在田鼠试图逃跑的时候又抓住了它。后来我看到一只幼崽抓住一只田鼠，摇晃它，把它抛向空中，又接住。再次摇晃并抛起它后，另一只幼崽飞快地跑过来，打算偷走它。但是第一只幼崽看到它的兄弟过来了，把田鼠抢了过来，然后跑开了。当那只幼崽停下来放下田鼠时，我看到那只啮齿动物还活着，正试图逃走。当它消失在草丛中时，幼崽疯狂地追赶它，再次抓住了它。

幼崽们学会了如何对付彼此。我看到一只黑色的幼崽追赶一只灰色的，追上后，向前伸爪，抓住它的一条后腿，迫使对方停下来。后来，当这只黑狼追赶另一只灰狼时，它咬住了灰狼的屁股，把它拉倒，并以胜利者的姿态站在它身上。然后，这只黑狼又咬了那只幼崽的屁股。我已经有了一份狼崽和一岁狼的游戏清单。其中包括伏击、来抓我呀、抓了就放、雪地滑行、拼抢、抛接、拔河、狼弹球和摔跤。我又在名单上加上了擒拿术。

到了7月下旬，幼崽们在巢穴区四处游荡。当我在亡幼丘上观察时，看到一匹黑狼和两匹灰狼向南边的道路移动。其中一匹灰狼看了看脚桥地段的人和车，然后向北跑去。另外两只幼崽也做了同样的事情。它们的反应表明幼崽有害怕人的本能。这是一件好事，因为公园的边界距德鲁伊峰巢穴以北只有10英里，向东只有14英里。在以后的日子里，当狼从区域性的濒危／受威胁物种名单中剔除后，公园周围的三个州将允许合法猎狼，因此任何认为人类无威胁的黄石狼都可能被猎人轻易射杀。如果迈克·罗斯的厌恶性条件反射没有奏效，163 号就会是这个下场。

第二十二章　继续前往聚集地

7月27日早些时候，我在巢穴南部的马路对面发现了21号、105号和163号。它们正回头看向北方。几分钟后，所有六只幼崽都跑到三匹成年狼身边，向它们打招呼。它们一定是跟着大狼过了马路。幼崽们向南走去，似乎很想探索新的领地。九匹狼停下来发出了嗥叫声。我们听到了来自更南边的其他狼群成员的嗥叫回应。21号往那边看了看，向南跑去，其他狼也跟了过来。幼崽们紧跟在父亲身后，而105号则排在队伍最后，可能是为了确保没有幼崽偏离路线。163号忍不住要玩一把。它转了一圈，趴下了，然后跳起来，在一只黑色幼崽追上来的时候又埋伏起来。那只幼崽逃了出来，继续跟着21号跑。

所有九匹狼都沿着一条徒步小路排成一列小跑，这是成年狼在该地区穿行时经常使用的路线。在失去狼群的踪迹后，我向西开了1英里，走到一座山上，这能让我看得更清楚。整个狼群，七匹成年狼和六只幼崽，现在都在拉玛尔河以西，朝着玉髓溪聚集地进发。这意味着幼崽们不仅越过了公路，而且还成功地游过了河。

我后来看到，幼崽天生就知道如何游泳，但有些幼崽在第一次遇到河流或宽阔的小溪时，会感到害怕。42号是控制这类情况的高手。有一次，我看到它游回那些拒绝下水的幼崽身边，叼起一根棍子，向那些幼崽展示，然后跑开。当它们追赶它的时候，它涉入小溪，仍然叼着那根棍子，而那些幼崽跟在后面，没发现自己上当了。当溪水变深时，它们开始用狗刨，等意识到自己在游泳时已经划到了一半。42号似乎很有天赋，能想出如何让幼崽有信心的办法，帮助它们克服困难。它本可以用嘴把幼崽们一个个叼起来，带着它们过河，但这样永远也不会让它们学会游泳。

对幼崽们能力的下一个考验是一个足足有三十六头野牛的野牛群。21号和106号平静地带着狼群经过，但幼崽们看到这些庞然大物时犹豫了。21号停下来，42号跑回幼崽身边。我现在只能看到其中一只幼崽，它正向河边跑去。21号感到有些不对劲，也回去了。很快，所有的成年狼都站到了河边的高岸上，朝下看着水面。然后它们发出了集体的嗥叫声。这是一个有效的策略，因为受到惊吓的幼崽们都跑到了声音发出的地方。在打过招呼后，21号领头向西走去。幼崽们立即跟上。这一次，它选择了一条远离野牛群的路线。一只幼崽看到野牛群时短暂停顿了一下，然后继续前进。21号也停了下来，看着幼崽们往前走，给它们时间来适应顺利经过的野牛群。

小狼对野牛不再感兴趣，它们探索了玉髓溪聚集地。42号加入了它们的行列，在该地区四处嗅探。21号监视着它们，然后带领狼群继续向西走去。六只幼崽紧跟在它身后，另有六匹成年狼尾随，这让它们可以聚拢那些游离在路线之外的幼崽。其中一只灰色的幼崽超过了21号。这只小公狼似乎非常乐于探索新的领地和领导这个群体。它看起来像一个天生的头狼。后来，21号再次接管了领导权，定期回头查看幼崽们的情况。

当其他一些成年狼在聚集地趴下时，幼崽们也看样学样，21号意识到它们已经厌倦了步行，于是转过身来，在它们中间趴下。没过多久，大哥163号就和幼崽们玩了起来。它抓起一根看起来像长树枝的东西给幼崽们看，它们就追着它。好几只幼崽追上了它，抓住了那根树枝。它们都朝一个方向拉扯，而它们的哥哥则朝相反的方向拉扯。在它们玩耍的时候，我看到它们拿的其实不是棍子，而是货车网兜。这一定是1988年公园大火时留下的，当时直升机用这种网兜向地面人员运送物资。

幼崽们后来探索了周围的地形，找到了一个可以捕食田鼠的沼泽地。21号似乎对这些幼崽特别关注。我看到它走到一只黑色的幼崽面前，向它打招呼。那只幼崽嬉戏着跑开了，21号跟在它后面。小狼反复回头看，确定21号还跟在后面，然后又跑开了。看到这匹巨大的公头狼保护性地跟在小崽子后面，这情景真叫人喜爱。它现在已经四岁零三个月了，差不多相当于人类的三十七岁。

玉髓溪聚集地是幼崽们一个很好的游乐场，当成年狼们去打猎的时候，这也是一个相对安全的地方。在猎杀后，它们更容易将食物带回给幼崽，因为它们从这个位置出发的大部分狩猎路线都不会与公路交叉。再说一次，21号从新尸体上回到幼崽身边的次数是最多的，并且比其他狼群成员带去的食物更多。在1997年目睹了21号在它母亲的巢穴里对幼崽的关心和照顾之后，我当时就确信，当它有了自己的幼崽时，它将是一个理想的父亲，而现在我可以看到，正是如此。

8月初，一头母灰熊带着三只新的熊幼崽来到了聚集地。母熊没有意识到狼群在那儿趴着，就走了过去，而它的幼崽也跟了过来。40号和105号起身向母熊跑去，然后母头狼停下来，趴下，看着它们。母熊站起来，看着母头狼，然后把它的幼崽聚拢起来，走了。40号跟了过去。21号去看了看幼崽，然后向母头狼和灰熊走去。当21号继续朝熊走去时，它交替地看着它们，又转过身来监视幼崽。40号现在正跟踪着这些熊。

母熊和它的幼崽向河边跑去。狼群在河边的走道上有一场猎杀，母熊可能已经闻到了尸体的气味。所有的熊都向猎杀地点那个方向跑去，看不见了。我又看了看21号，看到它正回到幼崽身边。它和它们一起趴下，准备在灰熊回来时保护它们。它的行为让我觉得它更关心的是保护幼崽，而不是保卫它的马鹿尸体。我看到 40 号也回到了幼崽身边。21 号等着它回来并在幼崽中间趴下之后，才起身向熊群走去。现在 40 号在看着幼崽，它可以对付灰熊了。

我在前往尸体位置的路上找不到 21 号了，然后从另一个观察者那里听说灰熊刚刚跑出了那个区域。紧接着，我在猎杀现场附近看到了 21 号。它一定是冲向了熊家族，把它们赶走了。后来它又走到幼崽身边，反刍肉给它们吃。当天晚些时候，当其他成年狼查看尸体回来时，幼崽们已经被塞得满满的，什么也吃不下了。那天，21 号和其他成年狼走来走去，吃着吃剩的肉块。一匹母狼把一些没吃完的食物埋起来，以免被乌鸦发现，这样它以后饿的时候可以吃。

后来，我发现一只雄性美洲羚羊进入了聚集地。一只黑色的幼崽看到这只美洲羚羊，跳了起来，向它冲去。美洲羚羊以大约每小时 60 英里的速度飞奔而走。另外三只幼崽看到黑崽在追美洲羚羊，也加入了进来。但它们很快就放弃了，因为意识到实力差距太大，毫无希望。

在那之后，我看到了母头狼和妹妹之间的一个感人时刻。42 号走到趴着的 40 号身边躺下，舔着它的脸。然后它抬起它的右前爪，轻轻地放在妹妹的脸边。我看到 40 号舔着那只爪子。当它停下来时，42 号又把爪子放在它的脸边，它继续舔。后来我注意到，42 号的那条腿一瘸一拐的，不知道妹妹的舔舐是否有助于它伤口的愈合。我经常听说狗的唾液中有一种杀菌的化学物质，我也找到一份研究报告，证明它们的唾液能杀死两种感染伤口的常见细菌：大肠杆菌（Escherichia coli，通常简写为 E. Coli）和犬链球菌。如果狗有抗菌的化学物质，狼也会有。

一天早上，幼崽都站了起来，向西看。我把我的望远镜朝那个方向晃了晃，看到一头母灰熊和三头一岁小熊。过了一会儿，幼崽们趴下了，似乎对这个熊家族毫不关心。那时，对幼崽来说，灰熊只是邻居。它们也很少注意到经常走过这个地区的大公野牛。当一头巨大的公野牛向它们走来时，附近的幼崽们在一起玩耍，没有理会它。在其他时候，幼崽们跟着大公牛在草地上走动。我看到两只幼崽跟踪在一头公野牛身后10码的地方。当它甩动尾巴驱赶苍蝇时，受惊的幼崽们跑了。但它们很快又回来，而且离它更近了。它又甩了一次尾巴，它们又跑开了。

另一天，我发现163号带着一块肉回到了聚集地。四只幼崽跟在它身后。有一只想从它嘴里抢走肉，但它用肩膀挡住了。它把那块5英寸长的肉放在它们面前的地上，好像料想它们不敢去捡。一只幼崽蹲下身子，试图够到它，但一岁狼向它扑去，把幼崽逼退了。163号捡起肉，走了一小段路，又把它放下。幼崽们向它走去，但没有试图去抓肉。在第二次捡起肉并走开后，一岁狼又一次把肉放在了地上。幼崽们跟着它。有两只试图偷肉，都被它挡住了。四只幼崽全都趴在地上看着它，看起来就像小学生在等待老师允许它们吃零食一样。它们的样子让我想起了一些狗主人把点心放在宠物的鼻子上，训练狗保持不动，一直到被允许吃掉点心。狗一定很讨厌这一招。

我曾见过163号在幼崽们还小的时候，在巢穴里和它们玩过类似的挑逗游戏。我想，也许这两个游戏能让幼崽们了解到所有权原则。四分钟后，163号转身走了，没有带走那块肉条。在这段时间里，幼崽们顺从地趴在离肉几英尺远的地方。当它小跑着离开时，一只灰崽跑过去抓住了肉。163号停了一下，回头看了看那只幼崽，然后继续前进。其他幼崽也过去了，但没有狼试图从第一只幼崽那里偷肉。它们尊重它的所有权。

那只灰色的幼崽啃了一会儿，捡起肉，走了出去，然后四处寻找可以埋它的地方。它挖了一个浅浅的洞，把肉丢进去，然后用鼻子推上洞口的泥土，完成了这个过程，这和我见过的成年狼藏肉时的顺序是一样的。这是我第一次看到这么小的幼崽做一个储存点。

用鼻子来掩盖储存点，这让我很感兴趣。为什么狼愿意把鼻子弄脏，把泥土推到洞口，而不是用爪子？后来我检查了一个新的储存点，发现这个地方很难被发现。除了少量新鲜的土壤，它看起来与周围的区域没有什么不同。但附近的松鼠洞里也有新鲜的泥土。一匹狼，尤其是一只幼崽，后来要怎么找到那个藏匿点呢？也许当它用鼻子把泥土推到洞口时，狼就记住了那个确切位置的气味，以后就可以很容易地再次找到它。

我注意到21号始终在42号面前比在母头狼面前更爱玩。我看到它伏下头去找42号，好像在假装从属于它。21号在42号面前蹲下，背贴地翻滚。42号直立在21号上方，处于支配地位，翘起尾巴摇晃着。21号抬起头，舔了舔42号的脸，这是一只幼崽或一岁狼会对一匹高级别狼做的事情。然后它们一起跑开了。追上21号后，42号跳到它的背上，21号以顺从的姿势倒在42号身下。看起来那天21号是在让42号假装是匹母头狼。

8月中旬，当德鲁伊峰狼在聚集地外出时，我收到了来自西面104号的信号。几分钟后，我发现了它，它正向东边的德鲁伊峰巢穴小跑。风是从西边吹来的，所以狼群很快就会闻到它的气味。几分钟后，21号和42号往它的方向移动。母头狼加入了它们，并接管了带头的位置。163号，一匹较年轻的母狼，和三只幼崽紧随其后。我看到104号向它们走去，由于风向的关系，它没有意识到它们的存在。40号正向它走去，但厚厚的鼠尾草挡住了它的视线。我曾在6月下旬看到104号和163号在聚集地的同一具尸体上，并在早些时候看到两兄弟在那里互相玩耍。5月中旬，我发现104号和105号在一起，并在德鲁伊峰巢穴森林中得到了它的信号。所有这些都表明它当时与它的家人关系良好。但现在是 8 月中旬，距它最后一次与它们接触已经六周了。它们还会对它友好吗？

104 号转向东南，从德鲁伊峰狼的身边经过，没有看到它们，其他狼也没发现它。德鲁伊峰狼仍然在向西看，它曾在那里。现在它在它们的东边，风把它们的气味带向它。它一定是闻到了那个气味，因为它停了下来，朝它们的方向看去。我向西扫视，看到德鲁伊峰狼的头狼夫妇在空地上。104 号应该也看到了它们，并且猜到了这是它的家人。但它转身向东跑去，像在逃离一个未知的狼群。它停下来，回头看了看，又向东跑，如此四次。在它第五次回头看时，它发现其他狼并没有追赶它。当它继续向东小跑时，我们在河边的走道上跟丢了它。后来我看到它沿着卡什溪往上走，在拉玛尔河的东侧，离其他狼群很远。

德鲁伊峰狼们在 21 号的带领下回到了聚集地。它们似乎并不担心闻到 104 号气味的事情，也许与它团聚并不是什么问题。我后来想，新幼崽的气味是否会迷惑 104 号。它可以认出其他狼的气味，但可能认不出六只幼崽的气味。这些气味是否让它产生了警惕，认为该地区有未知的狼群？如果是这样的话，它为了安全起见，就离开了。

母灰熊带着三只新的幼崽继续来访聚集地。一天晚上，狼群安顿在高大的鼠尾草中，熊走到南面停了下来。母熊一定是闻到了它们的气味，因为它站起来，看了看它们的方向，然后向西跑去。它的孩子们也跟着跑了起来。40 号站了起来，看到了熊一家，并向它们跑去。很快，它蹲在茂密的草丛中，从一个隐蔽的位置观察它们。它离它们大约有 150 码的距离。当熊消失在一座山的后面时，40 号跟踪着它们，让山挡在它和灰熊之间。它们再次进入视野，离它只有 35 码远。由于狼在茂密的鼠尾草中，熊看不到它。

当灰熊家族向西走时，40 号以跟踪的方式跟在后面，慢慢地放下一只爪子,然后是另一只,它伏低头盯着它们。排在最后的小熊站起来,回头看向它的方向。它离40号有25码远。小熊一定是看到了狼,因为它跑到了母熊那里。母熊意识到有什么东西吓到了它的幼崽,但它看不到狼,狼现在一动不动地蹲在与它皮毛同色的鼠尾草中。

熊继续向西走,40号跟在后面。它们跑的时候,它也跑;它们慢下来的时候,它也慢下来。每当母熊转身回头看时,狼都会停住。很快,它就进入了距离最后一只幼崽20码的范围。过了一会儿,它跑上前去,咬了那只幼崽的屁股。它立即转身跑回了东边。对它来说,这似乎是它的一个游戏,看它是否能在其中一头熊身上得分。三头小熊都跑到母熊身边,母熊站起来,四处寻找是什么吓到了它们。狼又一次躲在鼠尾草里,就在50码外,母熊看不到它。

在另一次跟踪中,40号悄悄地接近这个家庭,并进入了离一只幼崽10码远的范围。这时,它不得不穿过鼠尾草之间的一个空旷地带。小熊在那一刻转过身来,向它看去。狼停住了。尽管它在众目睽睽之下,它们却没有看到它,因为它的皮毛很好地融入了背景之中。当灰熊们继续前进时,狼又开始了它的跟踪。

选择好时机,40号穿过一片空地冲向小熊。它们看到了它并向母熊跑去。母熊转过身来,发现狼正向它的幼崽冲来,于是又跑向它们。当狼向它们冲来时,小熊们紧紧地贴着母亲。40号在它们面前来回踱步,就在几码之外。母熊似乎很平静,对自己对付狼的能力充满信心。它站在它的三只幼崽身边。如果它冲向狼,幼崽就会跟着它跑。然后,40号就可以绕过它,到它身后,咬一只幼崽。这头母熊做的是正确的事情,它待在原地,身边站着幼崽。

对峙持续了一段时间,然后大雾袭来,我谁也看不见了。等到后来雾气散去,熊排着队走了。我没有看到狼。它一定是对自己的冒险感到满意,回到狼群中了。

第二十三章　顽固的幼崽

8月12日，德鲁伊峰狼群中的七匹成年狼和六只幼崽趴在玉髓溪聚集地。40号起身，开始向东移动。除了105号和106号之外，所有的狼都跟着它。有时，一只灰色的幼崽会超过母头狼成为领队。当狼群接近河边时，两只黑色幼崽中较大的一匹公狼转过身来，回到了聚集地。它与留在那里的两个姐姐会合。其他五只幼崽则继续与成年狼同行。

我瞥见21号带领狼群向南走，走向标本岭小径，这条路线将谷底的徒步旅行者带往高高的山脊顶端。成年狼经常在那里狩猎，那里是马鹿群度过夏季的地方。当狼群进入树林时，我失去了它们的踪迹。第二天早上，道格做了一次飞行跟踪，在标本岭的高处找到了德鲁伊峰主狼群。

次日早上，也就是8月14日，两匹母狼离开聚集地，上了山脊，与其他狼会合了。那只黑色的幼崽独自在原地，但看起来很好。它在猎杀田鼠。当天早上晚些时候，42号回到了聚集地，小狼跑向它。42号一定是意识到六只幼崽少了一只，所以回来找它。它把肉反刍给它吃。当这只饥饿的幼崽缠着它要更多的食物时，42号又反刍了一次。

它沿着当天早些时候那两匹成年母狼走过的路线出发，幼崽本来跟在后面，但后来看到或听到南边有什么东西，就朝那个方向跑去了。幼崽扑向一只田鼠，没有击中，继续向南，猎取更多的啮齿动物。它似乎对跟随42号失去了兴趣。在那一刻，田鼠对它来说更重要。42号一整天都待在聚集地，监视着它。这两匹狼嗥叫了很多次，试图联系其他德鲁伊峰狼，但它们没有得到任何回应。

第二天清晨，当我扫描该地区时，我看到有三匹母狼和黑色幼崽在一起：除了42号，还有它的两个姐姐，105号和106号。它经常嗥叫，但成年狼并没有加入。105号把肉反刍给幼崽。成年狼把它喂得很饱。那天我还看到它抓到田鼠吃掉了。在接下来的几天里，不同的成年狼来到聚集地，查看这只孤独的幼崽并给它喂食。当它们离开时，它谁也没跟着。它似乎很喜欢待在那里，即使没有五个兄弟姐妹的陪伴，它也想留下来。

有一天，还是那两匹年轻的母狼在照顾它，但都没有食物可以给它。我看到106号在附近的地松鼠群中挖掘，然后在一只松鼠从另一个入口逃走时冲向它。狼扑上去抓住了它。它吃掉了大部分，然后走了。它的妹妹走过来，吃了松鼠剩下的部分，然后走到幼崽身边，把肉反刍给它。

小狼在捕猎田鼠方面取得了很大的成功。一天晚上，它抓到了三只田鼠，然后跑到6月时候留下的公马鹿的尸体上啃起了骨头。某种程度上来说，它有能力喂养自己。

其他幼崽跟随成年狼上到标本岭山顶已经五天了，我发现头狼夫妇和163号向聚集地走去，没带五只幼崽，它们可能还在高地上。那只黑色的幼崽跑向头狼，它们向它打了招呼。21号走了。幼崽还没有跟上。40号和21号一起，两匹狼都走上了去往河边的路。它们很快就停下脚步，回头看了看，以为那只幼崽会跟上来，但它留在了后面。163号走到幼崽身边，摇着尾巴，友好地互相打了个招呼。然后，163号走到已经趴下的头狼身边，它和21号嬉戏了几分钟。大多数幼崽都会跑过去加入玩耍，但这只黑色幼崽仍然拒绝跟随。

很快，21号带着成年狼走得更远，离开了聚集地。幼崽没有跟上。它的三位家人消失在玉髓溪下游的森林中。在那里，它们可以沿着一条野路到达标本岭山顶，狼群的其他成员在那里。我看到幼崽闻了闻头狼夫妇卧倒的地方，然后看了看它们消失的地方。然后它开始捕鼠，聚精会神进行了一个多小时。我看到它抓住并吃掉了几只田鼠和蚱蜢。然后它找到一根陈旧的马鹿肋骨来咀嚼。

傍晚时分，42 号来了，幼崽跑向它。当它后来沿着 21 号的气味踪迹向森林走去时，幼崽专注于猎取田鼠和昆虫。但 42 号没有上去找狼群的其他成员，而是回来和它待在一起。次日早上，两匹狼都还在聚集地。42 号开始离开，并试图让幼崽跟着它，但它拒绝了。随着它走得越来越远，两匹狼互相嗥叫。它还是不愿意跟着。很快我就失去了它的信号，这表明它已经离开了这个地区，很可能正向山脊上走去。幼崽再次独自一人，这是它的选择。我在那天晚上和接下来的两天里看到它，仍然是独自一人。

8 月 20 日，追踪飞行在欧泊溪的上游发现了德鲁伊峰狼，这是一个高海拔的聚集地，比玉髓溪的位置更接近夏季的马鹿群。第二天早上，幼崽一边嗥叫一边向那边看去，我听到了微弱的嗥叫回应。它朝那个方向跑去，证明它也听到了。在停顿下来再次嗥叫之后，它又向那边跑了很远。再一次停下来，幼崽嗥叫起来。我在两英里外都能清楚地听到它的声音。在新聚集地的其他德鲁伊峰狼离幼崽大约有 3 英里，这距离足以让它听到它们的嗥叫并得到正确的方向。它向那边跑去，我很快就看不到它了。我现在对这匹小狼感觉很好。它终于受够了自己在山谷中的单身生活，要去山上找它的家人。它已经独自生活了七十二小时。

道格在 26 日追踪飞行了一次，后来告诉我他在欧泊溪聚集地看到了德鲁伊峰狼。那里有四匹成年狼和六只幼崽中的五只，包括两只黑崽。这意味着那匹黑色的公狼已经自己爬上了山，并与它的家人团聚，尽管它以前从未去过那里。它一定是循着其他狼的气味追踪而来，对于这样一只年轻的幼崽来说，这是一个了不起的成就。

那天，道格看到了三只灰色的幼崽。本来应该有四只，所以少了一只。

在飞行过程中，道格还在黄石湖的南端发现了104号，离苏达布特狼群不到1英里。为了到达那里，它应该会经过水晶溪狼群的领地，也就是它离开德鲁伊峰家族后加入的那个狼群。它要么从它们身边经过，要么与狼群会合，然后继续向南走。我们仍然无法弄清它在做什么。

9月1日的追踪飞行中，我们看到42号和一只黑色的幼崽出现在欧泊溪聚集地。同一天，105号去了玉髓溪，似乎在寻找幼崽。次日，42号和另一匹两岁的母狼又来到了那个地方，也在寻找幼崽。两匹母狼都发出了嗥叫。9月4日，105号回到那里，发出嗥叫，并搜索了失踪的幼崽。这些成年母狼显然很担心。我也是。任何离开成年狼的狼崽都很容易成为熊、美洲狮或郊狼的猎物。

9月5日，山谷中没有德鲁伊峰狼的信号。比尔·温格勒是公园管理局的一名季节性自然学家，他和我徒步走到标本岭小道上，寻找一个可以看到欧泊溪地区的观景点。我们离开脚桥停车场，沿着小路走到拉玛尔河，涉水而过，继续上坡走了几英里。花了四个小时才爬到足够高的地方，看到欧泊溪地区。我在这条路上收到了狼群的信号。为了获得更好的视野，我们又走了1英里，然后在一个山丘上停下来，架起了望远镜。

我找到了看起来像聚集地的地方，大约两英里远。那是一片草地，周围是茂密的森林。唯一突出的特征是有一座低矮的山丘，上面长着一棵针叶树。我发现一匹黑狼在那座山附近睡觉。我们逐渐看到了更多的狼，它们有的在周围走动，有的则趴着。最终，我们找到了所有的德鲁伊峰狼，就差三只幼崽和一匹成年狼。多年以后，我站在那片草地的山头上，站在针叶树旁边，经历了我与21号最难忘的时刻，这故事下次再讲。

在观看了三个小时后，比尔和我开始徒步下山。三个半小时后，我们到达了汽车旁，长途跋涉让我们疲惫不堪。我们很高兴在新的聚集地看到了德鲁伊峰狼，但对失踪的三只幼崽感到担忧。第二天清晨，狼群在玉髓溪聚集地安顿下来，仍然少两只灰崽和一只黑崽。黑崽做了一个前倾排尿的动作，表明它是一只公狼。由于另一只黑崽是一只母狼，这就证实了它就是那只在山谷中徘徊、后来又从谷底走到了欧泊溪与其他狼会合的幼崽。

当天晚些时候，幼崽们玩起了我称为偷窃的游戏。一只幼崽找到了一块骨头，趴在地上嚼着。另一只幼崽走过来，坐下来，然后突然抢走了骨头，跑开了。另一次，一只黑崽拽着一只叼着骨头的灰崽的尾巴，可能是希望它放下骨头来自我防卫，但是灰崽没有理会尾巴的拉扯，一直紧紧叼住自己的骨头。幼崽们还爬上了巨石，玩起了山大王的游戏。第一只爬上顶的幼崽会试图阻止所有其他幼崽登顶。如果有谁打落了那只幼崽，新狼崽就会控制石头，努力阻挡其他幼崽。我把这两个游戏加到了列表中。

两天后，我们在小美国的公路南侧发现了大部分德鲁伊峰狼。那三只幼崽仍然下落不明。21号带着狼群向西走。很快，它就经过了它母亲旧巢穴门前的草地。我想知道它是否花了点时间来回忆1997年春天它和8号在那里度过的几个星期，当时这两匹公狼为喂养和保护这些幼崽付出了很大的努力。当它们走到标本岭的最西端时，我失去了这群狼的踪迹。如果它们从那里向东走11英里，德鲁伊峰狼最终会回到它们的欧泊溪聚集地。

我不得不离开公园九天。我不在的时候，比尔监视着狼群。9月11日，他在玉髓溪看到了德鲁伊峰狼。然后，它们沿着通往标本岭的小路离开了他的视线，这条小路是比尔和我去看欧泊溪聚集地时走过的。9月19日，它们在水晶溪上方的标本岭上。没有那三只失踪幼崽的踪迹，我们猜测成年狼是在为寻找它们而奔波。

那个夏天，我经常想到笼罩在德鲁伊峰狼身上的一片乌云。去年12月，当我在大本德时，德鲁伊峰狼杀死了一匹玫瑰溪一岁母狼85号。它是21号的妹妹18号在1997年春天生的。我曾错误地认为，随着21号担任新的德鲁伊峰狼首领，两个狼群之间的仇恨可能会平息下来。7月中旬，我和见证了这一事件的"狼项目"生物学家沙尼·埃文斯一起工作。她告诉我，是德鲁伊峰母狼杀死了玫瑰溪母狼。21号和163号当时在这个七匹狼的狼群中，但在五匹母狼杀死85号时，它们没有参与。在为这本书做研究时，我联系了沙尼，她给了我一份关于她那天看到的情况的书面报告。

她说，玫瑰溪狼群误入了德鲁伊峰领地的西端，然后又向西移动到自己的区域。那匹一岁母狼落在后面。七匹德鲁伊峰狼走过来，看到它们的领地里有一匹狼，就追赶它，然后把它扑倒并攻击。沙尼还补充说："我们看到85号的时候，是成群的狼在一起跑，但是它们杀它的时候，21号只是站在一边。"

道格那天正在飞行跟踪，在追逐和攻击过程中，他的飞行器正在该地区上空盘旋。从他的角度看，他看到的是德鲁伊峰家族的母狼在带头追赶和攻打。他认为21号可能在85号被拉倒时咬了它，但在母狼们杀死它的时候没有看到它参与。他拍摄的一张事发照片后来发表在吉姆·哈夫佩尼的《黄石国家公园野外狼群》一书中，照片中一匹灰狼应该是40号，和一匹黑色的母狼在攻击俯卧的一岁狼，21号站在一边，看着远处的场景。后来我检查了他那天拍摄的其余照片，几乎所有的照片中，只有40号在咬85号。在每一张照片中，21号都远离攻击地点，面向相反的方向。

我一直以为38号是1996年春天袭击水晶溪狼群和玫瑰溪狼群的煽动者，但我现在意识到暴力的源头几乎肯定是40号。它也很可能杀死了它姐姐的幼崽，这更坚定了我的想法。它的性情非常好斗，而 21 号和 42 号则比较温和。这两匹狼陷入了它们不知道如何解决的困境中。21 号遵循的行为准则使它无法利用自己的体形和力量来对付一匹母狼，而 42 号则被母头狼吓得不敢站出来。

对玫瑰溪幼崽的攻击意味着德鲁伊峰狼现在已经杀死了三匹成年的玫瑰溪狼。我想了想 8 号会如何看待它女儿的死亡。由于这件事发生在 21 号加入德鲁伊峰狼群后，我猜 8 号会认为 21 号也参与其中。我想，当玫瑰溪狼群回到山谷时，两个相邻的狼群之间发生第二次战斗的可能性似乎又高了很多。

第二十四章　德鲁伊峰一岁狼开始崭露头角

9月下旬，我见了德鲁伊峰狼群五次，都没有发现那三只失踪的幼崽。我们不甘心地得出结论，它们没能活下来，我们永远无法知道失去它们的原因。我个人感到很沮丧，但也接受了这样的现实：狼是野生动物，不是所有的后代都注定能挺过第一年。

9月的最后一天，我在水晶溪围栏附近找到了德鲁伊峰狼群。我得到的报告说，它们早些时候从那片区域发出了嗥叫，其他狼也从北面的斯鲁溪发出嗥叫回应。我很快就在斯鲁溪看到了玫瑰溪狼群。它们离德鲁伊峰狼群只有一两英里，但被公园的道路隔开了。

玫瑰溪狼群在北部的高地上度过了夏天，我已经有近四个月没有见到它们了。最初的母头狼已经不在狼群中了。它的女儿18号，已经把它赶走了，就像40号把它母亲赶走一样。截至2019年，据我所知，在黄石国家公园没有儿子把父亲赶出狼群的案例。由于我跟踪了9号这么多年，知道它所经历的悲伤和艰难时刻，特别是失去了它原来的伴侣后，得知它的成年女儿将它放逐并接管了首领位置，这让我感到沮丧。

但9号不是一匹会让挫折扰乱它生活的狼。它来到公园东部，在肖肖尼国家森林公园定居下来，并在那里建立了一个新的狼群，称为熊牙狼群。它的一个孙子164号，出生在羊山狼群中，也加入了它的队伍。一匹，然后又一匹，玫瑰溪的母狼也成了这个群体的一部分。我很惊讶其他那些玫瑰溪狼是如何在远离狼群领地的地方找到它们的前母头狼的，不过我后来了解到，狼群非常善于在遥远的地方互相寻找。离群的玫瑰溪母狼似乎决定继续忠于它们一直认识的首领，而不是转而效忠于篡位的女儿。所有这些狼都是黑狼。到 2018 年初，所有熊牙狼群的成年狼和幼崽都是黑色的。据我们所知，目前熊牙狼群的成员都是 9 号的后代。

当我们进入 10 月时，我经常在斯鲁溪看到 8 号和玫瑰溪狼，它们定期在那里狩猎。8 号现在已经五岁半了。在它作为头狼的带领下，玫瑰溪狼群已经成长为黄石国家公园里最大的狼群。在它生命结束时，我们认为 8 号共生育了五十四只幼崽，并抚养了它在 1995 年收养的八只幼崽。

有的时候，新的母头狼 18 号试图和 8 号玩耍，但它会无视它而去做自己的事情。如果它做了一个气味标记，它就会在上面做标记，履行它作为头狼的职责，但它表现得与母头狼没有什么情感联系。我不禁有一个不科学的想法，8 号是否在为 9 号被自己女儿放逐而感到悲伤？

与此同时，在德鲁伊峰狼群中，8 号的养子 21 号相比 40 号显然更亲近 42 号。21 号和 42 号玩耍的次数远远多于和它姐姐玩耍的次数。我看到它们轮流舔对方的脸。21 号经常向 42 号做游戏鞠躬邀请，在它身边嬉戏。21 号最喜欢的游戏之一是让 42 号追着它跑。当 21 号带领狼群的时候，它反复回头看 42 号。它对 40 号比较拘谨，它们之间似乎可称为敬业关系，而不是它与 42 号的那种嬉戏和调情。问题是 40 号是母头狼，它是这个群体的老大。我确实想过，如果 40 号出点儿什么事，21 号和 42 号的生活就会轻松很多。

10 月 16 日，我看到 163 号第一次做了抬腿撒尿的动作，地点是头狼们刚刚标记的地方。它现在是十八个月大，换算成人类大约是十六岁。2 月份，它将有能力让母狼受孕，两个月后就可以做父亲了。气味标记是它成熟的标志。那一天，在它们出行的大部分时间里，是它带领着狼群。

在 10 月 21 日的追踪飞行中，有一个重大消息。现年两岁半的德鲁伊峰公狼 104 号被人看到与苏达布特狼群一起出现在黄石湖以南的领地。那是 1995 年来自阿尔伯塔省的三个原始狼群之一。现在的问题是，它是否已经接管了头狼的位置？

第二天，163 号带领德鲁伊峰狼来到了斯鲁溪的西边。自从1996 年 6 月 8 号打败了德鲁伊峰家族原来的公头狼 38 号之后，我就再也没有在那里看到过这个狼群。然后，这匹一岁狼向西走去，深入对手的领地。这是一个危险的举动，因为玫瑰溪狼的数量超过了德鲁伊峰狼。但 163 号的冒险可能有很好的理由。另一个狼群有很多年轻的成年母狼，都是潜在的伴侣。163 号正沿着玫瑰溪狼群多年来使用的主要出行路线前进，它将会闻到那些母狼的气味。

次日，德鲁伊狼群回到了拉玛尔谷。头狼们从一头公马鹿身边经过，可能认为它太强壮了，不敢尝试猎杀。但三只幼崽和三匹年轻的成年母狼联合起来，接近了那头公马鹿。它转过身来，蔑视地面对着它们，并向领头的灰色幼崽冲去。当公马鹿停下来跑开时，幼崽和母狼就开始追赶。很快，六匹狼中有五匹放弃了，但那只灰幼崽又继续追了 100 码，然后它也觉得没希望了。

到了 10 月下旬，40 号在与 42 号的互动中越来越有攻击性，可能是因为繁殖季节即将到来。我看到 42 号以一种极度从属的蹲姿接近它的姐姐。然后它坐到母头狼面前，舔它的脸。当 42 号起身走开时，40 号跑过去，扑向它。

21 号和 163 号在那个时候又进行了长时间的游戏。强大的头狼与儿子摔跤，并让它赢了。然后 21 号把尾巴夹在身下，假装害怕地跑开了，而那匹一岁狼则竖着尾巴追赶它。在抓到父亲后，年轻的公狼再次把它压倒在地。一岁狼又追了两次，每次都以 21 号似乎被打败并被按倒而告终。21 号又一次站起来跑开时，163 号留在原地，于是 21 号又跑回来，让儿子来对付它。所有其他的狼都走了过来，看着这一疯狂情景，它们的公头狼表现得像狼群中地位最低的成员一样。21 号跳了起来，和幼崽们玩了一分钟，然后回到了 163 号那儿。这两匹公狼轮流来回追逐对方。21 号仍然兴致勃勃，围着年轻的狼跑来跑去。有一次，它还和 105 号摔跤，假装它是一个难缠的对手。

那年秋天，163 号经常带领狼群，并且更频繁地做着气味标记。由于它走在前面，头狼夫妇总是能找到它的位置并在上面再做标记。这对狼群来说是一个很好的发展。如果有竞争对手的狼群进入德鲁伊峰狼的领地，它们每发现一个气味标记都会去嗅。现在这匹一岁狼在队伍里已经足够成熟，其他狼会准确地发现当地狼群中有两匹大公狼，这可能会使它们因为害怕与它们相遇而离开这个地区。

多年以后，"狼项目"的生物学家基拉·卡西迪分析了我们记录的狼群之间的相遇。决定获胜方的三个最重要的因素是每个狼群中狼的总数量、成年公狼的数量以及超过六岁的狼群成员的数量。拥有两匹都能做气味标记的成年公狼要明显好于只有一匹的。基拉发现，比对手多一匹成年公狼，该狼群击败对手群体的机会就会增加65%。

10 月下旬，德鲁伊峰狼回到了斯鲁溪的西侧。163 号在一丛草上做了一个抬腿撒尿，然后头狼夫妇也在它的地点做了标记。玫瑰溪狼群肯定会找到那个气味点，并得到德鲁伊峰狼来访的信息。我想知道 8 号闻到 21 号的气味会怎么想。它是否会因为另一匹公头狼进入它的家族领地并故意留下来访的痕迹而感到生气？在那里待了五个小时，做了很多气味标记后，德鲁伊峰狼群回到了它们的领地。

随着 2 月交配季节的临近，德鲁伊峰家的母狼们在捍卫自己在狼群等级制度中的地位时，彼此之间变得更具攻击性。40 号会按倒它的妹妹 42 号，后者会按倒三匹年轻母狼中地位最高的 105 号。然后，105 号会支配最小的母狼 103 号，后来，这匹小狼会夹住最低级的母狼 106 号。

1999 年早些时候，蒙大拿州立大学斯科特·克里尔教授指导的研究生珍妮弗·桑兹开始研究黄石狼的压力激素。詹妮弗想找出低级别的狼群成员是否因其从属地位而遭遇了更高的压力，以及这种额外的压力如何影响它们。我从她的工作中了解到，当动物遭遇压力水平升高时，会分泌肾上腺糖皮质激素。这会重新定向其他生化过程的能量，因此动物可以将更多的资源用于处理引起压力的任何东西。这种重新定向可以抑制繁殖，降低对感染和疾病的抵抗力。

珍妮弗需要收集德鲁伊峰、玫瑰溪和利奥波德狼群中已确认的狼的粪便。其他研究人员、狼群观察者和我帮助发现狼群的排泄物，记住位置，然后在狼群离开后指引她去现场。样本在实验室进行了检测，并将结果发给珍妮弗。出乎意料的是，她发现头狼的压力水平最高。这意味着 8 号和 21 号的生活压力比低级别的公狼要大。当我思考这一发现时，我觉得很有道理。两匹公头狼负责喂养和保护它们的家人。每匹狼都肩负着狼群的重任，而低级别的公狼则过着更无忧无虑的生活。同样的结果也适用于母头狼。也许这在一定程度上解释了德鲁伊峰母头狼的好斗性格：它的压力太大。

11 月 12 日是我最后一次看到 163 号和其他德鲁伊峰狼在一起，或者说收到了它的信号。它离群了，很可能是在寻找伴侣。

第二十五章　我在黄石国家公园的第一个冬天

　　1999 年 11 月中旬，我们这里清晨的气温达到了零下，地面上积起了雪。我买了厚厚的冬靴、更厚的夹克和手套，以帮助我应对第一个真正的寒冬，虽然我自 1974/1975 年以来就住在佛蒙特州。那时我有一份户外工作，习惯了零度以下的天气，经历了新英格兰许多漫长的冬季。然而，在过去的二十五年里，我几乎所有的冬天都是在荒凉的公园里度过的，如死亡谷和大本德，我担心自己可能已经失去了抵抗寒冷的能力。我当时还不知道，有朝一日我会在零下五十四度的天气里外出。我需要尽可能多的防寒物资。

　　我在银门镇的小屋位于海拔 7390 英尺的地方，所以那里尤其寒冷和多雪。有些年，只有七个人在镇上过冬。从位于猛犸象温泉的公园总部到库克城的道路，在银门镇以东几英里处，每天都会铲雪，但南部其他公园的道路都没有得到维护。这对我来说还可以，因为我想见证德鲁伊峰狼、玫瑰溪狼和利奥波德狼在冬季的生活情况。到目前为止，在德纳里和黄石国家公园，我只在 5 月至 11 月观察过狼群，我渴望看到它们如何应对寒冷和深雪。道格·史密斯曾告诉我，冬天是狼群一年中最喜欢的季节，它们会在这个寒冷的季节里茁壮成长。

　　冬天给我带来的一个好处是白昼较短。我可以睡到早上五点半，一小时后离开小屋，并在刚过七点的时候赶到拉玛尔谷，依然有足够的时间看到第一道光。在 6 月和 7 月都是凌晨三点十五前起床的，经历了那些，这段额外的睡眠时间是很奢侈的。下午五点左右天开始黑了，所以我很早就回到了家，而典型的夏季返回时间通常是在晚上九点半之后。

11月15日，"狼项目"的冬季研究开始了。道格·史密斯于1995年秋季开始这项研究，其基础是他曾在罗亚尔岛从事的一项类似的研究，可一直追溯到1958年。冬季研究分为两个三十天的观察期，一个是从11月中旬到12月中旬，另一个是在3月。

道格为冬季研究纳入了额外人员，通常是有野外经验的野生动物生物学的研究生。他们有三个小组，每组两人，分别研究不同的狼群：德鲁伊峰狼、玫瑰溪狼和利奥波德狼。研究人员从第一道曙光到最后一道日光都在外面，按每分钟记录下狼的一切行为。研究人员特别关注狩猎行为，记录了所有的追逐，包括失败和成功的。当狼群成功捕猎后，研究人员会去现场，对尸体进行尸检，以确定动物的年龄和状况。

在天气允许的情况下，研究期间每天都有追踪飞行器对狼群进行监控。飞机寻找地面工作人员可能看不到的捕猎。在每个观察期结束时，将会统计所有的尸体，这样就可以比较每年的猎杀率，并统计出每只可追查动物的猎物种类、年龄和状况。在多年的数据收集中，我们发现一匹成年狼在冬季每月需要得到1.4头到2.2头成年马鹿的尸体，才能保持健康。这些马鹿可能包括被狼杀死的和自然死亡的。一头成年野牛也许可以替代三头马鹿。

汤姆·齐伯和罗布·布赫瓦尔德组成了德鲁伊峰团队，沙尼·埃文斯和丹·斯泰勒是玫瑰溪团队。有一天，我和沙尼、丹一起在斯鲁溪观察玫瑰溪狼群。8号和它身边的五匹狼在嗥叫。我们听到德鲁伊峰狼从东南方向嗥叫回应。很快，德鲁伊峰狼出现在我们的视线里，就在斯鲁溪南部。它们已经朝着其他狼群的嗥叫声走去。不过只有头狼夫妇。其他德鲁伊峰狼还在东边10英里处的一具尸体旁徘徊。德鲁伊峰家族的头狼们转向南边的上坡，远离玫瑰溪的嗥叫。我们认为狼群可以从对手狼群的嗥叫中估计出对方有多少匹。由于 21 号和 40 号面对的局势是 6 比 2，所以避开玫瑰溪狼群是一个明智之举。当 21 号带头向南走时，我还想知道它的离去是否因为不想与 8 号发生冲突。

11 月下旬，气温进一步下降到零下。有一天，我看到德鲁伊峰狼走过一个冰封的池塘。一只幼崽抓起一块冰，带着它到处玩耍。它把它扔到空中，然后又拿了一块，也扔了上去。

那一天，八匹德鲁伊峰狼在拉玛尔河以南，就在塔城路口的东边。与此同时，8 号和其他十二匹玫瑰溪狼就在河的稍北处。这两个相邻狼群的近距离接触越来越常见了。我们不确定 21 号是否知道和玫瑰溪狼群如此接近。这两个狼群并没有互相嗥叫，但是如果风向合适的话，21 号可能已经闻到了其他狼群的气味。不管出于什么原因，它带领它的狼群向南走，相反的方向，这就避免了两群狼之间可能发生的冲突。

一天早上，我看到 21 号和一只幼崽在追赶一群大约五十头马鹿的马鹿群。幼崽在前面，全力奔跑。21 号似乎故意留在幼崽身后，也许是担心马鹿会回头踩死小狼。马鹿群分开了，马鹿们向不同的方向跑去。由于不知道该追哪个，幼崽在混战中间停了下来，21 号也停下来。然后，幼崽追着分出来的一个小群跑，21 号继续跟着它。一分钟后，幼崽追上了一头母鹿。那头马鹿停下来，转过身来，与它对峙着。幼崽结束了追逐，呆呆地立在那里，不知道下一步该怎么做。21 号断定这头母鹿不是一个合适的目标，于是小跑着离开，幼崽跟在后面。

幼崽很快就分心了，远远落在了 21 号的后面，以至于它看不到 21 号了。但是，在追踪气味方面已经很有经验的幼崽相当熟练地保持着它父亲的准确路线。它向东走去，离开我的视线，我不得不开车几英里，到了一个可以等待它再次出现的观察点。当我再次发现幼崽时，它正在追赶一个七十五头马鹿的马鹿群。没有看到其他狼群。幼崽很快就到了鹿群的中间。马鹿群又一次分成了几个小群，幼崽去追最近的一个。这些动物再次分裂。孤独的幼崽现在正在追赶一头母鹿和它的小鹿犊。幼崽集中精力追赶小鹿犊，它的体形比幼崽450磅的母亲还要大。幼崽以最快的速度前进，越来越近。它离预定的目标只有30码远了。然后，小鹿犊启动了高速模式，把狼远远地甩在后面。

小鹿犊到达鹿群，跑到几十头马鹿的中间。一头母鹿向幼崽冲了过来。幼崽不得不转身逃离母鹿。其他马鹿闻到狼的气味吓了一跳，但不知道这只是一只幼崽，于是跑开了。幼崽转过身来，继续追赶。两头大公马鹿停下来，与它对峙。小狼毫不畏惧，冲向它们。其中一头公鹿向它跑去。小狼放弃了对马鹿的追逐。它小跑着离开，四处寻找其他德鲁伊峰狼，发现了它们的气味踪迹，并沿着气味向东走去。后来我看到那只幼崽发明了一个新游戏。在抓到一只田鼠后，它反复把它抛向空中，然后跳起来，在它掉到地上时试图用前爪击打它。我把"棒球游戏"也加入了幼崽的游戏清单中。

汤姆和罗布告诉我他们刚刚看到的德鲁伊峰狼和水晶溪狼之间的一次遭遇。这发生在标本岭以南几英里处，在一个水晶溪狼认为是它们领地的地方。德鲁伊峰狼看到了敌对狼群中的一匹狼，并追赶它。那匹狼向南跑到其他水晶溪狼那里。其他水晶溪狼发现了德鲁伊峰狼，于是向它们冲去。惊讶于出现的更多狼，数量更多的德鲁伊峰狼跑回了北边，向它们的领地跑去。

当水晶溪狼在后面狂追时，40号和黑崽落在了其他德鲁伊峰狼的后面。21号走在它们前面，紧紧地跟着两只灰崽，充当它们的保镖。它带领它们进入黄石河走道，其他德鲁伊狼也跟随它的路线。

水晶溪狼群也跑到了那个区域。三天后，我们发现了德鲁伊峰狼，并注意到那只黑崽不见了。我们再也没有看到它，可以断定水晶溪狼群可能已经追上了那只幼崽并杀死了它。

早些时候我曾写道，当 21 号加入德鲁伊峰家族时，它继承了两个仇怨：一个是与水晶溪狼群的仇怨，另一个是与玫瑰溪狼群的仇怨。德鲁伊峰家族在 1996 年春天杀死了水晶溪狼群的公头狼。它当时的配偶、母头狼 5 号，在其他水晶溪狼抓住并杀死那只德鲁伊峰幼崽时，很可能也在队伍里。从人类的角度来看，21 号和它的儿子与杀害水晶溪公头狼的事件毫无关系。但对手狼群的报复是在 21 号的后代身上实现的，因为它是德鲁伊峰狼的头狼。这意味着，在这一年即将结束的时候，六只德鲁伊峰幼崽中只有两只还活着，存活率为 33%。"狼项目"对幼崽从 4 月出生到年底的存活率进行了记录，从 1995 年到 2017 年，平均存活率为 73%。前一年，即 1998 年，两只德鲁伊峰幼崽只活了一只。这一狼群在抚养幼崽方面表现不佳。

第二十六章　黄石国家公园的 12 月

　　1999 年 12 月 8 日，我在斯鲁溪发现了十二匹玫瑰溪狼，包括 8 号，附近有一头马鹿犊站在一小段未结冰的小溪里。马鹿犊的体形接近成年马鹿的一半，大概有 250 磅重，比 8 号重一倍还多。这头马鹿犊反复挣扎着想爬上围绕着开阔水面的冰架，但没能成功。狼群花了三个小时看着它，马鹿犊每次逃跑的尝试都失败了。狼群等待的时间越长，马鹿犊就越虚弱。

　　狼群终于站了起来，小跑着靠近。8 号和一匹年轻的黑狼首先到达溪岸，然后 8 号在冰面上向马鹿犊走去。当马鹿犊挑衅地瞪着它时，8 号小心翼翼地用前爪测试了一下冰的强度。它判断这块冰足够厚，可以承受它的体重，于是它走到冰块开口的边缘，然后滑入水中，胸部以上抬高。马鹿犊比狼还高，它从水中冲向 8 号，试图用前蹄踩倒它。8 号躲开了这一击。马鹿犊进行了第二次进攻，但再次失手。在马鹿犊的第三次攻击中，8 号脱身不够迅速，被击中了头部，这一击肯定让它发懵，甚至可能让它出现了脑震荡。

　　然而，这最后一脚使马鹿犊失去了平衡，它倒在了冰冷的水中。8 号无视它头部的严重一击，冲了上去。马鹿犊跳起身来，跑了起来。在绝望中，它设法爬到了冰面上，但立刻滑倒了。8 号跳出水塘，向它跑去，但马鹿犊在它到达前一瞬间站了起来，又跳回了小溪里。狼也跳了回去，在水中追赶马鹿犊。

　　黑狼在水塘的另一边看着，但没有试图去施以援手。换了我，也会犹豫是否要进入这冰冷的水中。我试着估计了一下空气的温度，大约是华氏 15 度 ①。我很佩服 8 号的坚毅，它在 12 月一个非常寒冷的日子里两次跳进小溪，在头颅被狠狠踢了一脚后还在继续追赶马鹿。如果它要养活家人，被踢和浸泡在冷水中就成了它必须要忍受的事情。这是它职责的一部分。

更多的狼群成员赶来了，但都留在冰面上，像第一匹黑狼一样，只是看着 8 号独自与马鹿特搏斗。它们看到马鹿特在水塘中追赶 8 号，并大力踢向它。狼只能勉强躲开这些打击。然后它在水中追赶马鹿特。起初马鹿特跑了，然后站在原地不动，当与狼面对面站在一起时，用前腿向狼猛踢。

我清楚地记得，马鹿特仰起头来，用两只前蹄踏在 8 号的背上。它的体重把狼逼到了水下。如果它能把 8 号锁在那里足够长的时间，它就会淹死，但 8 号从马鹿下面蠕动出来，重新浮出水面。我吓了一跳，因为我看到现在它真的受伤了。如果这是一场综合格斗比赛，裁判已经终止比赛了，怕 8 号受伤后无法自卫。

在那一刻，在它父亲最需要帮助的时候，第一匹黑狼跳进了水里。它与 8 号联手，它们都在水塘中追赶马鹿特。另外五匹黑狼站在附近的冰面上，但没有帮忙。马鹿特向黑狼踢出一脚，把它踢倒了。这匹年轻的狼马上站了起来，和 8 号一起追赶马鹿特。

现在，马鹿特已经筋疲力尽，速度慢了下来。这就是 8 号一直在等待的结果。尽管头部被踢，背部被踏，而且很可能失温，它还是跑过水塘，跳起来，咬住了马鹿特的喉咙。在它坚持的过程中，那匹黑狼帮它咬住了马鹿特的后腿。它的头被另一条后腿踢了一下，它松口了，但马上又回来，再次咬住那条腿。这匹年轻的黑狼和 8 号一样，决心不惜一切代价完成这项工作。

其他五匹黑狼仍然没有跳出来帮忙。我现在看到了，它们都是

---

① 约为零下 9.5 摄氏度。

幼崽。18 号，那匹母头狼，跑进来和这五匹狼在一起，但没有帮助 8 号和一起战斗的黑狼。这六匹狼看起来就像罗马斗兽场的观众，在观看角斗士的生死搏杀。

随着马鹿犊的挣扎，黑狼再次失去了对那条后腿的控制，但 8 号仍紧紧咬住它的喉咙。8 号的位置使马鹿犊无法用前蹄攻击它。黑狼从水中跑到 8 号身边，咬住马鹿犊的头。两匹狼一起把挣扎的马鹿拖出水面，拖到冰架上。这时，8 号松开了它的喉咙。

五只黑幼崽跑向侧躺着的马鹿犊。我想知道 8 号是不是故意放开马鹿犊，让它的幼崽体验一下干掉它的感觉。但马鹿犊在湿滑的冰面上疯狂地试图站起来，这让幼崽们感到害怕，于是它们退缩了。犹豫了一会儿后，它们又跑了回来，帮助它们的父亲和第一匹黑狼杀死了马鹿犊。

我看得出，8 号的情况很糟糕。再过几个月它就六岁了，相当于一个四十几岁的男人，它身上所有的磨损和撕裂都在增加。我们最终了解到，8 号的身体状况比我们意识到的要差得多，因为它多年来一直在与马鹿搏斗，比如这次。

在写这本书的时候，我和吉姆·哈夫彭尼谈到了 8 号的头颅。丹佛自然与科学博物馆的苏·瓦瑞和吉姆在 8 号死后对它进行了检查。吉姆告诉我，8 号的两颗犬牙不见了，一颗断了，第四颗也磨损了——狼的四颗犬牙是长而锋利的前牙，用来咬住和杀死猎物。其他几颗牙齿也都有缺失或断裂。它的下巴有很多脓肿，也就是感染。吉姆说这些地方本来就会发出恶臭。8 号已经学会了如何探测猎物身上疾病和感染的气味，并且知道它现在自己也在散发这种气味。

吉姆借给我两张 8 号头骨的照片，我看到它的下颌骨上布满了因感染而产生的蜂窝状小孔。它的下颌前部看起来更像一块海绵，而不是骨头。那些脓肿带来的痛苦是无法想象的，而它必须忍受。

它右侧的两颗断牙，即上犬齿和上前臼齿之间的间距，与马鹿蹄子的宽度差不多。基于这一点，吉姆觉得 8 号很有可能是被马鹿踢中了右下巴。伤口有愈合的迹象，这表明在它死前一段时间就已经受伤了。想到吉姆的评论，我意识到，我可能目睹了踢它头的那一脚，就在 8 号与马鹿犊在小溪中的搏斗中。

多年后，当我读到众多 NFL 球员在头部受到反复打击后遭受脑损伤时，我想知道 8 号是否也有同样的综合征。对 111 名已故职业橄榄球运动员的大脑进行的研究发现，证据表明 118 人有退行性脑病（慢性创伤性脑病），原因正是这些撞击。所有这些球员还都戴着头盔。8 号没有任何东西保护它的大脑。

我试图计算，8 号在它为时五十六个月的头狼任期内有多少次成功的狩猎，结果发现很轻松就能达到几百次。考虑一下，穆罕默德·阿里在他六十一场职业比赛中头部会受到多少冲击。8 号有更多的搏斗，其中许多是与比它大得多、强壮得多的动物进行生死搏斗。它受到的所有打击使它在寿终正寝之前就已经衰老和残疾了，就像阿里遭受的一样。阿里退役了，但 8 号没有这个选择。不管它受了什么伤，它都要继续出去打猎，遭受更多的打击。它坚持不懈，完全靠意志力来推动。但现实它无法再坚持了。

我想到了阿里的一句话，这句话有力地总结了他的生活，但同时也是 8 号的："我身体上所受的苦，配得上我一生中所取得的成就。一个人如果没有足够的勇气去冒险，就永远不会有任何成就。"[1]

12 月中旬，我连续两天从黄石研究所后面的区域收到德鲁伊峰狼的信号。美洲狮研究者托妮·鲁斯过来告诉我，她在一个美洲狮群安装了无线电项圈，并从同一方向收到它们的信号。那是一头母

---

[1]　引自穆罕默德·阿里 1984 年 10 月 28 日在休斯顿的新闻发布会。——原注

狮，正在抚养四头六个月大的小狮子。狼和美洲狮，就像狗和猫的关系，是天敌，我们想知道那儿发生了什么。

两天后，狼群离开了这个区域，向东走去。那天晚些时候，我去研究所查看狮子的信号。其中两头小美洲狮的项圈处于死亡模式。我从其他三个项圈上得到了正常的信号。我联系了托妮，她带着她的研究小组过来了。我们在深雪中向北跋涉了 1.5 英里。在路上，托妮告诉我，她在 12 月 8 日第一次在这个地区发现了母狮的信号，她认为美洲狮在那天杀了什么，可能是一头马鹿。我是 12 月 13 日从这个方向探测到了德鲁伊峰狼的信号，并在随后的两天都在那里发现了它们。

我们到达现场，发现了一头成年母马鹿的遗体。附近是一头小狮子的尸体，埋在几英寸的雪下。托妮检查了离马鹿最近的一棵树，看到树干上有爪痕。附近的几棵树上也有狮子的爪痕。这表明，当德鲁伊峰狼到达时，狮子爬上了这些树。经过更多的搜索，托妮发现了第二头死狮子，是第一头狮子的兄妹。雪地上的痕迹表明它是被狼群追赶并杀死的。另一头狮子肯定也发生了同样的事情。两头狮子肯定都从树上跳了下来，天真地以为它们可以回到马鹿的尸体旁，而狼群不会有反应。它们每头都有 40 磅左右，与大郊狼大小相仿。

在我们发现这两头小狮子的遗体五天后，我发现了德鲁伊峰狼，在它们刚刚杀死的一头马鹿附近。托妮过来，从那片区域得到了母狮的信号，但它的两头幸存的幼狮都处于死亡状态。看起来狮子和狼在争夺尸体，而德鲁伊峰狼赢得了这场战斗。

第二个月，我们的追踪飞行器收到了死亡信号，是公园东边的 163 号。它最近从德鲁伊峰狼群离群，可能正在寻找配偶。几天后，一架直升机飞来，1998 年 3 月加入"狼项目"的野生动物生物学家克里·墨菲对现场进行了检查。克里不得不把狼从 2 英尺厚的雪下挖出来。在它附近的雪地里还有一头大角母羊的遗体。这头母羊已经被一个或多个食肉动物吃过了。附近还有狮子的足迹和粪便。托妮告诉我，一头 130 磅重的雄性美洲狮住在这个地区。

由于时间的推移和遗体的状况，克里无法确定 163 号的死因，但现场的证据让我认为狮子可能是嫌疑人。后来我听说，有一个人在蒙大拿州西部打猎。他看到一匹狼站在一棵树下，于是停下来观察。突然，一头大美洲狮从树上跳下来，抓住狼的头，把它的头骨咬碎，当场死亡。也许类似的事情就发生在 163 号身上。

几年后，我在靠近公路的公马鹿尸体旁发现了 21 号一个孙女的部分遗体。现场有头、三条腿、几根肋骨和许多毛发。身体的其余部分都不见了，显然是被吃掉了。我对这一事件进行了调查，得到的报告是，三天前有人看到一匹狼正走向尸体。那天晚上，一位"狼项目"的志愿者看到一头大美洲狮穿过公路向现场跑去。我们回到发现狼的地方，发现了狮子的足迹。我们得出结论，狮子可能是在尸体旁发现了狼，然后杀死并吃掉了它。这件事帮助我理解了为什么德鲁伊峰狼要杀死那四头小狮子。21 号认为它们是对它家族的威胁。此后孙女的死亡证明它是对的。

当我们进入 12 月下旬时，大降雪使德鲁伊峰狼的出行变得困难了。21 号通常是领队，用它惊人的力量为其他狼开路。为了节省体力，如果可能的话，它走野牛或马鹿走过的现成小径。

德鲁伊峰狼和玫瑰溪狼之间的关系越来越紧张。两个狼群经常互相嗥叫，德鲁伊峰狼群来自拉玛尔谷，玫瑰溪狼群来自斯鲁溪。这两个相邻的狼群迟早会相遇。

圣诞节的早晨，我发现玫瑰溪狼群在斯鲁溪西边的一具新的马鹿尸体旁。狼群已经吃过，并在远离马鹿的地方趴下。几匹郊狼悄悄地来到现场，偷肉吃，然后带着肉跑了。8 号和两匹黑狼跳起来跑过去。猎杀现场的雪有几英尺厚。狼群在现场周围踩下了一个坑，这个坑很深，足以让郊狼看不到靠近的狼群。

三匹玫瑰溪狼冲进了那个坑。我瞥见一匹年轻的郊狼，可能是一只幼崽，向狼群扑去，狼群也在攻击它。很快，郊狼就离开了我的视线。我看到狼在坑的底部咬着什么。8号停止了攻击，另外两匹狼也学着它的样子。我确信那个小偷肯定已经死了。一只乌鸦落了下来，期待着吃到郊狼的肉。狼群离开了，任务完成。

我的视线跟随狼群小跑回到它们趴着的地点，然后把望远镜调回到尸体上。几分钟后，郊狼从雪坑里探头出来。它看了看周围，发现狼群离得很远，就朝相反的方向跑去。我看到它身上没有明显的重伤。8号和它的家人杀了那头马鹿，拥有所有权。这匹郊狼在偷吃属于狼群的肉。8号本来有正当理由杀死那匹郊狼，但它只是打了它一顿，然后让它活下去吧。它的行为让我想起了三年半前，在同一地区，它是如何打败了38号，德鲁伊峰狼群的大公头狼，然后放走了它。

圣诞节下午，我在拉玛尔谷观看了德鲁伊峰狼的活动。它们在最新的猎物附近趴着休息。其中一匹年轻的母狼带头向西走去，21号立即跟上。所有其他的德鲁伊峰狼都排成一队跟在它的后面。狼群停下来交流，21号去找42号。怀着玩耍的心情，它在42号身下打滚，假装自己是它的从属。另一匹年轻母狼和两只幸存的灰色幼崽中的一只看到21号趴在地上，就跑了过来。任何事先不了解狼群的人来到现场都会得出结论，这三匹狼显然对趴着的那匹狼有支配权。21号再次玩起了假装游戏。两匹成年母狼走了，但那只幼崽继续站在它的父亲身边，假装它刚刚在一场摔跤比赛中打败了它。

然后21号跳了起来，蹦蹦跳跳地走了，仍然是一副嬉皮笑脸的样子。当幼崽追赶它时，它屁股上的尾巴向下收了起来。它跑到42号身边，摇着尾巴和它一起玩耍，就像一只幼崽在迎接它的母亲。

下一刻，它侧身倒下，就像一个喜剧演员为了逗乐大家而做的假摔一样。只有一个词可以形容这位狼爸爸在圣诞节那天与家人一起玩耍时的滑稽动作：傻。

我在阿拉斯加州、蒙大拿州和怀俄明州观察和研究狼四十年了，我从来没有见过其他公狼有这样的行为。但是当21号站起来的时候，任何人都能看到它的真实形象：公园里最坚韧、最强大的狼。如果由漫威来画一匹理想中的超级英雄公狼、复仇者联盟的一位新成员，形象就会像那一刻的21号。

第二天，8号和玫瑰溪狼群在拉玛尔谷的南侧。德鲁伊峰狼在路的北边，往东一两英里处。两群狼在来回嗥叫，公头狼肯定认出了对方的声音。

8号邋遢的、暗灰色的、类似郊狼的毛发肯定没有21号那顺滑的、有光泽的黑色皮毛那么耀眼，体格也不那么惊艳。没有一个艺术家会用它做模特。但我知道8号的故事。尽管它经历了那么多的困难时期，但它仍然站在那里，光荣地为它的家庭服务。就像一个仍在服役的战斗老兵一样，8号把它的伤痛和脑震荡当作它勇敢和奉献的徽章。它不是公园里最漂亮的狼，但对我来说，它是最值得尊敬的。

第二十七章　标本岭之战

2000 年 1 月 12 日，在黄石国家公园狼再引入的五周年纪念日，我看到了德鲁伊峰和玫瑰溪两个狼群。这两个狼群中，8 号是唯一一匹在 1995 年那一天来到公园的狼。最初那批十四匹狼中，其他五匹幸存的成员现在都是各自狼群的头狼：2 号和 7 号是利奥波德的头狼夫妇，5 号是水晶溪狼群的母头狼，9 号离开公园成为熊牙狼群的母头狼，14 号是苏达布特的母头狼。对于我们所有经历过这五年的人或狼来说，这是一个充满起伏和经验的时期。

十天后，我收到了玫瑰溪狼群在德鲁伊峰领地的标本岭山顶发出的信号。德鲁伊峰狼在东边靠近脚桥和搭车岗停车场的巢穴，我听到它们在嗥叫。这本应使玫瑰溪狼群离开，但第二天，它们仍然在山脊上。1 月 24 日，40 号带领七匹德鲁伊峰狼来到标本岭山脊下，表明它知道玫瑰溪狼群的位置。对手的狼群已经在德鲁伊峰的地盘上待了三天，我感觉到一场酝酿已久的重大对抗终于要发生了。

当天上午十一点五十五分，德鲁伊峰狼群发出了集体嗥叫，作为对其领地的诉求。我听到远处山脊上传来的嗥叫声回应，那一定是来自玫瑰溪狼。德鲁伊峰狼们立即停止了嗥叫，然后向嗥叫挑战的方向跑去。我断断续续地看到德鲁伊峰狼在森林和草地中跑上坡。它们需要爬升一千多英尺才能到达那些嗥叫声的源头。跑那么远距离的上坡会使它们疲惫不堪，如果它们不得不与其他狼群作战，就会处于不利地位。

21 号领队。我想到了它和 40 号在上个月试图逃离水晶溪狼群来使它们的幼崽脱离危险，而这一策略却没能救出黑崽。在那一天，德鲁伊峰狼已经离开了它们的领地。也许，在陌生的地界里，头狼夫妇对自己没有信心。但现在它们正在保卫自己的家园，当我看着21号时，我看到它极其严肃。它现在正处于身体的巅峰状态，能够击败任何对手。

远处的嗥叫继续响起。然后我看到两匹黑狼站在标本岭的山顶上，盯着德鲁伊峰狼第一次嗥叫的方向。突然，这对狼沿着山脊跑开了。它们可能看到了敌人的狼群向它们冲了过来。它们停下来，回头看了看。我把望远镜转向德鲁伊峰狼群，看到它们正朝着那两匹黑狼最后嗥叫的地方飞奔。七匹德鲁伊峰狼很快就闻到了它们的气味。它们发现了黑狼并追赶它们，然后回头，寻找入侵的狼群主力。

过了一会儿，我看到了玫瑰溪狼群的其他成员。8号和另外七匹在德鲁伊峰狼群的山脚下，沿着它们的气味线索跑着。德鲁伊峰狼不知道其他狼在它们身后，在迅速逼近。8号带领着玫瑰溪狼群，它的尾巴高高举起。和21号一样，它作为头狼的工作就是保卫它的家人。没有什么能阻止它履行这一职责，即使它不得不与21号战斗。但是，由于它的两颗犬齿不见了，第三颗也断了，它对对手的任何撕咬都是无效的。考虑到它不断恶化的身体状况，它唯一的攻击性武器几乎毫无用处，以及它对手的体形、力量和战斗力，8号决心与21号战斗是我见过的最勇敢的事情。

就在那一刻，我意识到即将发生什么。21号很快就会看到其他狼，并向它们冲去。它将单挑它们的公头狼，并与之搏斗。我无法想象8号在保护家人的时候会退缩或逃跑，所以这两匹公狼，一对父子，会打起来，双方都认为自己在做正确的事。从8号的视角看，它是在向杀死它三位家人的狼群发起冲击。站在21号的立场，则是那一年失去了六只幼崽中的四只，它必须阻止其他狼杀死最后两只。

这将是一场 21 号不可能输的战斗，也是一场 8 号不可能赢的战斗。

8 号和它身边的七匹狼现在直接向德鲁伊峰狼群跑去。我找到那七匹德鲁伊峰狼，它们已经改变了方向，现在正朝着玫瑰溪狼群跑去。21 号在它的队伍前面一马当先，8 号在带领它的队伍。两匹头狼都直奔对方而去，就像两个骑在马背上的中世纪骑士，他们的长矛对准了对方的胸口。21 号是否知道这就是 8 号，那匹收养并抚育它的狼？一旦它看清了对方狼群中的带头灰狼，它就会认出它。然后，它只有很短的时间来决定接下来该怎么做。无非是：对 21 号来说，什么更重要，是保护它的家人，还是对它父亲的忠诚？

一个想法闪现在我的脑海中。有一种方法可以让 21 号在不杀死父亲的情况下处理这场冲突。它可以与 8 号交手，利用它的优势力量将其击倒，然后放它走，就像它多年前看到 8 号对 38 号做的那样。但我马上看到了这个策略的致命缺陷：40 号就在 21 号后面。如果 21 号按倒 8 号，它会在 21 号放走 8 号之前马上跑过来攻击它，就像一年前它杀死玫瑰溪母狼时那样。当其他德鲁伊峰狼跑来和它一起时，它的超级攻击性人格会引发全面的攻击。8 号无法在这样的攻击中幸存。这些是我的想法。我不知道 21 号心里在想什么，尤其是它肯定觉得它的家人受到了威胁。21 号没有明显的方法来既保护它的狼群，又能以某种方式给 8 号一个生存的机会。

现在，这两匹领头的公狼相距只有几码远，并在向前冲。一场迎面而来的冲突即将发生。我紧张起来，等待着最坏的情况发生。

片刻之后，21 号直接从 8 号身边冲过，没有碰到它。8 号没有那么敏捷，继续向前跑，然后意识到发生了什么，转过身来，追着 21 号跑，可能认为这匹德鲁伊峰头狼是在逃避战斗。所有其他的德鲁伊峰狼，被它们的公头狼刚才的表现困惑了，也学着它的样子，跑过了玫瑰溪狼群。两个狼群现在乱成一团。狼追逐着狼，被引开，又追逐其他狼，但我没有看到战斗。我找到 21 号，看到四匹玫瑰溪狼正在追赶它。它加快速度，带着它们离开了其他德鲁伊峰狼。

在混乱中奔跑了几分钟后，玫瑰溪狼群最终来到了21号的东边。它们走到一起，聚集起来，兴奋地互相跳跃着。21号向它们嗥叫，引起了它们的注意。德鲁伊峰狼群的嗥叫从它的西边传来。21号的位置在它的狼群和玫瑰溪狼群之间。这时，它向前跑去，朝着对手的狼群跑去。但21号并没有进攻。在它跑去的地方，我刚刚看到今年这窝幼崽中剩下两只的其中之一，它与德鲁伊峰狼群的成年狼走散了。21号的重心在于让家人团聚。

六匹玫瑰溪狼现在在一个陡峭的雪檐顶上，就在我最后看到德鲁伊峰幼崽那边的上坡处。8号和一匹黑狼在檐下。它也想在这场混乱的对抗之后保持狼群的团结，它集中精力绕过雪檐去找上面的狼群，而没有去追赶21号或德鲁伊峰狼群的幼崽。我听到了那只幼崽的嗥叫声，并看到它在对手狼群的下坡处。最后一次看到21号就是往那边走的。

玫瑰溪狼群重新集结，来回奔跑，但没有找到任何德鲁伊峰狼。在21号跑过8号之后大约一个小时，我看到8号和它的家人趴着，筋疲力尽。当时，40号是我唯一能看到的德鲁伊峰狼。它在拉玛尔河附近，向东行走，不停地嗥叫，试图让其他德鲁伊峰狼来找它。

第二天早上，我从德鲁伊峰狼群的巢穴森林中得到了它们的信号。后来我在那里以西几英里处看到了玫瑰溪狼，它们回到了它们的领地。一共十匹，和我昨天看到的总数一样：主群中八匹，还有我在上面看到的两匹黑狼。我回到拉玛尔谷，发现了全部八匹德鲁伊峰狼，包括它们的两只幼崽。这两个狼群中没有一匹狼失踪或有受伤。经过数小时怀疑有狼被杀或受伤，我终于可以放松了。

2000年6月下旬，在玫瑰溪的新母头狼18号产下又一窝幼崽后，8号去了斯鲁溪的上游狩猎。追踪飞机后来飞过那个地区，得到了它项圈上的死亡信号。道格·史密斯和克里·墨菲骑着马来到斯鲁溪，发现它的尸体被夹在一根圆木下面，在溪流的一个流动缓慢的浅水区。这一位置发现的细节表明，它就死在那里。两人都注意到狼的鼻子里有血流出来，这是它受伤的迹象。

道格认为，8号很可能是在那个地方的上游追赶一头马鹿而跑到了水里，并在那里与它搏斗，然后被踢中了脑袋。这一踢可能直接杀死了它，或者更有可能使它严重晕眩以至于淹死，但无论如何，它的死因是那头马鹿。然后水流把它的尸体带到了下游，它被发现的地方。道格的理论很符合吉姆·哈夫彭尼的评估，即8号下巴上较早的损伤可能是由于马鹿踢中它的头部造成的。它在那一击中设法存活了下来，但没能熬过最后一击。

考虑到大多数狼是在与其他狼群的搏斗中被杀死的，或者是被人类射杀或诱捕的，8号的死法不错。在战斗中死去是它生命中一个光荣的结局。它为家人服务，直到最后一口气。

写完这些话后，我想到了8号在小溪中的最后时刻可能是什么样子。一旦它意识到自己活不下去了，也许它就停止了挣扎，准备迎接死亡，就像狗在生命的最后时刻总是很放松一样。我愿意这么想：当它所有可怕的痛苦逐渐消失时，它最后的念头是对赋予它的生命表示感谢。

从标本岭上两匹公狼相遇到现在，已经过去了十九年。从那时起，我对这一事件进行了成千上万次的思考，下面是我的结论。在离开玫瑰溪狼群之前，21号对8号一直很尊重，愿意从属于养育它的狼；就像10号如果没有被枪杀，它也会从属于它的生父一样。在1月的那一天，我认为21号试图通过假装逃离8号来避免两个狼群之间的战斗。当整个玫瑰溪狼群追赶21号时，这让年轻的德鲁伊峰狼，包括它的两个幼崽，得以安全离开。

21 号跑开了，就像它在和一岁的儿子 163 号玩耍时假装跑开一样，就像金特拉在那张桌子旁假装跑开躲我一样，就像我父亲在那场很久以前的摔跤比赛中假装输给我一样。21 号把本来可能是父子之间的一场致命战斗，转变成了一场"来抓我呀"的游戏，因为它知道自己可以跑赢其他所有的狼。

年轻的玫瑰溪狼看到这个来自对手狼群的巨大的公头狼向它们冲来，看到它们的公头狼勇敢地直接冲向它，不顾自己身上众多积累的伤痕和破碎的牙齿。在它们看来，另一匹公狼一定是看到了 8 号，害怕它，然后跑走了。然后它们目睹了它们的父亲把它追得远远的。对它们来说，事情很清楚：8 号赢得了比赛。

我认为 21 号的做法是出于对父亲为它所做的事情的尊重。这就像一个武士与他年长的主人之间发生了误会，出于尊重和感恩拒绝与他战斗，而不在乎是否会被目击者认为是个懦夫。

21 号从它的生父那里继承了体形和力量，但由它的养父抚养、训练和指导。8 号向它的养子展示了一匹公头狼和父狼应有的表现。专家说，狗最好是通过观察和模仿其他狗来学习。这就是 21 号所做的：它观察和模仿 8 号，这是它唯一的父亲形象。

随着时间的推移，21 号在与其他公狼的战斗中从未输过。它是无可争议的、不可战胜的重量级冠军。我曾经看到它和六名对手单打独斗，而且还赢了。所有这些都证明 21 号对战斗并没有恐惧感，也加强了我对它那天为什么跑过 8 号的想法。21 号延续了它从 8 号那里学到的传统，当时它看到父亲打败了原来的德鲁伊峰公头狼 38 号，并让它离开。据我所知，21 号从来没有杀过任何一个被打败的对手。

那时候，21 号还有下半生等待度过。它成了黄石国家公园最有名的公狼，也许是世界上最有名的公狼。由于 PBS 自然系列节目和其他电视频道播放了许多鲍勃·兰迪斯制作的黄石狼的纪录片，21 号成了一个活生生的传奇。有些人认为，它是有史以来最伟大的狼。我同意这一点。但如果 21 号对这种赞誉有任何认知，我想它会拒绝这个称号。在它心中，有一匹狼比它更伟大。那是它唯一会听从的公狼。那是一匹收养和抚育它的狼。对 21 号来说，所有狼中最伟大的是 8 号。

尾声 孽障

在后续的几个月里，德鲁伊峰狼群将会发生激烈的叛乱，21 号不得不面临可怕的后果。此后，一匹年轻的公狼会来到拉玛尔谷，给 21 号和它的家人造成无尽的混乱。那就是它的侄子，一匹性格与 21 号完全相反的狼。它将成为 21 号的孽障。21 号的故事、它的家人以及它后代的故事都将在"狼王四部曲"的后三部中继续上演。

后　记

　　没有人会比瑞克·麦金提尔花更多的时间在野外观察狼。无人能及。花点儿时间想一想吧。你手中这本书的作者，在记录狼的生活方面，比任何人付出的时间都多，以小时计、以天计、以年计。光是这一点就已经是了不起的成就了。然后再加上瑞克的叙述能力，将他的所见转化为引人入胜的描述。如果说观察是他的一大强项，那么讲故事就是另一个。

　　以下是一些具体的细节，让这一惊人的作品对你来说变得生动。瑞克花了四十年的时间在美国的国家公园里观察狼群。在黄石国家公园的二十五年里，有一阵子，从 2000 年 6 月到 2015 年 8 月，他连续外出 6175 天。那可是超过十五年的时间，每一天，他都在外出寻找狼群。只有一次因为严重的健康状况打破了这一连续的记录。（他现在好了，他的"连胜"压力也结束了。）瑞克乐于告诉我，他的记录超过了卡尔·里普肯在美国职业棒球大联盟的连续比赛记录。（瑞克比里普肯的记录多了一倍，况且里普肯还有休赛期可以恢复。）在一段特别高产的时期，瑞克连续 892 天看到狼群。在我写这篇文章的时候，他已经累计看到了 99937 次狼，而且他将一直坚持下去，直到突破十万次。他的日记写满了 12000 页。瑞克是一个注重细节和记录的人。我无法想象有谁能比他更专注、更细致。

　　我一生都在研究狼，特别是其中的科研部分。我的研究促成了黄石"狼项目"在 20 世纪 90 年代中期回归。在这个项目的科学研究中加入瑞克的观察和见解，使得黄石国家公园的狼群研究可能成为有史以来对狼进行的最重要的研究。我们的科研方法，大部分是标准的，但要加上那99937次的狼群目击，以及数千小时的观察时间，现在你开始明白我要表达什么了吧。我数不清有多少次问瑞克："你认为这是发生了什么？"或"那个你看到过多少次？"最重要的是，这种综合方法为我们打开了一扇了解狼生活的窗口，这是我们在了解狼的思维方式方面走得最远的一次。这是动物科学最困难的一项成就，有些人甚至会说是不可能完成的。如果你知道一个动物在想什么，那么你就能了解这个动物。我们总是失败。在我们的科学研究的帮助下，瑞克已经与众人一起接近了这一惊人的成就：了解狼在想什么。

瑞克对黄石国家公园和狼群的另一个巨大贡献就是他自己。多年来，瑞克已经不仅仅是一个信息宝库了，他的机智和古怪，令他成为一个受欢迎的讲故事的人。每个人都想见见瑞克，听听他要说些什么。他有一种特殊的方式来讲述他所知道的事情，正如本书所证明的。他对人也总是很有耐心，他总是愿意站着，等待多一个人进来看或听狼的故事。由于他的这种无私，瑞克已经成为全球狼的形象大使了。他特别支持年轻人，在野外遇到他们，为他们提供帮助，与他们交谈，并鼓舞他们。我不记得他哪怕有一次拒绝过想要跟随他或和他一起做项目的学生。他也接受了所有的媒体采访——每个人都想采访他——但他真正的热忱，除了狼群，就是帮助年轻人。

本书是瑞克和他的故事以及他对狼生活见解的一个小片段。请珍惜它。要知道，你刚刚读到的是有史以来对狼最个人化、最深入的见解。我们可能永远不会知道瑞克的激情来自何处。我们只是幸运地看到了它并从中受益。当然狼也一样。黄石国家公园的野狼之美在于，它们是别的生命，与我们不同。它们没有能力用人类的语言来表达感激之情，也许它们甚至不愿意这样做；但如果有的话，如果它们想，在我看来，毫无疑问，它们会向瑞克表示感谢。

道格拉斯·W. 史密斯

（资深野生动物生物学家、黄石国家公园灰狼恢复项目负责人）

2019 年 1 月

本书出版过程中，瑞克在 2019 年 1 月 27 日达到了他的 10 万次的狼群目击目标。准确地说，正如瑞克乐意说的那样，他在这一天结束时达到了 100001 次，尽管他现在已经正式退休了，但他没有任何放慢脚步的迹象。

作者说明

受 21 号对那只生病幼崽给予特别关注的启发，作者将把本书销售所得的部分税后收入捐给美国"愿望成真"基金会，让生病的孩子们能够实现他们的愿望。其他收益将捐赠给狼的研究和关于狼的公共教育，以及帮助年轻人体验诸如黄石国家公园这样的荒野地区的项目。

致 谢

首先要感谢我的编辑简·比林赫斯特，她的工作远远超出了职责范围，如果没有她的帮助，我的原稿远远不会有这般可读性和精炼度。还要感谢灰石出版社的罗伯·桑德斯接受我关于此书和四部曲中其他三部的提案。出版社的每个人都给予了我高度的支持和鼓励，感谢他们所有人。

我的好朋友劳丽·莱曼和温迪·布什阅读了本书的初稿，并提出了非常有益的改进意见和建议。

还有众多黄石国家公园管理局的工作人员、野生动物研究人员和电影制片人，他们就他们的工作和对狼的经验向我提出建议。许多人对书中与他们研究领域有关的部分提出了宝贵的建议。以下是对我帮助特别大的人：诺姆·毕肖普、丽兹·卡托、沙妮·埃文斯、安妮·福斯特、吉姆·哈夫彭尼、马克·约翰逊、鲍勃·兰迪斯、黛比·林威弗、凯里·墨菲、卡特·尼迈尔、雷·保诺维奇、吉姆·皮亚科、罗尔夫·彼得森、杰克·拉贝、托妮·鲁斯、丹·斯塔勒、艾琳·斯塔勒、杰里米·桑德·拉吉、琳达·瑟斯顿、克里斯·威尔默斯和杰森·威尔逊。我要特别感谢基拉·卡西迪，为这本书绘制了地图并制作了插图。多年来，有数十名志愿者为"狼项目"工作，他们中的每一个人都对我有很大的帮助。如果没有国家公园管理局三位关键负责人的支持，狼的再引入可能永远无法实现：国家公园管理局主任威廉·佩恩·莫特和黄石国家公园主管鲍勃·巴比和迈克·芬利。

特别感谢黄石国家公园"狼项目"的首席生物学家道格·史密斯。道格是一位独特的科学家，他能把他所学到的关于狼和自然界的知识与普通人联系起来，不仅是教育他们，更重要的是激励他们。尽管道格的工作负担很重，对家庭也有责任，但他还是在百忙之中抽出时间来阅读我的手稿，并提出了宝贵的修改和补充意见。我执行了每一项建议，道格的慷慨参与使这本书变得更好了。我特别感谢他在后记中的肯定。

多年来，有数百位狼群观察者为我提供了极大的帮助。在许多情况下，当我试图寻找狼的时候，是其他人首先发现了他们，并慷慨地指给我看。我还要感谢黄石国家公园大量的游客，他们在我多年的工作中一直对我很友好。在公园里似乎有什么东西能让人们变得积极主动和乐于分享。感谢多年来我遇到的每一个人。没有你们所有人，我不可能完成这本书。我认为这本书是一个共同努力的结果。

参考资料和延伸阅读

参考资料

Cassidy, Kira, Daniel MacNulty, Daniel Stahler, Douglas Smith, and L. David Mech. 2015. "Group composition effects on aggressive interpack interactions of gray wolves in Yellowstone National Park." *Behavioral Ecology* 26: 1352—1360.

Cooper, H.W. 1963. *Range and site condition survey, northern Yellowstone elk range, Yellowstone National Park*. Bozeman, MT: USDA Soil Conservation Service.

Duffield, J., C. Neher, and D. Patterson. 2006. "Wolves and people in Yellowstone: Impacts on the regional economy." Missoula, MT: University of Montana.

Halfpenny, James. 2003. *Yellowstone Wolves in the Wild*. Helena, MT: Riverbend Publishing.

Hart, B.L., and K.L. Powell. 1990. "Antibacterial properties of saliva: Role in maternal periparturient grooming and in licking wounds." *Physiology and Behavior* 48 (3): 383—386.

Lukas, Dieter, and Tim Clutton-Brock. 2017. "Climate and the distribution of cooperative breeding in mammals." *Royal Society Open Science*. doi.org/10.1098/rsos.160897.

Sands, Jennifer, and Scott Creel. 2004. "Social dominance aggression and faecal glucocorticoid levels in a wild population of wolves, Canis lupus." *Animal Behaviour* 67: 387—396.

Stahler, Daniel R., Douglas W. Smith, and Robert Landis. 2002. "The acceptance of a new breeding male into a wild wolf pack." *Canadian Journal of Zoology* 80: 360—365.

Thurston, Linda. 2002. "Homesite attendance as a measure of alloparental and parental care by gray wolves (*Canis lupus*) in northern Yellowstone National Park." Master's thesis, Texas A&M University.

Wilmers, Christopher C., Robert L. Crabtree, Douglas W. Smith, Kerry M. Murphy, and Wayne M. Getz. 2003. "Tropic facilitation by introduced top predators: Grey wolf subsidies to scavengers in Yellowstone National Park." *Journal of Animal Ecology* 72: 900—916.

Wilmers, Christopher C., Daniel R. Stahler, Robert L. Crabtree, Douglas W. Smith, and Wayne M. Getz. 2003. "Resource dispersion and consumer dominance: Scavenging at wolf- and hunter-killed carcasses in Greater Yellowstone, USA." *Ecology Letters* 6: 996—1003.

Yellowstone National Park. 2017. *Yellowstone Resources and Issues Handbook, 2017.* U.S. Department of the Interior, National Park Service, Yellowstone National Park.

延伸阅读

书籍：

Ferguson, Gary. 1996. *The Yellowstone Wolves: The First Year.* Helena, MT: Falcon Press.

Fischer, Hank. 1995. *Wolf Wars: The Remarkable Inside Story of the Restoration of Wolves to Yellowstone.* Helena, MT: Falcon Press.

Haber, Gordon, and Marybeth Holleman. 2013. *Among Wolves: Gordon Haber's Insights into Alaska's Most Misunderstood Animal.* Fairbanks, AK: Snowy Owl Books.

Halfpenny, James. 2012. *Charting Yellowstone Wolves: A Record of Wolf Restoration.* Gardiner, MT: A Naturalist's World.

Lopez, Barry Holstun. 1978. *Of Wolves and Men.* New York: Charles Scribner's Sons.

McIntyre, Rick. 1993. *A Society of Wolves: National Parks and the Battle Over the Wolf.* Stillwater, MN: Voyageur Press.

McIntyre, Rick. 1995. *War Against the Wolf: America's Campaign to Exterminate the Wolf.* Stillwater, MN: Voyageur Press.

McNamee, Thomas. 1997. *The Return of the Wolf to Yellowstone.* New York: Henry Holt.

McNamee, Thomas. 2014. *The Killing of Wolf Number Ten: The True Story.* Westport, CT: Prospecta Press.

Mech, L. David. 1981. *The Wolf: The Ecology and Behavior of an Endangered Species.* Minneapolis: University of Minnesota Press.

Mech, L. David, and Luigi Boitani, eds. 2003. *Wolves: Behavior, Ecology, and Conservation.* Chicago: University of Chicago Press.

Mech, L. David, Douglas W. Smith, and Daniel R. MacNulty. 2015. *Wolves on the Hunt: The Behavior of Wolves Hunting Wild Prey.* Chicago: University of Chicago Press.

Murie, Adolph. 1944. *The Wolves of Mount McKinley.* Washington, DC: United States Government Printing Office.

Phillips, Michael K., and Douglas W. Smith. 1996. *The Wolves of Yellowstone.* Stillwater, MN: Voyageur Press.

Phillips, Michael K., and Douglas W. Smith. 1997. *Yellowstone Wolf Project*: *Biennial Report 1995 and 1996*. National Park Service, Yellowstone Center for Resources, Yellowstone National Park.

Schullery, Paul. 1996. *The Yellowstone Wolf*: *A Guide and Sourcebook*. Worland, WY: High Plains Publishing.

Smith, Douglas W. 1998. *Yellowstone Wolf Project*: *Annual Report*, *1997*. National Park Service, Yellowstone Center for Resources, Yellowstone National Park.

Smith, Douglas W., Kerry M. Murphy, and Debra S. Guernsey. 1999. *Yellowstone Wolf Project*: *Annual Report*, *1998*. National Park Service, Yellowstone Center for Resources, Yellowstone National Park.

Smith, Douglas W., Kerry M. Murphy, and Debra S. Guernsey. 2000. *Yellowstone Wolf Project*: *Annual Report*, *1999*. National Park Service, Yellowstone Center for Resources, Yellowstone National Park.

Smith, Douglas W., Kerry M. Murphy, and Debra S. Guernsey. 2001. *Yellowstone Wolf Project*: *Annual Report*, *2000*. National Park Service, Yellowstone Center for Resources, Yellowstone National Park.

Smith, Douglas W., and Gary Ferguson. 2005. *Decade of the Wolf*: *Returning the Wild to Yellowstone*. Guilford, CT: Lyons Press.

Smith, Douglas W., ed. 2016. *Yellowstone Science*: *Celebrating 20 Years of Wolves* 24 (1). National Park Service, Yellowstone Center for Resources, Yellowstone National Park.

Yellowstone National Park. 1997. *Yellowstone's Northern Range*: *Complexity and Change in a Wildland Ecosystem*, National Park Service, Mammoth Hot Springs, Wyoming.

视频：

Catch Me If You Can II. 2016. Trailwood Films.

Wolf Pack. 2002. Trailwood Films.

Wolves：*A Legend Returns to Yellowstone*. 2000. National Geographic.

网站：

www.nps.gov/yell/learn/nature/wolves.htm

www.nps.gov/yell/learn/nature/wolfreports.htm